尧山壁文存

卷八 报告文学

剧本 诗词

河北出版传媒集团
河北教育出版社

目录

报告文学

剧本

诗词

报告文学

吕玉兰与江山

心诚则灵，经过江山1900个日日夜夜的千呼万唤，爱妻吕玉兰终于死而复“生”，她53岁的生命变成了一本厚厚的40万字的书。江山双手把文学传记《吕玉兰》递给我时，他和我都热泪盈眶。透过晶莹的泪珠，吕玉兰的形象越来越清晰，浓眉大眼，白毛巾花格袄，缓缓走下封面，回到我们中间。

认识吕玉兰，我比江山还早10年。1964年在国务院主持下，以卫运河和漳卫新河调整省界，河北省的宁津县割给山东，山东省临清县的河西部分建临西县划属河北。这样一来，河北省失去一个作家郭澄清，得到一个劳模吕玉兰，相比之下，吕玉兰的名声要比郭澄清大。我抢先跑到临西县东留善固村，是第一个来访的河北作家、记者。那时三年困难刚刚度过，这个清凉江畔的村庄还瑟缩在漫天风沙里，一色的土房，不见一个砖头蛋。农民还很穷，派饭困难，就在党支部书记吕玉兰自己家里吃。她一个又一个地剥咸鸡蛋给我吃，讲一个又一个感人的故事。当讲到眼下粗线条“四清”工作队坐歪了屁股，给村里工作带来诸多麻烦时，我悄悄记在心里，回去向邢台地委做了汇报，把工作队撤走了，因而她感激我。几年后，“文化大革命”中我在省直学习班挨整，她派人到省“革委会”把我要来插队落户，实际上是保护起来。我在她的东留善固扎扎实实地生活了四五年，成为彼此信赖的朋友。

迟到的姻缘

那时候大家都为吕玉兰的婚姻操心，都二十大几岁了，她的心还和村北沙荒一样，茫茫不见春意，一天到晚风风火火像个假小子。我去问她母亲，大娘叹气说，为这事愁得天天晚上睡不着觉。那么多人写信表白、登门说亲，她就是不吐口。我也亲眼见过一位年轻有为的师政委慕名而来，可见面后玉兰客客气气，只谈生产论政治，搞得那人准备了很久的话张不开嘴，又被客客气气地送走了。去问她最亲近的叔伯嫂，大嫂摇摇头说，玉兰说了，婚姻问题等第三个五年计划最后一年解决。二三十岁是人生的黄金时代，要集中精力学本领搞事业。玉兰还写了一首诗呢："农林牧副展宏图，誓为革命种大田。谈情说爱尚有时，待到日月换新天。"不知怎么传到周总理那里，说："吕玉兰是中国妇女晚婚的代表，应该号召青年人向她学习。"

吕玉兰35岁当农业社长，经过近20年的不懈努力，植树40万株，打井40眼，挖渠15条，治服荒沙，实现了水利化园田化，亩产粮食超吨皮棉过百，成为全国家喻户晓的劳动模范，当选中共中央委员，之后到省委任副书记，功成名就，但眼看着第三个五年计划已经时间过半了，婚姻问题还未解决。1974年，吕玉兰深锁已久的爱情之门，终于透出了一条缝隙。

这年春天，新华社女记者张彬来访，俩人亲如姐妹，无话不谈。张彬试探地说："玉兰，周总理几次催你找对象，你还拖到几时，真要当一辈子晚婚典型啊！"玉兰不慌不忙地说："俺虽然年龄大了，可也不能慌慌张张地乱抓一个呀。还是沉住气，找就找个称心如意的。"张彬紧追不舍："我跟新闻单位比较熟，给你介绍个记者行不？"玉兰也当真起来，说："也可以考虑。俺文化低，记者文化高，又见多识广，两个人可以取长补短。"

这个信息不翼而飞，新华社系统上上下下忙活起来，包括社长穆青同志，都发动起来了。挑来选去，物色到国内部外事记者江山，大家觉着条件不错，可以一试。江山出生在江苏省武进县一个普通穷苦农民家庭，放牛娃出身，高中毕业选调到新华社，先后参加了斯诺逝世，尼克松、田中角荣访华等一系列重大外事活动采访，显露了才华，同时个子高高相貌堂堂，与玉兰蛮般配，只是年龄小了几岁，不知玉兰能不能看上。

第一次见面安排在石家庄大郭村军用机场。塞内加尔总统桑戈尔从大寨飞来，在石家庄停留一下，转机去沈阳，江山是随从记者。吕玉兰代表省委接待完外宾，匆匆出来，心也咚咚地跳。无须别人介绍，江山早就认出了吕玉兰，天下谁人不识君？个子不高不矮，身板不胖不瘦，浓眉大眼，脸色红润。江山有点儿看傻了，走过去慌乱中伸出了左手，左手握左手，玉兰也没感觉别扭，只觉得那只软绵绵的手倒很用力。玉兰看江山，个子高高的，身板直直的，羞怯得不敢抬头。加上机场风大，长头发遮住半拉脸，没大看清楚，第一感觉是个老实人。那一天是 1974 年 6 月 10 日，机场周围的麦子都黄了，空气里弥漫着浓郁的麦香，收割的季节到了。

半月后，江山专程来石家庄，和玉兰一起回到东留善固，见到了玉兰的父母亲，婚事就算订下来了。当时社会上颇有微词，一方是中央委员、省委书记，一方只是个初出茅庐的小记者，悬殊较大。当时玉兰 34 岁，江山 28 岁，小女婿，“女尊男卑”，有“攀龙附凤”之嫌。为此江山也曾犹豫过：“我喜欢记者这个职业，可能一辈子都是个小记者，职务上永远也赶不上你这个省委书记。”玉兰坦率地说：“别看俺现在地位高，可当省委领导的经验不足，说不定哪一天下去，回村当农民，你也要认真考虑。”至于年龄的差别，玉兰说：“俺比你大几岁，嫌不嫌？”江山说：“女大三，抱金砖，大几岁更会体贴人。”还有文化上的差别，玉兰说：“俺才小学毕业，文化低，笔头子不行，要好好向你学习。”江山说：“我是搞写作的，缺乏的是生活和社会经验。这方面你有很大优势。”不仅仅是一见钟情，渴望互补的心理，成为他们爱情的基础。

此后，北京石家庄之间，书信频传。作为玉兰的朋友，我曾有意看过他们的“情书”，行文和语气好像是工作通讯，多是说工作谈思想，最有趣的是，玉兰每封恋爱信的最后都要恳求对方纠正一下错别字。3 个月 3 次会面，23 封书信，一位全国劳模的爱情经过看似粗放的耕耘，终于开花结果了。10 月 3 日晚 7 时，河北省委大院二号楼会议室举行了简朴而热烈的婚礼，省委第一书记刘子厚是主婚人。江山从北京带来的水果糖，吕玉兰从家乡捎来的西瓜，都很甜。当司仪让新郎致辞时，江山激动地说：“向玉兰同志学习。”大家都开心地笑了。

风口浪尖上的爱

在省委领导班子里，吕玉兰最年轻，也最忙。作为一个劳动模范，她不会耍滑头。“文革”时期有个民谣：北京军区三大难，保定、山西、战友文工团。到了 1976 年初，全国形势趋于平静，保定两派还战犹酣，连续发生造反派抢枪事件。中央敦促解决，省委组织保定工作组，代行地委职权。派谁挂帅呢，选来选去推出了吕玉兰。穆桂英挂帅 53 岁，吕玉兰才 36 岁，她不挂帅谁挂帅？她不出征谁出征？省委主要领导同志说，一方面她年轻力壮，不怕围攻，几天不睡也能顶得住；另一方面她是全国劳模，在群众中有影响，有这个大牌子，可能顶得住，去风口浪尖上接受考验吧。

吕玉兰受命于危难中，赤手空拳来到保定这个全国闻名的武斗中心，用嘴皮子去征服枪杆子。她从城到乡，苦口婆心地说服一个个造反派头头，放下武器回去生产。她只身闯入虎穴，营救地委书记，一些县的形势逐渐好转。造反派把省委工作组住的地委招待处小白楼围了个里三层外三层，水泄不通。

那时我正参加省委收枪工作队，开始在清苑县城，被造反派赶出县界，也住在小白楼。从门缝往外看，只见卡车成阵，喇叭震天，造反派站在大吊车的斗子里，一边窥探一边喊口号："刘子厚，子厚刘，为什么扣我二两油。吕玉兰，玉兰吕，为什么扣我二斤米……"

有一天上午，门外满城县造反派兴高采烈放土炮时，火星子溅进火药口袋，轰隆一声，满街筒子血肉横飞。正在二楼开会的吕玉兰听说了，不顾个人安危，破例打开大门，走到事故现场，充当了抢救指挥。真邪门，那些造反派还真听她的。玉兰派人找来救护车，亲自动手把几十个造反派伤员抬上汽车，亲自送到医院。又打电话向石家庄请求救援，要来了烧伤专家、器械药品。由于抢救及时，除一人死亡外，其余都脱离危险，一切费用由国家承担。但是事情过去之后，造反派好了疮疤忘了疼，更不曾良心发现，依旧重新包围了小白楼，重新"炮轰吕玉兰"。

此时的江山，已由新华社总社调到河北分社，他消息灵通，深知吕玉兰天天处于水深火热之中，他也天天坐卧不宁。尤其是吕玉兰已经怀孕几个月，妊娠性血压高，她能受得了吗？这个老实巴交的青年，终于想到了"假公济私"，借去秦皇岛出差之便，中途在保定下车，凭一张记者证闯入重围。看到吕玉兰眼泡红肿，疲惫不堪的样子，几乎要哭出来。吃晚饭时玉兰依然谈笑风生，他却咽不下去。

造反派当然不知道江山是吕玉兰新婚不久的爱人，知道了也不会给他们一个说悄悄话的机会。造反派代表吵吵嚷嚷地涌进来，挤满了吕玉兰的客房，把江山挤出了门外，拍桌子，喊口号，唇枪舌剑，剑拔弩张，形成了批斗会。江山轻易见不到这阵势，心慌意乱，踮着脚往里看，紧张得两手攥出了汗。可是吕玉兰不动声色，泰然若定，有时软磨硬抗，拖延时间，有时伺机反击，义正词严，一直坚持到次日凌晨。江山以往听说玉兰整风整社时九天九夜不睡觉，“文化大革命”时拳打脚踢不低头，可是没有亲眼见过。这次目睹玉兰临危不惧、随机应变的大将风度，真是又心疼又佩服。次日吃完早饭去赶火车，出门走出好远，回头一望，玉兰还站在那里，深情地目送着。

吃工分的省委书记

1974 年，吕玉兰由原来挂职改为正式调到省上工作，户口仍在农村，没有工资，每月补贴 40 元，村里每天记 10 分工，年终分红。1975 年，江山由北京调来，行政 26 级，每月工资 36 元。两个孩子，家里两个老人，加上请来照顾孩子的江山的妹妹，七口之家人均才 10 元，全靠精打细算过日子。

我到他们最初的两间平房看过，床铺桌椅全是从公家借用的，被褥分别从农村和北京带来，粮食和食用油也是玉兰从东留善固带来的。宿舍门前有一块闲地，玉兰想开荒种菜，从老家捎来了铁锨锄头。没想到，这地方原来是搞建筑时的材料场，挖下去三尺全都是砖头砂石水泥块。江山是农民出身，有的是力气，边干边说：“哎呀，全是这个，连土都很少。”玉兰是管农业的省委书记，经验丰富，边干边指挥：“你这江南水乡人，没见过世面，这点困难就怕了。学习沙石峪，万里千担一亩田，青石板上创高产。起出砖头，换上好土，不就行啦。”

他们用了几个月的业余时间，挖出来四五十筐砖头瓦块，开出来一块一分多的平展展的菜地。劳动模范吕玉兰有了英雄用武之地。他们不用公家的自来水，厨房里放只塑料筒，刷锅洗碗水攒满了浇在地里。家里垃圾、院里杂草，堆起来用土盖上，就是高温积肥。下边菠菜油菜，中间豆角丝瓜，上层香椿石榴，全是优良品种，人称立体农业试验田。玉兰心眼儿好，经常把顶花带露的新鲜瓜果分送左邻右舍，我每次去串门都不让空手回来。

江山知道省俭，不吸烟不喝酒，更没有知识分子的面子架子，平时家中的废纸牙膏皮什么的都攒起来，路上碰见什么废旧物品也捡回来，攒够了去废品站卖。玉兰笑嘻嘻地对我说："江山这对象找对了，光烟酒一项就省多少钱。"他们成家十几年，没有买一件电器，连收音机都没有。特别想看电视时，就到别的领导家中去，玉兰还开玩笑地说："这样既省电，又增加了电视机的利用率。"

后来几经动员，他们搬进红军路的书记楼。书记楼有特供，逢年过节分发烟酒副食，只按平价收费。他们没有钱，平价也买不起，从来不买。有个星期天，服务员端来一盆深州蜜桃。这是有名的贡品，皮薄肉厚，白皮红嘴，别说吃，看着就嘴馋。服务员说："名贵鲜货，每家 10 斤，1 角 5 分一斤。"那时玉兰怀孕，十分想吃，可是兜里没钱，用手摸了摸，说不要了。服务员说："这么便宜，等于白送。"玉兰扭过头去说："真的不要。"服务员知道内情，进一步说："暂时没钱赊着，以后再给也可以。"玉兰回屋去了，服务员原封不动地端回去，边走边抹泪儿。江山喜欢看小说，知道女人怀孕时胃口特殊的需要，没敢商量，咬咬牙买了一小瓶橘子汁。玉兰想发火又压下去了，把丈夫的爱捧在手里，又舍不得喝，放在显眼处，犯口了就看一眼。她知道自己身体不太好，又太忙，不知道将来奶水如何，留给未来的孩子吧，让孩子也尝到一点父爱。越是穷人，越知道钱的重要，可是每年公家发给她的 200 元困难补贴，一次也没要过，如数退还。

书记楼房费每月 2 元，玉兰月月开支了先交，免得花脱了，欠下公家的债。后来房费涨了几次，涨一次她愁一次，涨到每月 20 元时再也沉不住气了，申请搬到一个普通的家属院内。搬家时，一个省委书记的全部家当，连同养的一窝小鸡只装了小半卡车。

司机看着心酸，半天也没说话。

第四次沉浮

粉碎“四人帮”之后，各省、市“三结合”的工人农民纷纷离开领导岗位，吕玉兰和内蒙古的宝日勒岱是剩下的最后两个。她们既不是造反派又确实是劳动模范，让人难下决心。吕玉兰明白，自己离中央对青年干部知识化的要求相差较远，早做好了下去的思想准备。十一届三中全会期间，她和宝日勒岱一同找到胡耀邦同志家里。玉兰说:“耀邦同志，你不是说青年干部应该有闯劲儿吗，今天俺们就闯到你家里来了。”耀邦同志高兴地说“好呀！ 1966 年我就听过你的报告，很好嘛！”玉兰汇报她做好了下去锻炼的准备:“下去，往往被人看不起，但对学习最好，进步最快。”耀邦说:“对了，我也是下去时有工夫看点书。”

吕玉兰从心眼里拥护党的十一届三中全会，对那不讲实事求是的做法她也曾是深受其害的。1960 年“整风整社”她挨过整，1964 年粗线条“四清”，她受过审查，“文革”中遭批斗，都是事后纠偏，讲实事求是才落实政策，三落三起。从北京开会回来，忙完省里的工作，她就回到村里，率先为“四类分子”摘掉帽子，为历次运动中错整的党员干部恢复了名誉，一身轻松地做下去锻炼的准备。

偏偏有人落井下石，来了诬告信，莫须有地说她有“造反打死人”“参加武斗”“父亲出身富农”“伯父被抗日政府枪毙”等八大问题。还有那个曾经是省委造反头头的县委主要领导，玉兰过去批评过他，伺机报复，写了揭发材料，还私自代县委其他四位领导签了字。

那一天，玉兰从省委回来，面色苍白，精神沮丧，话也不说，饭也不吃，颓然倒在床上。江山急忙问发生了什么事情，玉兰说明原委，说话时气得身发颤手发抖，泣不成声，还说：“这些人什么都干得出来，万一俺回家当了农民，或者进了监狱，你和孩子咋办？”

所谓“八大问题”都是结婚前的旧账，江山不大清楚，劝慰说：“相信群众相信党，总会水落石出。万一受了委屈，当农民，进监狱，我一定带好两个孩子，经常去看你。”玉兰紧紧依偎在江山怀里，说了一夜，哭了一夜。第二天天不明江山就爬起来写上诉材料，长达几万字。玉兰打电话叫我来商量，我一边看一边开导她：“这些陈谷子烂芝麻，‘四清’‘文革’翻腾了几遍，我在东留善固四五年，一清二楚，全都是无事生非，打官司我都可以作证。”

世态炎凉。玉兰好热闹，过去门庭若市，现在门可罗雀，有些熟人不再来了。父亲慌慌张张从老家赶来，传说“江山要与玉兰离婚”。江山憨厚地一笑：“怎么会呢，我相信玉兰是清白的。”看玉兰心事重重，不仅脸上常见的笑容消失了，额上还凭空添了几道皱纹，鬓边冒出来几根白发，一下子老了许多，江山看在眼里，疼在心里。由于嘴笨，不会说多少劝解的话，就拼命地多干活，照顾好老人孩子。

后来“八大问题”云消雾散，省委主要领导同志说：“吕玉兰家里不是那个情况，工作上面没什么问题，没有什么失误。不要说没有犯大错误，就是小错误也没有犯过。”胡耀邦同志到河北视察工作时，念念不忘地说起吕玉兰：“1966 年，有一次开团中央全会，请她做报告，我主持会，她侃侃而谈两个小时，讲得不错，当时才 26 岁。她不是造反派，不是罚下去的，60 年代泼泼辣辣，学毛选，抓生产，按她的情况是可以上去的。她对老同志是有感情的，对我们党是有感情的，对毛主席是有感情的，不是胡来的人。”

重新回到土地上

1981 年 9 月 1 日，吕玉兰背着沉重的思想包袱来到正定县。

花格褂布底鞋，手挽包袱，像一位走亲戚的农村妇女，没人会想到她就是当过三届中共中央委员、两届全国人大常委会委员、十年省委书记的吕玉兰。如今省里的职务免了，到正定县任县委副书记。劳模出身的吕玉兰一见到土地，便丢弃了烦恼，恢复了爽朗的天性。她谢绝了小汽车，骑上自行车早出晚归，扑下身子干起来。

江山放心不下，跑来探望。玉兰正在一间平房里办公，见江山进门，喜出望外："你来得正巧，俺今天来例假，身上没劲儿，不然你也摸不着，还得追到乡下。"房子矮矮的，椽子乌黑，墙皮脱落，一张桌子一张床，像她东留善固的家。中午从食堂打来两份饭菜，一碟素炒豆角，一碟凉拌黄瓜。这是招待饭，平时她自己常常是白开水泡馍。

正定是我国北方第一个上"纲要"、跨"长江"的先进县，也是一个只出粮食的高产穷县。每年征购 3800 万公斤，亩均 100 公斤，农民不堪重负。经过玉兰多方调查研究、奔走呼号，核减 1300 万公斤，给了全县人民一个休养生息的机会。由于长期"左"的惯性，外地大搞多种经营时，这里还出现了"拔瓜"事件。公社干部为了统一规划，拔掉大片西瓜秧改种棉花，被媒体曝了光。为了解放思想，出谋划策，玉兰建议聘请了一个 53 人的顾问团，包括钱学森、华罗庚、河北工学院教授潘承孝、河北农大教授王健，还有文艺界的黄绮、田辛甫和我，都是玉兰平时的好朋友。

在一次中央会议上，康克清鼓励玉兰在基层好好干，并建议她组织县乡干部到江苏省武进、无锡、常熟等地参观，学习那里兴起的乡镇企业，是一种带有方向性的新鲜事物。县委同意了，时间安排在春节过后的农闲时间。武进正是江山的老家，他想让玉兰提前去几天，回家认认门，过个团圆年，玉兰同意了。

结婚已经 8 年，已经有了两个女儿，玉兰才到江山家，她开玩笑地说人家说新媳妇过门头一回，俺是老媳妇进门头一回。这一年春节，武进县夏溪镇森庄村张灯结彩，比哪个年都热闹。乡亲们奔走相告，潮水般涌来看吕玉兰。群众大会上学习过《十个为什么》，报纸上看过她的事迹，电视上看过她的形象，原来是咱们村的媳妇。看她那精明能干、落落大方的样子，真是名不虚传，江山这孩子真有好眼力、好福气。

江山的父母跟小弟弟住在一起。刚刚盖好的二层楼，院子里花花草草，日子过得挺红火。大名鼎鼎的儿媳妇是他们的骄傲，一天到晚看不够，一会儿也不让离开。吕玉兰群众工作做惯了，在家里坐不住，一有空儿就出去挨家挨户走亲访友，问寒问暖，对几家孤寡老人，还特意带去一份礼物。带回这样一个有头有脸的媳妇，江山心里美滋滋的，可玉兰心里还揣着另一个重要的任务，参观庭院经济，回去推广。夏溪镇被誉为中国花木生产基地、第一市场，奇花异草，万紫千红，今天又添了一个名甲天下的玉兰花。写到这里，我想起 1966 年春，在东留善固，诗人田间作词、音乐家肖云翔作曲的一首歌：“不怕风吹浪打，不怕茫茫风沙，共和国的田野上，开出一朵玉兰花……”

第二次绿化

20 世纪 70 年代一次中央工作会上，周总理走到吕玉兰面前，语重心长地说：“玉兰子，你是中央委员里最年轻的一个，要多读些经济的、文学的、现代科技的书，知识面要宽一些，博一些。”朱德委员长握着玉兰的手说：“全世界的妇女要解放，你要好好学习，多做工作，希望寄托在你们年轻人的身上，要努力为妇女解放多做贡献。”吕玉兰深深地记在心里，1979 年就报考了山西刊授学院，并亲自找到河北农业大学校长王健表示强烈的学习愿望。河北省委批准了她的请求。

1982 年 2 月 26 日，吕玉兰来到设在保定的河北农大农业经济系。开学头一天，后排多了一位中年妇女，同学们不认识，以为是听课老师，课间凑过来问："老师，您是教什么的？"玉兰忙说："俺可不是老师，跟你们一样是学生。""别逗了，哪有这么大的学生。""你看俺有多大岁数？""二十七八，三十出头？""不对，再猜猜。看同学们不敢再往上说了，就问其中一个："你妈多大啦？""三十八。""俺比你妈还大，四十二了。"

42 岁的人住集体宿舍，排队买饭，吃窝窝头，吕玉兰没觉得什么不习惯。困难的是她只念过高小，像 25 年前她一个农村闺女第一次来到大城市济南一样，眼晕。上植物课时，老师讲话像机关枪，黑板上曲里拐弯的洋码，各种各样的分子式，更甭说叽里咕噜的外语，根本听不懂。手忙脚乱，顾听顾不上记。她感觉血压在升高，心率在加快，耳朵嗡嗡响。下课后，老师问好不好懂，她来不及说话，就哇哇大口吐起来。

夜里睡不着，脑子里过电影。回忆起清凉江畔茫茫风沙，立不住苗，种一葫芦打一瓢。自己没有文化，脑袋就是风沙地，需要改造。想当年靠一股勇气，担水育苗，一棵树一棵树地栽种，持之以恒，才实现绿化。上大学也就是改造头脑的沙荒，一点一滴地学，征服头荒，实现知识化。拿出当年植树造林的干劲，咬紧牙关，就没有过不去的火焰山。她笨鸟先飞，起早贪黑，不懂不会请教老师，多问同学，一遍不行，两遍三遍……系主任说："吕玉兰为大学生树立了一个刻苦学习的榜样，在学习战线上她也是劳动模范。"

保定石家庄，坐火车只需两个小时，为了不耽误学习，玉兰很少回家。江山又找到一个理由，采访河北农大师生科技上山，顺便来看玉兰。久别胜新婚，玉兰含情脉脉，拿出一双新鞋垫：

"俺这辈子头一次纳，针针线线连着心，你穿上它就会时时刻刻走进俺心里。"江山看着那密密麻麻的针脚，代表了妻子的千言百语。心里想，文化高了感情也丰富了，一向粗粗拉拉的她，也学会了温存。

江山在农大住了几天，目睹了玉兰的大学生活。她经常打扫卫生，搞完宿舍搞楼道。一次正在洗脸间擦地，有位新来的学生向她喊："嗨！这儿擦完了，再把厕所擦擦。"以为她是清洁工呢。江山临走时，玉兰让他往回捎东西，大包小包的，用手摸摸，都是干馍馍。玉兰说："现在的大学生身在福中不知福，吃不了到处扔，俺一个一个捡回来，晒干了，你带回去喂鸡，物尽其用。"

学生要考试，有的教授根据玉兰的情况，说考考主课，其余结合平时成绩给个分数算了。玉兰坚决不干："俺种过庄稼，知道人糊弄地一时，地糊弄人一季。俺来学习知识，就要老老实实，跟别的学生一样待遇，绝不特殊。"

转眼三年过去了，玉兰学完14门功课，6门成绩在80分以上，有一门高达96分。也有两门考试没及格，经过复习，补考通过了。

这三年的大学生活，吕玉兰像唐僧取经一样，经受了九九八十一难。发现了多发性子宫肌瘤，因出血过多造成贫血，舍不得花时间住院手术，吃药抗过去了。母亲父亲先后去世，二位老人我都熟悉。母亲一辈子体弱多病，省吃俭用，忍气吞声，把一切奉献给全家。她父亲小母亲9岁，本来是个乐天派，玉兰下放后，有人出坏，不是尺把高的棉花被削尖，就是快成熟的西瓜被拉秧，得了气鼓病。一生受父母恩惠，而不能床前尽孝，玉兰深深内疚。

这三年更难坏了江山。一双不懂事的孩子，他又当爹又当娘。两个卧床的老人，他又是女婿又是儿子。过没钱的日子，做无米之炊，还要经常跑到保定，强作笑颜，屡报平安。

老鹰折断了翅膀

1985 年 7 月吕玉兰农大毕业，被安排到省农业厅当副厅长，她觉得这个岗位不大不小，很适合自己干。领会了十一届三中全会精神，又有了农业专门知识，好像身上换了血，心明眼亮，走起路来想跑，想飞。她坐一辆老掉牙的伏尔加，奔忙在燕赵大地上。搞农业她是内行，一呼百应。她抓农村集体财务改革，建立了 3000 个乡镇农村服务站，追回贪污挪用拖欠公款 3.8 亿元。她抓农机建设，4 年内使河北农机总动力和排灌动力双双跃居全国第二位。她兼机关党委书记，抓精神文明建设，几次邀请我给农业厅职工辅导文艺创作，还自己带头写了一首诗："放眼朝天阔，胸怀比海宽。心逐千层浪，晨光载满船。"心情舒畅了，她还学国画，最喜欢泼墨荷花，出淤泥而不染，又不怕风吹浪打。

我们的吕玉兰，正当踌躇满志、大展宏图时，不幸在去广宗县扶贫路上出了车祸，造成严重脑损伤，那是 1989 年 8 月 27 日。因为从小摔打惯了，没当成大事，稍事休息后，照样夜以继日地工作。但是她这架永动机似的身体，经过 35 年超负荷运转，严重磨损再也转不动了。4 个月后突然头疼失语，住进医院被诊断为脑血栓。我赶到医院时，看江山六神无主，哭成了一个泪人儿。在他的坚持下，先后转移到北京空军医院、西苑医院、天坛医院，江山发疯一样，不顾一切要换回妻子的生命。

玉兰在保定疗养时，我又去看了她一次，正是 16 年前的小白楼，昔日叱咤风云的人物，如今变成了一个严重痴呆的病人，披头散发，目光怔怔，完全没有了当年的威武和风采。在江山的精心护理下刚刚有些好转，见到我点点头张张嘴，好半天发出一个含混不清的单音。为了恢复她的记忆，江山自己订了许多白纸本，上面画了图画，进行艰难的启发和训练。一向笨嘴笨舌的江山还别出心裁，教她唱歌，唱她最熟悉的《东方红》《歌唱农业厅》，并当场试唱了一下。那简单含混的腔调，与过去滔滔不绝的讲话、银铃般的笑声，怎么会出自一人之口？唱得我眼泪汪汪的。

年富力强、风华正茂的江山自己窝在医院的病房里，寸步不离地守护着玉兰，耐心得像幼儿园的阿姨，不停地为她洗头洗脚，按摩捶背，喂水喂饭，接大小便。为了劝说玉兰配合治疗，针灸先在自己身上扎，中药先用自己嘴来尝，一种用蜈蚣制成的“一枝梅”膏药，以毒攻毒，先在自己身上贴。甚至进高压氧舱时，玉兰害怕，他也陪着钻。玉兰的话别人听不懂，只有江山一人能懂。玉兰指指碗里的剩饭，他知道不想吃了，劝她：“吃了吧，一粒粮一滴汗，粮食来得不容易。”玉兰就乖乖地吃下去了。玉兰指指窗户，江山就知道：“天凉了，关上窗户。”在我看来，他们互相看口型观眼色，比比画画，就像在打哑语，全靠心领神会，彼此不分，融合在一起。一首多么感人的爱情之歌！

3 年里，玉兰转移到哪里，江山跟到哪里，玉兰住多少天，江山也住多少天。许多夜里，看着玉兰静静地躺在身边输液，江山也在默默地想，回想那 20 年爱情的汁液是怎么往自己身上点点注入的。20 年来，玉兰担子重工作忙，常常牛郎织女，人各一方。没事的时候，他掐着指头算，20 年来他们在一起的时间加起来不到三分之一。而只有现在，才能相伴一起，耳鬓厮磨，才有时间让他不错眼珠地看着心爱的人。虽然天天筋疲力尽，可是有一种轻易得不到的幸福感。

苦行五年立传

1993 年 3 月 31 日凌晨，我正在大洋彼岸旧金山南部一个小镇，凭空一阵旋风在眼前刮过，打了一个冷战。回国才知道，吕玉兰同志正是那个时辰在医院去世的，也许她至死也没有忘记我这个穷朋友。

1993年4月9日，中共河北省委为吕玉兰同志举行了隆重的遗体告别仪式，工人、农民、部队官兵、知识分子自动赶来送别他们敬重的劳动模范。《河北日报》发社论盛赞：“她的一生是光辉的一生，战斗的一生，为党和人民的事业，献出了毕生精力，做出了重大贡献。”（1996年全国第一届“中国雷锋”评选，她的名字与焦裕禄、王进喜、孔繁森等排列在一起。）

我见到江山，是他九天九夜抢救又九天九夜料理丧事之后，形容枯槁，精神恍惚，一下子老了许多，我都认不出来了。见面第一句话就说要为玉兰写一本书。我说你苦熬3年身体垮了，先住院检查一下。他说医院不能去，已经感到心律不齐，有时心绞痛，害怕进去就出不来了，耽误了写书。此时江山已是名记者，两度被评为新华社系统“十佳”，分社有意提拔他进领导班子，动员他参评高级记者，为了写吕玉兰他放弃一切，请了长假。

头半年集中整理吕玉兰的遗物、资料，上百本日记，数千张照片，见物思人，天天以泪洗面。半年之后进入采访阶段，他沿着玉兰53年的足迹，走遍鲁西北南，走遍河北的平原和山、海、坝，先后采访300多人录音400多盘。请假之后，工资扣除20%，父女三人每月剩三四百元，还得预先划出外出采访的差旅费。在北京采访的两个多月中，住10元一宿的地下室，吃两三元一顿的地摊，渴了大口大口地喝自来水。困难的时候，他感觉玉兰就在身边；求见高级领导时，他觉着玉兰在旁边壮胆儿；斟酌素材时，他觉得玉兰就在对面切磋。初稿整整写了3年，之后又改了6遍。拿起笔来，就感到是和玉兰对话，甜言蜜语，喋喋不休，有时还说句笑话，逗得他笑出声来。稿子送出版社后，他亲自参与版式字号选择、封面和装帧设计。书稿中几十张照片是从玉兰的上千张照片中精选的，一定要是玉兰生前最喜欢、最传神的，甚至连照片上的毛巾服装都要是最得体的。最后一个字一个字地校对了

3 遍，有时还情不自禁地念出声来。每一道工序，他都觉得是在为玉兰梳头洗脸，剪裁衣服，尽量把心爱的人打扮得漂漂亮亮。

5 年的心血没有白费，他的《吕玉兰》终于面世了。厚厚的一本，洁白的封面，白毛巾花格袄的玉兰正与敬爱的毛主席亲切握手，和本人一样浓眉大眼，朴素大方，白玉无瑕，人见人爱。他把全部稿费 3 万元买了 2000 册书，赠送给玉兰生前的亲朋好友及有关同志，也把不尽的思念分享给大家。开新闻发布会那天，江山衣着整齐，精神焕发，手捧新书放在胸前，像与他的《吕玉兰》举行婚礼一样。

（原载于《名人传记》2003 年第 11 期）

三上前南峪

1963年8月初，难熬的三年困难时期刚刚过去，一场百年不遇的特大洪灾接踵而至。七天七夜降雨1700毫米，整个太行山南段变成了一个特大的黄果树，洪水山崩地裂似的倾泻下来，山区陷于灭顶之灾，平原一片汪洋。那时我正在邢台县工作，跟在县长后面，手拄木棍向山区走去，一天一夜赶到前南峪村，眼前一片狼藉，惨不忍睹。村庄被洪水削去三分之一，山体被撕去了一层皮，解放后辛辛苦苦修起的谷坊坝、蓄水池荡然无存，老祖宗留下的4000棵栗子树半数被连根拔走，丰收在望的640亩河滩地被轻而易举地抹去一半。滚滚洪流里布满旋涡，龇牙咧嘴地向人狞笑。农民眼里泪水流干了，只剩下两团火。群众会上，大家低头耷拉脑袋好像一滩沉默的石头。

这时站起来一群汉子，为首的郭成志是村里唯一上过中专，又因家庭困难辍学回乡的年轻人。他说，前南峪人要发扬抗大精神，一手持矛向荒山，一手握盾守河滩，制定20年计划，重造河山。1940年，中国人民抗日军政大学总校从延安东进太行，在前南峪山沟里住了3年，在山林中学文化、学军事、修梯田、反“扫荡”，留下了许多可歌可泣的故事，前南峪人一向引以为荣。

1996年，又是倒霉的8月初，报载邢台山区一昼夜降雨600毫米，暴雨过分集中，受灾程度不亚于1963年。我放心不下前南峪，连夜从省城赶来，同行的邢台县山区建设主任说，全县冲毁土地10多万亩，沙压3万亩，四道山川洗劫一空。与前南峪一山之隔的路家庄，山体滑坡，房倒屋塌。可是翻过山来，前南峪却完全是另一种景象，花儿依然红，清水照样流，山坡上一层油皮儿都没损伤。相反，大雨冲刷后，山山水水更加葱绿、耀眼。真是奇迹！特大洪水中安然无恙，岿然不动。闻讯赶来的国务委员、国家科委主任宋健欣喜之情溢于言表，挥毫题词：“大自然是公道的，总是对掌握其规律的人们以厚报。”邢台县前南峪村这年的情况与1963年相比，形成鲜明对照，植树造林，保持水土，抵抗灾害，这是颠扑不破的真理。

说得对。前南峪人从1964年起，治山治水连续打了4个战役。先是上山植树，种洋槐3400亩，果树14万棵。接着下河造地，修坝18里，拉土垫地420亩。再是兴修水利，截潜流5处，修坝25座、防渗渠8400米，最后小流域综合治理，大沟10条，小沟71条，山头32座，面积8300亩。所用土石方，按1立方米堆砌，可以修成一条从北京到广州的万里长城。到1995年，植被覆盖率已达94%，林木覆盖率90.7%，被誉为太行山最绿的地方，荣获环境保护“全球五百佳”提名奖，1996年被林业部命名为“全国高标准生态经济沟”。与1964年比，工农业总产值从16万元增至9668万元，公共积累由24万元增至6670万元，人均收入由57元增至3560元。

但是，与美丽的青山绿水相比，前南峪没有一个人“白白胖胖”，有“苹果似的脸蛋”，而是个个面目黝黑，满脸风霜。握手时，双双有力如钳，粗粝如锉。用废的钢钎论汽车装，用过的炸药加起来有山一样高。年仅22岁的民兵指导员，号称“山区凤凰”的郭海文姑娘因公牺牲在治山工地上。

今年秋天三上前南峪，又给了我一个惊喜，这里已经变成著名的生态旅游观光区，几年不见，是如此美丽而陌生。

从抗大纪念馆上山，橡树林中的一间小房，红石垒墙，石板做顶，是当年抗大副校长何长工的旧居。这个井冈山的放羊娃，主持教学工作，常常以橡子面果腹。树荫下一排排红石板，曾经是抗大学员的桌凳。微风吹过，树叶哗哗，好像当年琅琅书声。

接下来曲曲弯弯山林幽径，像一条长长的绿色胡同，抬头不见天，阳光从林荫筛下，好像细细雨丝，绿色的。两厢漫山遍野的栗树，是1993年春天前南峪民兵栽种的，共计2万棵，它们也像民兵的队列，纵横成行，威武雄壮。如今枝头已经挂果，毛茸茸的栗球睁开眼皮，露出晶亮的眼珠。

古老的栗树林是太行山的历史，2000棵古树千姿百态，都有几百年高龄了，其中的长辈千岁有余，号称“唐栗”。它们的族长“栗树王”高20米，树围3米，3层树杈都可以坐下4人打扑克。老树生命力衰落，结果日渐稀少。前南峪人请科技上山落户，经过剪枝改良，老树生出新枝。全村年产优质板栗160万斤，仅此一项就收益600多万元，连千年的栗树王每年也产果600多斤。前南峪的农民，有148名获得技术员职称，28名领到中级以上职称证书。

穿过苹果园、红果园、药材坡，来到万邦珍果园。这里我以前来过，曾经“山是和尚头，坡是光屁股，满沟大石头”。1996年以后，前南峪人富而思进，二次创业，奋战几年把它建成精品示范园区，国际农协主席达姆斯率13个国家40名专家考察后，给予高度评价。

站在坡下往上看，这是梯田垒起的山。所有的地一个规格，红石砌墙，白灰勾缝，重重叠叠18层，整整齐齐绕山转，好像一个巨大足球场的看台，隐隐约约的树冠万头攒动。爬到山顶回头看，是大山铺开的园。全山分成7大果园，全部引进世界优秀品种，一个规模不小的世界博览会。我来得正是时候，果园正处于成熟期。

澳洲油桃，硕果累累，椭圆形果实皮色全红，一颗半斤重，浓郁的香味从薄皮透露出来，咬一口满嘴流汁。美国红提，大穗垂垂，颜色紫红，穗重800多克，大粒22克，可以切片食用，肉硬而脆，耐储运。乌克兰樱桃，满枝火星，灼灼闪闪，格外喜人，有两个品种:“红宝石”一个月成熟，单果 6 克，“扶泽”一个半月成熟，单果 10 克，放在嘴里酸甜可口，余味无穷。欧洲榛子，3 年结果，球实满枝，摘来剥食，个大皮薄，果仁有一种特别的香味。

也有的园区果期已过。美国凯特杏，苗栽后当年成花，抗晚霜，自然授粉，果重 100 克，两年株产 3.3 公斤。澳洲杏扁，营养丰富，世界四大坚果之首，抗逆性强，出仁率高，适合干旱山坡。这两个品种都在 4 月开花 6 月结果，只能等到明年再来品尝了。玫瑰园里葳蕤生光，香气四溢，大朵红色紫色白色的花，从枝叶间探出头来，像一个个可爱的娃娃脸。这千株玫瑰是何长工的儿子专程送来的，纪念他在前南峪度过难忘的童年。这里地处深山，可是前南峪人却早早地就探索走向世界之路。

我置身园区，流连忘返，兴奋不已，让自己被这色彩、芳香和灵气感染着、浸透着。郭成志和前南峪人把山种活了，把树种神了，把农业推向一个新的境界，这深山里的小村又成为太行山最美的地方。

下山的时候，我想到了长眠在山上的那个姑娘，她已经涅槃了，成为一只美丽无比的凤凰。

（原载于《庄稼院，心灵的家园》，吉林人民出版社 2010 年版）

金色的希望

旱情，突出地表现在史庆的脸上，胡子拉碴，嘴唇干裂，眼内布满血丝。作为蔚县烟叶生产公司的总经理，他已经几天几夜没吃饭睡觉了。一年之计在于春，眼下正是烟苗移栽时刻，6 万多亩烟田一棵苗也不能忽视，他向县委、县政府立下了军令状。

我坐在旁边，看他熟练地驾驶着吉普车开出蔚县城区。令我惊疑的是眼前并不是赤地千里，而是白茫茫一片，无边无垠，不是路边摇曳新绿的杨柳，还以为到了冰天雪地的北国。吉普好像一只游艇在万顷波浪上颠簸，产生了一种眩晕的感觉，停下车来才看清楚，是一望无际的烟田上铺天盖地的塑料薄膜。一条条苗垄笔直如线，膜下的烟苗影影绰绰，朦朦胧胧，膜上缀满地气凝结的露珠。

史庆看见烟苗，眼里放着光，笑纹堆成了花，一脸的旱情和倦意早已无影无踪了。他像幼儿园的阿姨看到床上的娃娃们，这儿掖掖那儿按按，这儿刨个坑那儿抓把土，掂量着土壤的温湿度，生怕宝宝们受了委屈。有时喜形于色夸几声，有时假装生气骂几句，不时地掏出大哥大指挥着分散在各个地块的部下和乡、村两级干部们。

位于大南山和熊耳山之间的蔚萝盆地，被称作塞北江南，肥沃的淡栗钙土和水稻土，充足的日照和年辐射量，还有横穿其中的壶流河的水利，使这里早有了上百年种烟历史。不过以往种的是农民自给自足的旱烟，种经济价值很高的烤烟仅仅 20 年时间，而形成规模经营才 10 来年。蔚县种烤烟有个致命的弱点，就是无霜期短，一年才130多天。为了保证烤烟的内在质量，史庆和他的伙伴们摸索了一套早育移栽技术，每年惊蛰前后营养钵育苗，立夏前后移栽，全部地膜覆盖，这样就把烟叶的生长期拉长了，把无霜期拉长了。蔚县的烟叶品质有了显著提高，连续4年被评为河北第一。不久前召开的全国烟叶生产工作会上，蔚县地膜烟尤其改良地膜烟受到肯定，被誉为“优质烤烟最佳实验区”。蔚县烟叶属于中间香型和偏清香型，用它做原料试制的卷烟不亚于名牌云烟风味。

6万多亩烟田像个整齐的大棋盘，红黑两方，一边是史庆，一边是大自然，已经厮杀了5个回合，战绩是5∶0，5年年年上个新台阶。从1992年的2.43万亩，收购350万千克，烟农收入1207万元，税收413万元，到1996年的5.2万亩，收购738万千克，烟农收入6668万元，税收1257万元，使5513户农民脱贫致富，全县提前实现小康，烟叶生产已经成为与煤炭工业并列的支柱产业。民谣曰:“蔚县人民长精神，因为乌金（煤炭）和黄金（烟叶）。”今年是第6个年头，能种6.5万亩，史庆绝无稳操胜券的心理，而是从零开始，小心翼翼用兵布阵。

史庆相信毛泽东的“农业八字宪法”，在这十年九旱、年降雨量不足400毫米的蔚县盆地，处处水字当头。我们沿着壶流河水库干渠察看，正是烟苗移栽用水高峰期，抽水机扬水站全部开动，还是供不应求，车拉人担，广阔天地显得拥挤。而在宋家庄乡则是另一番景象，田野上水多人少，烟农沉得住气，农事井井有条。北口峪外的富家堡新打了10眼机井，正好打在水脉上。大南山北坡320平方千米的地下水都集中在这里，10眼机井不停地抽水，从未抽干。十井汇流，两条东西干渠，每秒0.4立方米的流量，源源不断地进入11条南北支渠，然后汩汩流入烟田，彻底实现了水利化。史庆说，因为水利条件根本改善，这个乡的烟田从2000亩扩至12000亩，全乡脱贫致富。

《蔚州志》上说全县有八百古堡八百戏楼，果然不差，所到之处，远远就望见雉堞逶迤。史庆说你又看错了，那是一家一户的烤烟炉。走近看，每座砖砌泥封的烤炉，一丈见方，一丈七八尺高，侧出烟囱。一个个烤炉排列起来就连成城堡。史庆说全县有烤炉 9000 座，每年七八月间真是一番风景。成熟的烟叶色深片厚，上、中、下部烟叶分类上竿，好像挂起万匹绿绸。风晾之后，送入炉内，炉下慢慢加温，从炉窗可以看到，烟叶经过拿水拿色，叶片渐渐变黄发软，继而叶筋变黄，叶片卷筒。最后全部叶片叶脉干透，勾尖卷边，一派金黄。整套烘烤技术非常精细，不紧不慢，由县里的技术员炉边指导，保证烟叶内含物质充分转化，优良性状完全呈现，形成充足的致香基础物质。群炉生火时，村村寨寨火光熠熠，青烟袅袅，特别是晚上，火树银花，簇簇行行。烟农们围坐炉边，青年人载歌载舞，老年人饮酒品茶，等待着金色的理想最终实现。

她为国徽添光彩

早就传闻石家庄市桥西区国税局有个“包青天”，在我的想象中这个富有传奇色彩的人物，一定是个长身铁面、金刚怒目、威风凛凛的角色。万没想到，见到的是一位白净秀丽、温文尔雅、楚楚动人的女士。帽檐下不露一缕秀发，紧身制服一丝不苟，白色镜框后面透出深沉的目光，周正的鼻梁显示着一种庄重，微笑的嘴角带着一种坚毅，除了稍微瘦弱之外，无可挑剔。上帝造人公平而吝惜，往往都有保留，偏偏在她身上，婉约与豪放、力与美达到和谐的统一。

一

她叫崔金玲，1983 年调到石家庄市桥西区税务局个体所，开始了税务生涯。

长到 28 岁她从未摸过算盘，也从未数过那么多线。为了学珠算，一有空就噼里啪啦不停地打。为了学数钱，废报纸裁成纸片不停地练。笔记本上密密麻麻记满了税目税率，连走路都不停地背。两年后考入中央财经学院函授大专班，系统地学习了《国家税收》《财务会计》，由外行变成了内行，由专管员升到所长。在人生的转折中，她经受了种种考验。

青年市场位于全市最繁华的地段，是集加工、销售、食宿为一体的综合市场，八大行业样样俱全。人员复杂，素质偏低，税法观念淡薄，一些个体户千方百计逃税。

崔金玲决心解剖这个“麻雀”，一头扎进人海之中。为了摸清肉市情况，她天不亮就起来“蹲坑”。冬天的早晨，寒风凛冽，脸冻红了，腿冻僵了，脚冻肿了，经过十几天观察终于把63户摊位的底数摸清了。发现他们从早6时起以批发为主，大宗卖给饭店、食堂，8时以后再把剩下的肉搬到案子上零售。抓住了确凿证据，税款由原来的150元提高到350—400元，仅此一项每月增加税收13000元。

小的饭馆、旅店星罗棋布，经营五花八门，收入难以掌握，税额明显偏低。崔金玲决心理出一个头绪来。她和同志们下班不回家，高峰时刻到各门口查看客流量，她出钱让新来的专管员便装去吃饭，掌握各种饭菜价格。午夜时头顶满天星斗查对店簿，核对床位收费标准。终于摸清了辖区服务业底码，为定额征收提供了可靠依据。

服装市场万紫千红、琳琅满目，从业人员形形色色、钩心斗角。她一户户一个个调查研究，拉家常，交朋友，建立了协税护税群众组织，团结了一些忠实守法的业户做“眼线”，根据了解到的蛛丝马迹跟踪查访，核对库存，堵住了许多漏洞，制止了个别业户场内联系、场外交易的偷税现象。

人头攒动处常见她匆忙的身影，喧哗闹市里常听她动人的声音。一些业户发自内心地称赞:“真没见过这样能干的女人，不仅让你愉快地纳了税，还教你学到了许多不懂的东西。”一些社会知名人士也说:“从她身上看到了税收事业的发展和希望。”正是靠辛勤劳动，她们所的税收从1982年的几十万元增加到1994年的850万元。工作会使愚人转为聪明，聪明人转为智慧，智慧人转为稳健。经过几年不懈努力，崔金玲逐步建立了一套符合实际的工作模式，先后写出了《个体户营业额确定法之一——成本倒算法》《怎样进行个体户的税负调查》《从事个体管理的专管员应具备哪些素质》《如何计征个体所得税》等颇有价值的论文，字字句句浸透着她的心血和汗水。

二

也有人背后说:“这个女人铁石心肠，没有人情味。”吃请不到，送礼不要，有些纳税户拐弯抹角打听她的家庭住址，要去“拜访”，都被她一一谢绝。一次处理一起偷税案件，当事人悄悄找到她说:“别那么认真，高抬贵手。让我掏那么多钱补税也进不了你的腰包，不如实惠点。”挨了崔金玲批评之后仍不死心，趁她下班时，从门缝里塞进一个信封。崔金玲发现里边装着 10 张“大团结”，立刻火冒三丈，让专管员开了罚款收据送去，依法补税 5000 元。

爱美是女人的天性，崔金玲也十分讲究仪表，喜欢漂亮的衣服。她主管的青年市场以服装生意为主，各种各样高档时装应有尽有，价格比国营商场便宜一半。十几年在眼花缭乱、万紫千红中迷恋地走过成百上千次，她没有为自己选购一件，也没为丈夫儿子选购一件。她对年轻干部说:“如果图那么点儿便宜就会影响自己的形象，因小失大。”有人说崔金玲一年到头一身蓝制服，可惜了那身条儿。她自己从来不这么想，女人纯正的饰物是美德而不是服装。

正直的人都有善良的一面。崔金玲得知纳税户确有困难时，总是主动地帮助解决。南马路铁丝厂是个街道小厂，职工 21 人，流动资金不足 2000 元，设备老化无力更新，靠外来加工勉强维持。随着改革开放，市场竞争激烈，仅有的一点业务也被个体和私营企业抢走，面临倒闭，厂长急得团团转。崔金玲从来不想锦上添花，愿意雪中送炭。通过捕捉信息，查询资料，发现郊区发展养殖业，需要铁丝网做鸡笼兔窝。工厂采纳她的意见改产鸡笼，产品供不应求。工厂扩大生产需要购进一台拉丝机，她亲自带着十几万元供销合同，三次帮忙跑信用贷款 2.5 万元，使这个濒临倒闭的小厂起死回生，产值达 40 万元，当年实现利润 5 万元。办事处开庆功大会，第一朵大红花戴给她这个税务干部。

通常说女人嫁给男人，男人嫁给事业，而在崔金玲的家庭正好相反。十几年早出晚归，加班加点，越是节假日越是不着家。记不清多少次耽误接孩子，孩子被同事代领回家。记不清多少次答应孩子上公园、逛商场，几乎答应一次落空一次。1988 年冬天的一天，爱人出差千叮咛万嘱咐别忘了接孩子，偏偏税收大检查脱不开身。等她跑到学校，7 岁的孩子眼里含着泪花，小脸冻得通红。她再也控制不住自己，紧紧地抱住孩子，十分内疚，她欠孩子欠丈夫的太多了。

父亲重病期间，多么希望最心爱的女儿守在身边。可她总是忙啊忙啊，几次自言自语，过了这两天征期，一定请假伺候老人，尽尽孝心。想不到父亲突然去世，没见上最后一面，落下了终生遗憾。她跪在父亲灵前哭得死去活来，晕倒过去。她毕竟不是一个超人，而是个有血有肉有感情的女人。

三

采访至此，崔金玲泣不成声。笔者也禁不住跟着落下泪来，感叹她一个弱小的女子，如何承受住这般物质的精神的巨大压力，奇怪她那超乎常人的韧性和耐力是怎么积蓄起来的。崔金玲擦干了眼泪，讲出了她一段不平凡的经历。

崔金玲出生在石家庄，祖籍德州宁津，血液里流淌着山东人的豪气。兄妹 5 人，她排行居三，从不娇生惯养，从小喜欢看刘胡兰的故事。18 岁从六中到无极县里庄插队。起初，村里人看她身材弱小，只派轻活，她却坚持与男劳力一样去起粪坑。队长拗不过她，划给她一个粪坑，两天起完记 9 分工。崔金玲使尽全身力气，一锹扔不上去，“搭桥”两次扔上去。汗流尽了，手上起了血泡，用毛巾裹起来继续干，终于完成了任务，为插队青年争取到了同工同酬。根治海河，她和男劳力一起出工，推独轮车，抬大筐，100 多公斤重负，数百米上坡，她咬着牙一天几十个来回，双手两肩上，水泡压成血泡，血泡磨成茧，白净的姑娘变成了黑脸膛、铁肩膀。

村里看她是一棵好苗子，先后把民兵连长、生产队长的担子压到她肩上。为了改造落后队，又把她从条件最好的队调到“老大难”九队。工值 1 角 1 分，她一个工也不误年终只分到 30 元，口粮也仅够吃半年。给个棒槌当针纫，几百口人的生计都在肩上，崔金玲第一次失眠了。劳动之余，她一户户调查研究，琢磨前进之路。找到了问题的症结在宗派明争暗斗，她开始讲道理，但人微言轻，大人听不进去。她就看书学理论，找公社干部学工作方法，终于找到钥匙打开了锈锁，解开了多年疙瘩顺了气。“老大难”九队风气正了，工值上去了，粮食够吃了。乡亲们认可了，公社认可了，20 岁的崔金玲当上了大队支部书记，多次出席县、地积极分子会议。可是文静内向的崔金玲并不想当“官儿”，她不过在风雨泥泞中认识了自己，增强了生活的信心。

人出了名，好事接二连三。进工厂，上大学，崔金玲都没动心。1978 年底，种牛站招工她报了名，种地养牛都是劳动，不过换了一种活计。报到那天，她就把 5 年的光辉历史封存在档案里，一声不吭，从零开始，粉碎秸秆，打扫牛舍，挤牛奶，默默地干起来。她相信一个人的生活是由他的思想写成的，能变更心境者就能变更生活，辛苦是获得一切的定律。

告别崔金玲的时候，我觉得扎扎实实地上了一堂课，不仅知道了我和我们的工资是怎么来的，还知道了怎样认识自己、认识生活。有人把税收称为国家的大血脉，那么崔金玲们就是大血脉里的红细胞白细胞，血脉因他们而鲜红，他们为国徽添光彩。

魂系南疆

前线某部驻扎在一个山坳里，七座葱郁的山头把它围成一个绿色的中军帐，威严而壮丽。

成批的作家来访还是头一次，部队对我们十分热情，详细地介绍了战况，就是不大愿意让我们走出去。虽然战事日趋平静，但是冷枪冷炮时常发生，遍地是雷防不胜防。还有敌人特工不断潜入，万一捉去一个，战争可就升级了。他们说得一本正经，不是吓唬。

但是，我们飞机、火车、汽车，跑几千里从北方来到南疆，绝不是游山逛景来的。我自己也按捺不住了，父亲是军人，抗日战争中牺牲的，适龄时因为是独生子，参军梦破灭了，好不容易碰到一次战场生活啊！幸好访问团中有两位同志是这个部队的转业兵，他们的战友遍布战区。凭他们的关系，我们走出了山凹，走到了盘龙江畔，走遍崇山峻岭，走上了老山，走上了八里河东山，走上了 20 世纪 80 年代的上甘岭，走进了各种各样的猫耳洞，亲眼看到敌人工事和荷枪实弹的越军。真是越走越来劲，越走越激动，腿走拐了，脚打泡了，鞋底的铁掌磨没了。到底不虚此行，我们每个人都感觉到真正走进了战争，走进了前方将士们的心中。

山顶洞人

那就是猫耳洞吗？远远看上去像鸟窠鹰巢，星星点点分布在巉岩之上，掩映在丛林之中。它神秘地诱惑着、磁石般吸引着我们的眼睛。我们化装成军工战士，背着波纹钢，低头向上爬着。向导特别叫把眼镜摘下，以免被错以为是大官儿，发生意外。一般双方都不打军工，是自然形成的规矩。

爬呀爬呀爬上一道山坎，突然跳出来一个战士，像猴子似的，蓬松的头发遮盖着脑门，满脸胡子荒芜了脸颊。战士笑笑，露出白牙，打手势请我们进哨。那是大山的一道裂缝，两尺来宽。他做着示范，弯腰倒退进去，里边稍宽，有张简单的床铺。

战士紧靠在我身旁，十分亲热，就是不大说活，一切都是向导替他说的。

现在正是旱季，战士穿上了衣服。早来一个多月，他们还都是裸体。猫耳洞狭小阴暗，潮湿闷热，夏季气温高达40℃以上，总不透风，煤油炉子味，汗臭味，白天大小便都在罐头盒子里，简直令人窒息。加上大头蚊子叮，山蚂蟥咬，先从裆里、腋下溃烂，逐渐蔓延全身。所以战士们索性脱个精光，反正前沿不见女人。班长、排长也习以为常，有时连长召集开会，开到半截嘿嘿乐了，大家都是赤条条的，都退回到原始社会了。他们自称山顶洞人。

说也奇怪，山顶洞人的生活，也会使现代人的动作习性出现返祖现象。狭小的石洞把那些魁梧的身材扭曲成弯腰缩背，出来进去有时前肢拄地。以眉目传情，以手势示意。猫耳洞缺水，战士们不敢吃压缩饼干，吃了上火。他们常常伸出干裂的嘴唇吸吮树枝草叶上的露水，伸出干燥的舌头去舔阴湿的石头。炊事员用弹坑里积存的雨水做饭，南方是红壤，红泥汤子煮的粥，还以为撒了一层辣椒面呢。

吃苦受罪不可怕，最受不了的是难耐的寂寞和孤独。特别是这些活泼的年轻人，在这里七情六欲都消磨光了，猫耳洞待长了，往往都不会说话了。平时他们的伴侣，除了石头就是老鼠、蛇蟒之类。猫耳洞老鼠成灾，可能是越南那边太穷了，大批的偷越国境，这边有吃的。过来的老鼠贼精，能用尾巴撕拉开罐头，能用牙齿磕开瓶塞。白天把鸡蛋扣在脸盆底下，夜里三五只老鼠串通好了，能一起用脑袋把盆子顶开。

北方来的战士最怕蛇，偏偏蛇很多。白天成群结队地上爬，晚上枕边身旁轻轻蠕动。一次碗口粗一条大蟒堵在洞口，瞪着亮晶晶的眼睛，吐着红乎乎的信子。洞里战士束手无策，抓起电话问连长怎么办？连长有经验，说打开罐头送过去，要肉罐头不要素的。果然打开一个扔去，那蟒吃了，再打开一个递过去又吃了，一直吃了 5 斤肉罐头，才点点头摇摇尾巴走开了。后来胆大的养蛇捕鼠，天气热极了，那冷血动物还可以降温，可是麻痹了也会出娄子。有个战士睡觉，一条毒蛇爬在身上，朦胧中用手一扫，手指被咬了，眼看着肿起来。军医不在，又打电话问怎么办。连长电话指挥，用手绢扎紧血管，拿水果刀切开了手指，挤出蛇毒，才度过了一场生命危机。

够了。从以上猫耳洞点滴情况，足以说明我们的战士吃尽人间苦，受尽世上罪，简直无以复加了。在每一个猫耳洞里，我都流过泪。我也是苦孩子出身，可那种苦怎么能与猫耳洞的苦同日而语呢。我睡他们的石板铺，喝他们的红泥粥，仔细咀嚼着、品味着，思索着一种新的苦乐观。

今日猫耳洞的苦与旧社会的苦、上甘岭的苦不同，不同就在反差上。一是纵向对比，80 年代现代人，却要过着千万年以前的原始人生活。二是横向对比，前方艰苦战斗和后方的歌舞升平。旧社会苦海无边，你苦我也苦；上甘岭战役时，前方一把炒面一口雪，后方糠菜半年粮，差别也不大。而今呢，前方是这样艰苦，后方太平盛世，安居乐业，甚至有些人追求高消费。不知西服革履、空调地毯者做何感想，是像猫耳洞人那样，吃苦而不觉苦呢，还是乐而不知足呢？我想这后一种人总是有的，当你为买高档电器投门无路，为豪华的婚礼债台高筑而牢骚满腹，甚至为今天的鸡蛋比前几天又涨了1角钱而骂骂咧咧时，你是否想到了猫耳洞里的战士？是否想起了他们的生活？我知道有一些人是不会想的。可是战士们都确确实实想着你们。我遇到一个18岁的城市兵，他说，一年到头多见树木少见人，天天给对面的山头相面，让青春和才华偷偷溜去，似乎没意思。但是一想到后方的同学亲友，某某正在大学读书，某某正在工厂上班，某某正在体育馆冲击世界纪录，我们在这里吃苦受罪，正是为了他们获得文凭和奖杯，正是为了他们甜蜜的梦不受惊扰。想到这里，精气神就来了，血流就快了，眼睛也亮了。

多么可爱的战士，多么崇高的思想境界！他们在这猫耳洞里，在隆隆的炮声中，在难耐的寂寞中，悟到了人生价值的真谛。吃尽人间苦，受尽人间罪中，青春得到了升华。正如他们所说，这才算当真正的兵。

老山骆驼

在战地接触了那么多英雄战士，一个个陌生的面孔变成了朋友。我更想访问一个熟悉的人，了解他的变化，自然想到了老友刘章的儿子向海。听说他负了伤，他哥向东曾给我写信要求参加访问团，由于各种原因没能成行。向海本人也写诗，有作品寄给我，在河北他们家以“写诗专业户”传为美谈。不知现在他人怎么样了，伤怎么样了，诗怎么样了。

刘向海的连队驻在对面山上，电话通知了，估计两个钟头才能赶到。没想到不到半个小时他就扑进来抓住我的手，鼻子嘴呼哧呼哧喘气，头上汗气腾腾。听到信儿，他是一口气从山上跑下来的。我心疼地抚摩着，从头到脚打量着。几年没见，长成大人了，比他父亲还高，才17岁呢。部队介绍，他是个不错的军工，有一次子弹穿透了胳膊，他没有流泪，也没有告诉家里。伤后好长时间手指僵硬握不成拳头，他咬牙练呀练，如今握住我的手攥得我生疼。

恍惚间，另一个刘向海出现在我眼前。有一次到他家串门，他正被院里的孩子打了，鼻涕眼泪地回来。他妈骂他窝囊，打不还手，骂不还口，天生属鸡的，是个草鸡。昔日的小草鸡，今天变成了一只雄鹰。战争是如何锻炼人的，我让他讲讲战斗生活。

向海孩子似的说："叔叔，我给你们唱个歌吧，反映我们军工生活的。"

山骆驼，山骆驼，
从早到晚不停地驮。
一片片草丛踏成小路，
一块块岩石踩进泥土。
汗水伴着脚步，
脚步伴着汗珠，
一步，一步，一步，一步，
慢慢地爬进了猫耳洞口……

我估计这歌词是他写的，或者他们集体创作的。他唱得那么轻松、天真，还有一点儿表演味儿。可是真正的军工生活远不是这么浪漫，这么富有诗意，那是负重运输，血汗跋涉啊！

向海原来是炮兵，到战区改为军工。他们一个连负责"上甘岭"四个连的全部供给。这些十七八岁的战士，在家里还是孩子，买粮买菜妈妈都舍不得让他们干呀。进入阵地前，进行过三四个月强化训练，背沙袋，背红砖，5 斤一块的砖，从 8 块加到 22 块，每天走 30 公里山路。脚掌踩出泡，泡又磨成茧，嫩肩膀的肉肿上来，又压下去。

进入实战，"上甘岭"一带山高坡陡，荆棘丛生，车马难行。一切作战物资、生活用品全靠军工肩扛人驮，军工的肩膀成为前方的生命线。从驻地到前沿，六七公里，每天送两趟。像向海这样的孩子们，每人背2块波纹钢，180斤重，爬70度陡坡，登1600米险峰，中间还要经过3个敌人炮击区，4个敌人特工活动区。总共八曲十七弯，才到目的地。山道如线，一人踩着一人脚印走，不敢偏离一寸。战区到处是雷，有敌人布的，也有自己布的，记不清了，每棵草都可能是地雷的引线。稍不小心，蹬下一块石头，滚下坡去，就会引爆一连串雷声。5至10月，天天下雨，山路泥滑，军工们手脚并用，手印脚窝，汗水血迹。雨越下越大，货越湿越重，多想喘一口气呀。可是他们马上意识到，肩上背的不再是沙袋红砖，而是猫耳洞同志的弹药给养，是祖国的重托、战士的重任啊。多少次都是物资送到，军工却晕倒了。

向海告诉我，他和他的43名战友在这条山路上，6个月共送货7153吨，相当于4吨卡车1788辆，60吨的火车皮119节，行程225800公里，可以绕地球5.6圈。

人们说，老山是当今世界最高的山，还说80年代的“上甘岭”是理解人生的制高点。我攀登它们时，脚步是那么沉重，心情是那么沉重。我是用脚步丈量，也是用心攀登啊。老山主峰247层台阶，上甘岭1040层台阶，那都是人生的阶梯啊。上去的时候，我不禁想起我们的作协会员、这个部队的谢玉久同志在前线的一首诗，是写给烈士的：

他们沉睡了，
睡成了一道道台阶，
……
山不高……
他们攀登了一生，
便毅然倒在这里，
血作水，
肉作土，
骨作石，

构成一首向上的歌。

我想借用来献给已经牺牲和依然健在老山军工战士们，因为他们的生活与道路和台阶更为贴近。

雷场相思树

刚到前线就听说战区流传着一种相思豆，极为珍贵，成为战友之间、前后方之间表达友情、互相馈赠的一种难得的礼品。这东西很难找到，以至于某个连长命令没搞对象的战士统统交出来，发扬风格，支援正在恋爱的同志。一位战地百灵鸟、著名的歌唱家打电话要来，战士们回话来到前沿才给，结果一连唱了 70 支歌子才得到一颗相思豆。物以稀为贵，这种宝贝身价日增，据说麻栗坡县城一颗相思豆可以换一条阿诗玛。

到了我这样年纪，相思已经成为过去式了，可是也巴望得到一颗，亲眼看看此物何等风采，何以名贵至此。有个偶然的机会，从八里河东山主峰回来的路上，谈论到相思豆的事，一位年轻的女医生慷慨答应回去送我一对。天哪，我高兴极了，知道这是前线同志对我们这个职业和代表团的敬意，忙连连道谢。那姑娘说她一共有 3 对，都是住院伤员送的。我们刚刚谈论，战争让女人走开，可女人越少倾斜度越大。前线的小伙子那么多，哪里女医生护士一出现，哪里病号便骤然增多。这位姑娘端庄秀丽，多得几对相思豆是毫不足怪的。

相思豆拿到手里，果然名不虚传。这种豆不是唐朝诗人王维“红豆生南国”的那一种。我家有一盒广西友人赠送的红豆，豌豆大小，血红颜色，《辞海》上又称海红豆、相思子。我没考证，可能由红颜色联想到心血。拿那种红豆与这种相思豆来比，就相形见绌了。这种相思豆结在树上，棉桃大小，橄榄绿色，形状细长，两头尖尖。成熟后晒干，剥去一层皮，相思豆就露出来了。豆有男人手指肚大小，比栗子色稍浅，油光锃亮，好像雨花石或者琥珀。样子正像微张开的河蚌，浑身硬壳，底下露出一片比较粗糙的肚皮。奇怪的是，此豆还有雌雄之分，区别在肚皮前方有性器官样构造，有的凸出，有的凹下。据说雌雄同播一穴，才能长出相思树来。把相思豆轻轻摇动，里边还有响声，大豆里还有一个小豆，是什么样子，谁也说不清楚。好不容易觅得一颗，哪个舍得砸碎。豆里有仁，仁还在响（想），所以叫相思豆。

不过这是我的杜撰。

关于相思豆，还有一个更为动人而又真实的故事。整个老山战区，千山万水只发现了两株相思树，又都在“上甘岭”。一株生涧底，在越军火力之下；另一株在坡上，又是雷区。每年 4 月，果实将熟，多少双眼睛盯着它，多少颗心想着它。狡猾狠毒的敌人，跑来在树下埋了许多地雷，常有青年战士被炸伤。这种地雷是某国武器专家精心设计的新式武器，触雷后只伤脚不伤性命。因为在战场上一个伤号要占去十个人为他服务，更能消耗有生力量。眼看着小伙子兴冲冲跑过去，血糊糊爬回来。可是纵然如此，还是不断有人去冒险，年轻的人火热的心，青春期的冲动有时是理智难以扼制的。这让人想起来白娘子舍身盗仙草的故事。

后来，这个阵地的一位指挥员，实在不忍再目睹这种无谓的牺牲了，一天他把牙一咬，下命令用炮把这株相思树轰倒了。从此事故根绝了，相思豆的来源也断了。但是相思豆热并没有因此冷下去，话题都集中在这一炮后果如何、该不该放上。

对于这场争论，我走访了许多战士，听他们是怎么看的。有的说这一炮煞风景，相思是永恒的主题，不该误伤它。更多的人拥护这一炮，说那位指挥员何尝不相思呢，他对自己的妻子儿女感情很深。只因为他爱自己的战士，希望他们爱得更美满，相思得更有味儿，才忍痛割爱，轰掉这株树，避免更多的爱的悲剧。道是无情却有情。

我自己呢，也许年龄关系，冷静一点，是理解这位指挥员的。而且思索起来，我除了对这几年的表现这场战争的文艺作品欣赏之外，多少还有一点忧虑，感到写相思的似乎多了一点儿，宣扬国防意识的似乎弱了一点儿。至于说除了炮轰之外，难道没有更科学、两全其美的上策了吗？我不想做这种设想，因为战争总是战争。

从前线回来半个月了，我的一颗心还留在南疆，连做梦都在那山水之间、将士之间继续奔走、采访。还梦到战争结束之后，那里成为我国又一处著名的旅游风景区，老山、法卡山、者阴山、八里河东山成为和黄山、泰山、峨眉山一样的华夏名山，吸引成千上万的中外游客，因为那里山山水水是美丽的，还有比山水更加美丽动人的传说故事。

台风的洗礼

1999年14号强台风登陆时，我正赴厦门途中。一路上看电视、听广播，多么想早日到达，体验一下台风的滋味，不然只能回忆青年时期读郭小川《战台风》的诗句：

烟雾迷茫，
好像十万发炮弹同时炸林园；
黑云乱翻，
好像十万只乌鸦同时抢麦田。
……
大雨哗哗，
犹如千百个地主老爷一齐挥皮鞭；
雷电闪闪，
犹如千百个衙役腿子一齐抖锁链……

火车太慢了，中国也太大了，等我风尘仆仆赶到厦门时，已经解除警报，连台风的尾巴也没有踩住。尽管这40年一遇的14号台风中心，像重整旗鼓的“还乡团”一样，复仇的兽蹄在这里滞留了5个小时之久，蹂躏了5个小时之久。

我惊呆了，这是厦门？这是美丽的鹭岛？满眼狼藉，惨不忍睹。马路边，公园里，鼓浪屿，树木七零八落，或陈尸街头，或缺胳膊少腿，有的缠着“绷带”，有的拄着“拐杖”。几百年的古榕树被连根拔起，带出的红泥如鲜血流淌。音乐岛失去了琴声，植物园是“伤兵满营”，令厦门人引为骄傲的环岛路，失去了“五彩”，形成了一道沙梁。这几天鹭岛特别静，因为失去了笑声。这几天阳光特别灿烂，因为城市破损了绿荫。

痛定思痛，谈风色变，厦门的这一天不堪回首。风暴潮潮位超过了警戒水位 30 厘米。狂风卷起数米高的巨浪铺天盖地扑来，市区一片汪洋，码头仓库被洗劫一空。极大的风速，每秒 47 米，高楼玻璃，像纸片一样飘去，广告牌子，像秋天落叶缤纷。一昼夜降雨 208 毫米，沧海横流，街道变成了河床，车辆在浪里翻滚，400 多部“的士”的顶灯被吹得无影无踪。厦门码头一座趸船沉没，鼓浪屿主趸船移位。对面岛上“金门 2 号”沉没，几小时后漂流到“钢堡”防波堤搁浅。渔村何厝，1000 多棵龙眼树东倒西歪，200 亩海蛎田覆没，200 万元收入泡了汤。全市损失十数亿元计，绿化进程倒退了 10 年。

但是，肆虐一时的 14 号台风毕竟过去了，如郭小川写的那样，“来时虽有千重雾，去时竟无一缕烟；来时虽有满身杀气满身勇，去时竟无一寸骸骨一寸胆”。倒是这座英雄的城市经过一场暴风雨的洗礼，挺住了，又站起来了。郭小川笔下的那次台风，发生在 1959 年 8 月 23 日，风力 12 级，降雨 59 毫米，死亡 918 人，倒房 17874 间。而 10 月 9 日这场台风，风力高达 14 级，降雨多达 208 毫米，死亡一二十人，房屋倒塌微乎其微。经过 40 年发展，滨海工程日益增加，风暴潮监测预报日臻完善，特别是改革开放以来物质和精神力量的迅速改善，大大提高了防潮减灾的能力。

台风就是命令。日光岩 ISO1400 启动了“应急与反应”程序，全市军民迅速投入抢险救灾。大风掀翻一辆辆汽车，动摇不了大家的决心，3 个人抱成一团顶风行进。停机坪上波音 737、757 被大风吹得上下跳动、前仰后合，官兵们爬上起落架“绑飞机”，7 架飞机一个也没有被刮跑。110 民警爬到 24 层楼顶，把摇摇欲坠的大型广告牌用铁丝拧紧拴牢，其惊险程度不亚于好莱坞大片镜头。3000 多辆“的士”不约而同地担当起疏散游客、抢救伤员的任务，大部分还是义务的。电线几乎全部被刮断，一条条 22 万伏输电线跳闸，电业局一面启动燃气电厂发电，一面组织线路抢修。全城停电三小时后，每亮起一盏电灯，就击退一片黑暗，直到光复全城。市委书记说，限三天必须还环岛路绿色的草坪、整洁的沙滩、宽敞的道路。环保局出动 2000 名员工、200 部汽车，加上 200 名驻军官兵，夜以继日清除淤沙，扫清杂物，又用清水把 12.8 公里的路面彻底冲洗一遍，重新恢复了“五彩路”的面貌，宝岛又再现了美丽的花边儿。

市委市政府及时发出生产自救通知，红十字会深入重灾区挨门挨户发放救灾款物，人保公司向 332 家受灾单位送去赔款。副食品供应迅速回升，接近或超过正常，卫生部门把防病防疫当作头等大事来抓。因为风潮凶猛，渔排冲毁，鼓浪屿周围出现大量死鱼，一网就能捞下数百公斤。平时 140 元一斤的黄花鱼，台风过后降至 5 元。工商局每天涨潮时派专人堵住变质鱼上岸，加班在农贸市场巡查，保证人民健康。物价部门动员调控手段，对生活必需品实行限价管理，保证大灾之后不惊不乱。香港某公司驻厦办事处一位黄先生，乘坐“的士”时把一个提包遗忘在车后座，内有 23 万港币，报案后 30 分钟就找到失物，一分不少。厦门人自己受灾而不忘台湾地震，向那里受灾同胞捐款的活动基本没有停止。

三天后的清晨，一连 72 小时没有合眼的市领导，分三路检查。交通干道全部畅通无阻，树木被扶正，残缺的广告牌已拆除，大街小巷干干净净。彻夜清扫的市民、官兵正靠在树干上小憩。正处于 14 号台风入口处的国际会展中心，最大风力达 15 级，400 吨重的钢铁吊塔被吹得扭曲变形，砸在总体工程上，但是即将封顶的工程安然无恙，并且已经恢复正常施工。它是厦门人不倒精神的象征。

我不由得又想起郭小川《战台风》的结尾：

台风暴雨哟，
你耍的什么威风
撒的什么欢？
你的生命只有一刹那，
只有红日红旗
长存晴天大海间；
你的面积不过一小片，
只有晴天大海
浩浩荡荡无际边。

三打广府城

刚听懂话就记住了一句歇后语，背着布（口）袋下广府——装蒜哩。刚记事就记住了一条新闻，土匪铁磨头盘踞一座广府孤城，咱们军区竟然两年多没能拿下。广府是大蒜集中产地，那里的蒜农常来我们这一带卖蒜。广府与我的家乡隆尧县同属一个军分区，县大队和军分区二十五团的战士，常被调去攻打广府城，每次都带回来一些故事。可惜迟至花甲之年才得一见，真是相见恨晚。

广府春秋属赵，史称曲梁，古城西南角有毛遂墓。隋末窦建德起义曾建都于此，国号大夏。夏王窦建德为应对宇文化及的围追，筑堤修城，暗中从城内向外修一条行兵地道，长四十五里，洞口在洺河岸上，挖出的数十个土堆，上插粮草旗号。命令队伍穿一色军衣，从城内进洞，从洞口出来，再排队从地上回城，循环往返。宇文化及看到窦家军浩浩荡荡，前不到头后不到尾，高大粮囤一个挨一个，相信了窦建德有撒豆成兵的妖术，不战而退。如今的洺河岸边，还真有个洞头村和若干个“虚粮冢”。

明朝初年，曲梁改称广平府，眼前这座砖城嘉靖四十三年（1564 年）建，长九里十三步，高三丈九尺，宽两丈五尺，四门有瓮城，四角有角楼。保存完好胜于山西平遥古城，而且是府城，比平遥县高一级，全国独一无二。清末改广平府为永年县。中华人民共和国成立后，又把县城迁至京广线上的临洺关，使得这座拥有 2600 年历史的古城躲过工业化一劫，不幸中之幸也。

比平遥更胜一筹，广府是一座水城，坐落在华北第三大湿地永年洼中央。四面护城河宽四十丈，深丈余，河外大洼南北九里长，东西八里宽，常年积水，荷塘苇荡浩渺无际，万顷碧波簇拥，云蒸霞蔚，状如海上仙山。从兵家角度易守难攻，让人想起《水浒传》里水泊梁山，《施公案》里的落马湖。

七七事变，二十九军卢沟桥打了一仗，奉命节节败退。10月日军侵占永年，任命了伪县长。随之一二九师东进，展开农村游击战，任命了抗日县长。躲在太行山南段路罗深山的河北省主席鹿仲麟也不甘落后，委派其叔父为国民党县长。一县三长，而并没有上演三国演义，国民党没有一兵一卒，只有八路军在艰苦抗日。可是八年之后蒋介石却要来下山摘桃子。日本投降，毛主席亲赴重庆缔结和平协议，墨迹未干，蒋介石就组织百万大军进攻晋冀鲁豫边区。边区军民奋起抗战，连克60座县城，太行、太岳、冀南、冀鲁豫四区连成一片，冀南平原上只剩下一个广府孤城，被两名土匪盘踞。十一战区司令长官孙连仲不顾脸面，任命土匪头子王泽民为河北保安第一纵队少将司令，许铁英（外号铁磨头）为河北保安第二纵队少将司令。命令他们死保严守，留一颗钉子楔进晋冀鲁豫边区腹地，备做反攻的跳板。无奈二匪名声太坏，民愤太大，难免授人以柄。

铁磨头原名许仲琪，1914年生于一个没落地主家庭，17岁贩私盐，随身带着刀棍，遭遇巡警边打边跑。20岁在本村村外打劫一个卖花生的老头后走上黑道，在其兵痞舅父教唆下，投奔老牌土匪甄老德，以后不断改换门庭，学了不少黑道伎俩。附近几家地主出钱买枪，请他保护，成立“保险团”，自任团长，从此由暗转明，霸占一方。到1940年已拥兵4000人，控制洺河南岸20余村。身边的亲信是他两个弟弟，一个妹妹，也都流氓成性，甚于禽兽。弟弟三黑子经常赤身裸体闯进民宅，妹妹许然妮是个女魔头，荒淫无度，到处拉郎配，玩过就杀，后来发展到携枪出走另立山头。许匪跪在母亲面前，掏出手枪对准自己太阳穴，威胁：

要闺女还是要儿子。见娘没吭声，出去就把亲妹妹活埋了，并以此宣扬“大义灭亲”，收买人心。其实许仲琪更是一只大色狼，据后来群众控告，他有 5 个老婆，奸污妇女知道姓名的就有 100 多名。

许仲琪五短身材，满脸横肉，听到枪响眼珠子就红起来，赤膊光脚上阵。一次与另一股土匪火拼中，5 颗子弹擦头而过，毫发无损，从此自称“铁磨头”。铁磨头盘踞一方，为非作歹。白天摊派粮款，除麦秋两季重赋外，随意制定苛捐杂税，什么枪弹费、烧柴费、牲口捐、水车捐，下乡骚扰还要酒肉鸦片招待，顾不上吃喝，就收“饭折款”带走。晚上绑票抓壮丁，在三塔村一次集体强奸妇女上百名，据八汪等十八村统计，5 年抓壮丁 627 人，绑票 369 人，抢骡马 500 头。铁匪手中常攥着二十几个肉票，以供花天酒地生活。沙河县毛村农民赵洪年无力赎身，活活饿死后，还向其家属索要 500 元“赎身费”。交得慢了，常被挖眼、割耳，死在铡刀之下。

冀南军区不能容忍许匪鱼肉百姓，1941 年春节，抗日县长率 200 名奇兵，以“拜年”为名，端了他的老巢，打伤了他一只脚。许匪害怕八路军，公开投降邻县武安日军当了汉奸，被编为“工藤部队铁血团”，日军头目工藤亲自给他更名“许铁英”。铁血团杀回永年，占据上百村庄，发展到 3000 人。他还不受日军约束，经常到安阳、邢台、石家庄日军眼皮子底下绑大票。日寇也急了，调动十三县兵力 5000 人，把铁匪部队包围在小北汪村。为了留下铁匪牵制日军，冀南军区出动两个中队帮助他突围，战斗中铁磨头又被打掉一个大拇指。

1944 年日军败局已定，十一战区司令汤恩伯别有用心，派人收编铁匪残部为“国军”，并接他到洛阳战干团受训半年。期满指示他回到永年，遵照汤恩伯命令，“明投日本人，暗靠国民党，反对共产党”。铁磨头二次当汉奸，1945 年 5 月日军任命他为“冀南靖安独立旅”旅长，驻守临洺关。7 月又被胡宗南委任为“先遣军第一支队司令”“临洺关守备司令”。10 月秦基伟率冀南、太行部队解放临洺关，铁磨头悻悻逃出，投奔广府城，一路忧心，一向与城内土匪头子王泽民不和，不知能否被接受。

王泽民出身土匪世家，从小就跟着舅父甄大旗在黑道上混。甄大旗临死前，交给他三支手枪，二十六支大枪和一干子土匪队伍。1941 年投靠日本，被授予“永年县保甲自卫团第二队”队长衔，但不给关饷、武器，驻防广府城外，任其搜刮、摊派。不小心吃到了铁磨头的地盘，被铁磨头的二弟许二官包围起来。王泽民从窗户跳下来，被二官捉住，要拉出去枪毙。铁磨头早有安排，让他娘出来求情，撮合二人拜把子，实际上是吃掉了王泽民。王泽民趁机逃走，躲在日本人羽翼之下，又被委任为永年县警备大队长。日本人这次大方了，发了 100 支步枪、1 万发子弹。从此也便死心塌地为日本卖命，参加了“扫荡”，执行“三光政策”。他还私下与邯郸伪交通公司密约，贩卖毒品，坑害伪军与群众。1945 年 9 月，日本人投降撤出广府，王泽民趁机进城占据县城，准备迎接蒋介石的军队到来。

铁磨头兵败来投，王泽民不忘前嫌，站在城头，讥笑他丧家之犬，不开城门，要他唱一曲《秦怀玉杀四门》，血战一天才放进城来。许匪逃出临洺关时 100 人，进城时只剩 22 人。王许二匪互不买账，相互提防，一个占城中，一个守东门，迟迟不见面。孙连仲不放心，派人操控，河北省第十五专属保安部司令钟毓麟毛遂自荐，携电台化妆成剃头匠混进城来，出任永年战区总指挥长，于是广府城这个弹丸之地便有了三名少将。城内原有居民 2.6 万人，加上 2000 名土匪，800 名各县返乡团人员，其中就有任县环水村土匪头子刘磨头。任县与我村不过一里之遥，刘磨头、铁磨头和老麻虎（狼）一样，是我从小听惯了的大人吓唬孩子的称呼。

城中匪军困兽犹斗，负隅顽抗，封了城门，锯下 7000 多棵大树抬到城上做滚木，又丧心病狂挖开滏阳河河堤。多年淤积，河堤高于城墙，大水倒灌，淹没四关通道，淹了城外十九村，广府城变成一个孤岛。冀南部队不善水战，只能耐心等待洼水结冰。偏偏这一年是个暖冬，水面迟迟不冻。等到三九天，水要冻冰了，城内敌人又天天出来乘船破冰。1946 年 1 月 13 日是停战协议生效日，冀南军区要在之前拿下广府。1 月 9 日，北风呼啸，寒潮骤来，估计夜间冰层会厚些，头天晚上冀南部队从西北角攻城，那里水面较窄。在冰上撒一层谷糠，战士们推来一群土坦克。就是把老百姓的方桌倒过来，四腿朝天，中间放上棉花包，用水沁透，冻成冰疙瘩，子弹打不透。可惜那天风又太大了，大风把冰面刮开了一条半里宽、几里长的大口子，土坦克用不上，攻城只能停止。铁磨头在城头摇旗呐喊：天不灭曹。攻城战士也喊：不是不报，时机不到，时机来到，统统要报。

首攻广府城未果，停战协议生效，马歇尔遵照杜鲁门总统《对华政策声明》来华调处。国共美三方在北平成立军事调处执行部，下设 32 个军调小组。因为南京方面坚持，广府城这个弹丸之地也按一个战区对待，特设军调第三十一小组，美方代表奥尔森中校，蒋方代表张朝正中校，中共代表赵海枫上校。军调小组给广府之战带来了一个不小的插曲。

1946 年 4 月 11 日，军调小组乘三辆吉普从邯郸出发，进入永年县界以后，30 里整整走了半天，沿途群众拦车告状，要求严惩汉奸、土匪铁磨头、王泽民，诉状、请愿书塞满代表们的汽车。美蒋代表亲临广府大失所望，原来铁磨头吹嘘有一个师的兵力，进城来却看不到一个真正的士兵，满街是大烟鬼，有失国军体统。

与军调小组同来的还有联合国救济总署代表恒安石，就是 35 年后担任美国驻华大使的那位先生。恒安石是一位传教士后裔，在中国出生长大，说一口流利的汉语。他的任务是发放晋冀鲁豫边区政府提供的 35 万斤救济粮，作为南京政府向新四军五师对五河被困群众救济80万斤救济粮的交换。执行中，这项经济工作变成了政治斗争。

中共代表在城内神父和牧师的陪同下，深入调查缺粮情况，王泽民、铁磨头派人跟踪盯梢。中共代表提出抗议，王泽民说是为了保护共方代表安全。中共代表说这些人是土匪，人身安全没有保证，提出自带警卫。美方代表仲裁，安全由城内负责，不许尾随跟踪。调查结果，城内居民半数已经逃出城外，35万斤救济粮应该有他们一半。恒安石表示同意，还做了一件好事，送100名老幼出城。中共代表趁机说情，又有一批城内灾民逃出火坑。

美方代表看王许二匪难容于人民，提议让他们撤到安阳。中共代表表示同意，虽然便宜了二匪，却也可以去掉这颗钉子。倒是南京代表为了保住这颗钉子，胡搅蛮缠，提出冀南部队让出一条60里宽的大道，再派1200辆大车送至安阳，发给每人及其家属10斤白面。翻译译成了面条，美方代表惊呼："那得多少台轧面机呀！你们想把广府城的砖都拉走哇！"八路军代表笑笑说："要我们摆一字长蛇阵，演一出《华容道》，可惜铁磨头不是曹操，只是一个小丑。我们是仁义之师，可以让路派车，老百姓吃什么他们吃什么。不过王许二人土匪成性，防止他们祸害百姓，应由我军监督。"南京代表全无诚意，白天会上应付，晚上去赴王泽民的家宴，大讲蒋委员长的缓兵之计，吃了喝了还不忘索要金镏子。

军调小组9天后离开，冀南部队二次攻城，想在大规模内战爆发前拿下广府。开沟放水，降低大洼水位，又从宁晋泊调来30只木船，每只船上堆起3个棉花包，既是掩体又是救生圈。1946年6月15日夜，攻城部队四面开火，扫清外围据点，占领西关、北关，进攻南关的木船撞到暗桩受阻。攻城部队声东击西，先打铁磨头守卫的东门。东关阁百里之外有两道铁丝网，挂满手榴弹。一位连长挥起几十斤重的铡刀，砍出一条通道，战士们一拥而上，打死了铁磨头二弟许长琪。主力部队在西关猛攻，护城河上用门板架起浮桥。爆破组潜入城下，把城墙炸开了一个缺口。可惜火药威力太大，浮桥也被震断了，突击队无法前进，功亏一篑，又给了铁磨头一个苟延残喘的机会。

王许二匪决心死守，他们当过多年土匪、伪军，懂得兵马未动粮草先行。从城外摊派30万斤小麦，又从城内强征30万斤，堆积如山，可是经不住2500张嘴坐吃山空，不到5个月已是山穷水尽。

铁磨头请求战区空投粮食、弹药，又忙着驱赶2000名民工修机场，在西门内拆掉七条街4000间民房，使上百户居民无家可归。1946年2月起，南京政府每天从郑州、安阳、石家庄派飞机空投，少则三四架，多则六七架。那时我还上小学一年级，天天看到飞机从头上飞过。冀南军区没有防空力量，飞机飞得很低，连民国国旗都看得清清楚楚。县大队的叔叔们说，都是去广府投东西的。空投食品主要是大饼，每天1万斤，装饼的麻袋常常砸塌民房，还砸死了3个老百姓。天上掉下的大饼吃不完，王泽民用它喂着3口肥猪40只猪崽，夜深人静时常常传出鸡鸣犬吠。一架运输机在空投军装时，裹腿缠到螺旋桨上，在北马庄坠落，3名机组人员死亡，埋在当地。怕飞机落在围城部队手里，第二天专门派来一架轰炸机，把运输机击毁，也炸死炸伤20多名群众。铁磨头又出动4个连的兵力，把机组人员的尸体抢回城内。

水城内外长期相持，斗争焦点转移到粮食问题上。王许匪军军事上可以据险死守，可吃饭上仅靠空投是靠不住的。果然豫北、冀中战事吃紧时，蒋家军自顾不暇，连续两个月没有空投，一个月27天，一个月23天。城中粮食断顿，定量由每人每天一斤半减到一斤、半斤、二两。兵丁们一边朝天骂老蒋，一边发挥土匪的强项，打家劫舍。王许二匪宣布“自由”一星期，看到哪家冒烟，就扑上去抢吃的。城内大开杀戒，司令杀鸡鸭，中层杀骡马，下层饥不择食，把酱菜园600缸面酱、70缸咸萝卜、600罐豆腐乳，茶叶店5000斤茶叶，中药铺2000斤生地熟地都吃光了。天上的麻雀，地下的老鼠，无一幸免。每人抱一个小锅，煮水草，煮皮带、皮鞋。最后王泽民、铁磨头也饿得爬不起炕，巡逻兵浑身浮肿，走路摇摇晃晃。中秋节晚上，城外一位战士喊话："城上的兄弟们，今天八月十五，俺们是猪肉韭菜一篓油饺子，小米绿豆稀饭，每人发一斤月饼，枣泥馅儿的。"城上的兵丁哈喇子流了半尺长，嘴里嘟囔："吃他娘的眼角子，俺们是水中捞月，画饼充饥。"

1946年6月全面内战爆发，一部分围城主力部队外调。王许二匪气焰嚣张起来，伺机出城抢粮。一次在府东桥得逞，抢粮5万斤，煤炭10万斤。所到之处犄角旮旯都翻遍，一碗米一把豆都不剩，连灯油都倒走。1947年4月20日策划了一场大规模行动，出动千人，每人吃了半斤饼干，夜间乘几十只木船出发。围城部队得到情报，在北堤口到陈义村一线伏兵千人。2000人在方圆5里内激战到天明。抢粮一方被打死200多人，俘虏500多人，仅剩100多人狼狈逃回城内，一粒粮食也没抢到。围城部队也付出了代价，伤亡170人。从此战局发生了转折。

陈义之战后，广府岌岌可危。经王许二匪再三请求，又恢复空投，但时间和数量大幅度减少，抢粮和反抢粮的斗争次数日益增加。1947年5月中旬，冀南军区副司令员王光华来到前线视察，在借马庄召开了军事会议，提出"困死敌人于城里，消灭敌人在城外"的方针。动员永年、曲周、邯郸、肥乡、鸡泽五县民工5万人，在广府城外修起50里围墙，西、北两面在大堤上修四尺高胸墙，把堤坡内侧削陡；东、南两面在洼地之外筑起一丈高土墙。50里围墙上建起79座碉堡，大者可容一个连，小者可纳一个排，碉堡间拉了电话线。在西关、北关铺了两条各长6里的砖面通道。洼水深处打下1万根木桩，王光华同志称之为"三个五、城外城"。一方说广府城固若金汤，一方说城外城势如铁桶，朱仙镇打仗锤对锤，看看到底谁怕谁。

陈义抢粮吃了大亏，城内武装老实了一阵，再也不敢贸然出城。可是人是铁饭是钢，一顿不吃心发慌，一顿又一顿地不吃，骨肉就变成了一摊泥，饥饿比什么刑罚都难以忍受，逼得他们记吃不记打。三名少将站在城上看西大堤外大片高粱红了，红得像半边天火烧云，烧得他们眼睛红了。王泽民咬牙说："抢！抢不到粮食，抢回来点高粱穗也好。"钟毓麟说："慢着，我看不只是红高粱，那是一片红缨枪，队列整齐，风吹不乱。"铁磨头说："顾不得了，做鬼也不能做饿死鬼。"

最后钟毓麟开会，挑选了 400 名兵丁，每人发半斤小米，熬了稀饭，趁着汤饱出发。一个团长带队，三个营的骨干，借着月光，从西北、正西、西南三个方向出击，还没有接近大堤就进入了地雷阵。冀南军区军工科长解清臣的九人爆破组，早在 8 里长、5 尺宽的地段埋下 4 万颗地雷，桩雷、挂雷、水雷、拉雷、电雷、石雷。为了防止敌人水中捕捞，进行了"飞行爆破试验"，把普通电灯泡的玻璃敲碎，使钨丝直接与火药接触，外皮用黄蜡密封，不会受潮，放入水中，引出一条线，远距离操纵，接上电池，一按电门就爆炸，这就是电雷。民兵们在堤上放了石雷，在石块上挖个洞，放进 6 两黑炸药，爆炸后飞石可崩 200 米远。毛遂墓一带的子田雷威力也很大，杀伤力 40 多步。

抢高粱的敌人进入雷区，碰哪哪响，一声巨响，火球腾空，倒下一片。围城部队看到火光，机枪居高临下一阵扫射，又倒下一片。短短 15 分钟敌人丢下 83 具尸体。三名营长，一个被俘，一个炸死，一个炸断了腿。第二天就听见城外到处喊："哈哈哈，铁磨头吃了铁西瓜。"

城外抢不了粮城内抢，铁磨头司令部保存的 1800 斤救命粮被盗一空。王许二匪拔枪相对，逼得钟毓麟出来拉架："末日来临同舟共济吧，反正委员长不管我们了，早一天死晚一天死都一样。"

饥饿这一武器果真威力无比，迫使"固若金汤"的广府城不攻自破。铁磨头手下一名李连长，以查哨为名，乘小船找到围城部队，要用一篮子子弹换一二十斤小米。围城部队答应了，给了他30斤小米、20斤馒头，李连长很感动，表示要回去寻机干掉铁磨头，将功赎罪。行刺时被发觉，连他的老婆一同被吊打而死。铁磨头吓坏了，劝告王泽民，就是亲爹来见也要先下了枪。王泽民手下一名胡连长，跟随他8年了，见王泽民时，也被下了枪，一气之下，串联两个连一个特务排，180人泅水投降。钟毓麟带王许巡视城防，从东门到北门，工事已空，惊叹："大势去矣！"

比城外城更高更长更坚固的是军民联防，是动员起来的人民群众。青壮年参军杀敌立功，儿童们站岗放哨、查路条，使敌人寸步难行。后营村一个特务，从广府城出来，先到外祖母家，外祖母喊民兵抓他，又跑到小姨家，小姨告发他，最后跑到自己家，藏在地洞里，最后被他母亲报告了。

广府城土崩瓦解，铁磨头末日来临，一面派人接洽投降，一面准备突围。冀南军区首长提出三个条件：一、交出钟毓麟和电台；二、四关兵力撤回城内；三、投降日期不得超过4日15时。广府城门关不住了，兵丁们纷纷出城投降，小股一二十人，大队六七十人。投降者举报，王许紧急集合，说："我们大出发，愿走的走，不愿走的留下。"兵丁们了解王许人性，不敢言留。王泽民的老伙夫说："我年纪大了，留下吧。"王匪送他到一个小屋，一枪结果了性命。外祖母跟他多年，年老多病，怕累赘，命手下把她活埋了。

4日晚，千名士兵倾巢出动，孤注一掷从城西北方向玩命突围，被冀南部队张网围歼，击毙774人，生擒守城长官钟毓麟。久经沙场的王许二匪狡猾漏网，率170名残兵夺路西逃。躲开大路走小路，一夜才走出去20里，占领贾口村，大肆抢夺食物衣服，把一个饭铺的一缸白面烙了饼，吃饱了肚子，换上农民衣服，又抢了8头牲口驮东西。白天不敢走，转了一夜到成安县吕庄，被冀南部队和民兵包围在一个沙丘上，激战一小时，50多人被俘，70多人被击毙。有人认出来铁磨头和王泽民的尸体，运回广府城示众。至此，被日寇蹂躏八年，又被土匪盘踞两年又两个月的广府城宣布解放，王许所部2500人无一漏网。城内原有居民2.6万人，2万人逃出，留城6000人，幸存3100人，饿死2900人。

淀上风光水上城，加上誉满中外的“中华太极拳之乡”，广府成为中国北方著名的旅游胜地，慕名而来的游客每天成千上万，古城内外的百姓也尽情分享着光荣和实惠。但是问及这段传奇的历史，多数人包括永年籍几名大学历史系毕业生，一问三不知。也许这一场小小战例，放在“天翻地覆慨而慷”的解放战争中微不足道；也许这场残酷的战争对当地老年人来讲不堪回首，不想传给子孙。倒是当地的土特产，洺关驴肉、广府酥鱼令人大快朵颐，饕餮不禁，全把昔日饥饿的恐惧忘在脑后，转而害怕今天营养过剩的“三高”症了。

绿色奇迹塞罕坝

冯小军　尧山壁

第一章　绿水青山就是金山银山

2017年12月5日，著名的“阳光下的绿城”肯尼亚首都内罗毕阳光明媚，绿树婆娑。

这一天，第三届联合国环境大会如期举行。环境规划署内人头攒动，热闹非凡。来自世界各地、说着不同语言的人们聚在一起，共同探讨着世界环境和保卫地球的议题。

这一天，塞罕坝人因植树造林保护地球的行动取得的非凡成就，荣获了联合国环境规划署颁发的“地球卫士奖”。

就在这一天，塞罕坝英雄群体代表远涉千山万水来到这里。此刻，环境规划署会议室灯火通明，高朋满座，人们期待着颁奖的重要时刻。

主持人在颁奖仪式上一次次宣读着获奖名单。当读到塞罕坝的名字时，来自塞罕坝的代表陈彦娴、刘海莹和于士涛先后走上主席台，当他们从联合国副秘书长兼环境规划署执行主任埃里克·索尔海姆手中接过奖杯时，会场响起了雷鸣般的掌声。

掌声过后，塞罕坝创业者代表、73岁的陈彦娴女士发表了获奖感言。她说：“我代表三代塞罕坝人来领奖，激动的心情无法用语言描述。在今天的中国，习近平总书记提出的‘绿水青山就是金山银山’的重要理念家喻户晓。它通俗而深刻地讲清楚了人与自然的关系。塞罕坝人植树造林的故事印证的正是这样一个道理。

如今的中国，还有许多像塞罕坝一样的绿色奇迹正在让古老的国土变得更加生机盎然。‘地球卫士奖’授予塞罕坝，将激励我们去创造新的绿色奇迹，也将激励更多的中国人行动起来，争当地球卫士、环保英雄。地球这个我们共同的家园一定会在这种激励与行动中变得更加和谐，更加美丽。”

之后，埃里克·索尔海姆主任与陈彦娴交谈了很长时间。身材魁梧的埃里克·索尔海姆与身材矮小的陈彦娴谈话时一直弯着腰，他是那样谦逊和热情，他俯着身子与“中国老太太”亲切交谈的模样永远地定格在了人们心中。

这一天，三位塞罕坝人是在掌声和羡慕的目光中度过的。总场党委书记、场长刘海莹说，最大的感受是世界对塞罕坝的关注远远超出了他的想象。

几位从大山里走来的造林人一时成了人们眼中的明星，他们有些不适应，前所未有的经历让他们激动不已。

塞罕坝人获奖的当晚，很多外国友人主动走向他们表示祝贺，热情地与他们合影留念，有人甚至跟他们探讨起了在荒山沙地上种树的方法。

很多环保人士认为，塞罕坝精神在国际上具有可借鉴、可复制的意义，是对人类生态文明建设的重大贡献。

埃里克·索尔海姆动情地说，塞罕坝最打动人心的地方是用积极有效的方式让森林又回来了，他们筑起的“绿色长城”帮助了数以百万计的人远离空气污染，并保障了清洁水的供应。

埃里克·索尔海姆的话不长，却抓住了保护地球生态环境激励与行动的要义。一个“又”字道出了在地球的一角——中国的塞罕坝上发生的真实故事，恶劣的生态环境已经实现了逆转。

历史上茂密的森林又回来了，从黄沙漫天到绿树森林，这是多么振奋人心的伟大实践！极其简练的概括，揭示的却是人与自然和谐共生的道理。失去森林的地方得以恢复，人们赞誉它是绿宝石、绿色长城、绿色丰碑，它的成就依靠的是三代人驰而不息的埋头苦干、一张蓝图绘到底的持之以恒以及献了青春献终身、献了终身献子孙的拼搏奉献精神。

回首往事，曾经黄沙蔽日、鸟无栖树的塞罕坝荒原，三代人艰苦实干，创造了荒原变林海的人间奇迹。他们用实际行动铸就了牢记使命、艰苦创业、绿色发展的塞罕坝精神，诠释了“绿水青山就是金山银山”的中国声音。

吐力根河的碧波

距将军泡子不远的草丛中有一条涓涓细流，好像是谁遗失在草原上的一条月白色的带子，这便是滦河上游的吐力根河。与林场的老孙沿河源下行，开始河床仅一米宽，一步就可以跨过。河那边是内蒙古红山军马场，河这边是河北的塞罕坝机械林场。慢慢地河水流入河北地界，水声越来越大，水速越来越急，我们还想跨到河的另一边，却被老孙一把抱住，他说这里的河床有一丈多宽，被两岸伸展的草蔓覆盖住了，显得窄，脚一踩上草皮就会落水。此刻河水已经没人深了，因为水质清澈，河底的砾石、游鱼如漂浮在水面上一样。

小河在山坡曼甸里左回右转。老孙告诉我，吐力根河流域多是豆包山，表面是草坡树林，里边是沙土。当初他们来时吐力根河濒于枯竭，因为植被破坏，“豆包”露了馅，水土流失，河水发浑。这些年因为种了树，成了林，一百多万亩新生林俨然成了大型的绿色水库。雨季里，它能将过剩的雨水涵养起来，干旱的时候又分泌出去。森林是河流湖泊的母亲，母大子肥，有了树木草丛防风固沙，河水自然也清澈了。

近些年，塞罕坝与四川的九寨沟、湖南的张家界一样，成为我国北方新的风景区和避暑胜地，吸引着大量游人。可这里的冬天却是冰天雪地，人迹罕至。因为没有山脉庇护，西伯利亚寒流长驱直入，塞罕坝的冬天比哈尔滨还冷，年平均气温为零下 1 摄氏度，冬天最低到零下 43 摄氏度，白毛风刮个不停。八月十五下大雪，过一冬天脱一层皮。羊皮袄，毡疙瘩，穿在身上如一层纸。灶膛里火一灭，褥子冻到炕上，还得用铁锹才能铲下来。冰天雪地里清理火烧迹地，两脚踩不到底，上坡下坡都得在雪上滚爬，棉衣结为冰甲，棉鞋冻成冰鞋，走起路来哗哗响。植树造林讲立地条件，人在塞罕坝上生活，立地条件太差了。但是，林场工人一个个在高寒坝上扎下了根，而且扎得深深的，扎到了理想和事业之中，经过几十年风吹雪打，蔚然成林。今天，驱车林海遨游，偶尔还可以看到当年创业者的窝铺，像出土文物，像林海的珊瑚，反映着时代的变迁。

现在，坝上的生态环境已经起了变化。与五十多年前相比，风小了，天暖了，雨多了，水清了。随着森林的日益繁茂，走失多年的獐、狍、狲、黄羊、野猪又偷偷迁移回来，就连名贵的天鹅、地鹧、白鹭也时常来林区做客。特别是吐力根河的特产细鳞鱼也渐渐多了起来。这种鱼属鲑科，体长，侧扁，嘴小，牙多，背侧紫灰色，有黑色小圆斑，腹部银灰色，鳞片细小而圆。它们生活于冷冽的淡水中，喜欢水流湍急、沙砾为底的河流。因为生长慢，五六年才能成熟产卵，所以肉质肥美，是世界上罕见的鱼种。

采来几片树叶，放在吐力根河的碧波之中，目送它们小帆远影一样渐渐远去……清澈见底的吐力根河，把祖国的春天、林区的美景和林业工人美好的青春都融化在了里面。

检校长身十万松

塞罕坝机械林场 20 年规划任务完成之际，林业部副部长刘琨再次来到塞罕坝。

塞堪达巴汉，一片美丽的草原。天空，显得比平原低，因而更蓝。云朵，一动不动，好像跑累了，在那儿休息。花草，大概因为无霜期短，便把它们长久积蓄的能量一齐喷发出来，争芳斗艳。洁白的银莲、殷红的百合、微黄的野罂粟、淡蓝的鸽子花、卧在地上的虞美人、挑在草尖上的灯笼花，特别是漫山遍野的金莲花，金光灿灿，格外喜人。忽然，一片花儿飞了起来，细看是五颜六色的蝴蝶；伸手去捉蝴蝶，触到的又是不动的花朵。

汽车如小船在林海里畅游。枝头的黄鹂、草丛的画眉、天上的百灵，争相唱着美妙的歌曲。林间的黑琴鸡、水畔的野鸭、坡上的大雁，摇摇摆摆并不避人。

汽车沿着吐力根河而行。这是滦河的源头，它从森林里流过，在草丛里出没。河水清澈见底，珍贵的细鳞鱼结队而游。引滦入津工程完工以后，“天津卫一大怪，自来水腌咸菜”的日子一去不复返。“问渠那得清如许，为有源头活水来”，饮水思源，远在千里之外的塞罕坝还有一项开工更早、规模更大的绿色工程。

刘琨一行登上林海腹地的亮兵台。这是塞罕坝上突起的一座小山，高 20 米，海拔 1800 米，上有平台。传说这是当年乌兰布通之战时康熙练兵点将的地方。

站在亮兵台上，俯视四野，112 万亩松林郁郁葱葱。按 20 年一个轮伐期，将实现青山常在，永续利用。

风儿在林海嬉戏，涌着层层碧浪，举着绿色的浪花，一直漫到他脚下。林海的浪潮，淹没了昔日的荒山秃岭，淹没了过去的黄风流沙，但是淹没不了他难忘的记忆。不知什么时候，泪水偷偷爬上刘琨的脸。他为这个林场不知受过多少屈辱，挨过多少批评，还被人误解。他在记忆的海洋中努力打捞着林场 369 名职工、369 名英雄可歌可泣的艰苦创业的事迹。

刘琨宽阔的胸膛，像林海一样起伏着，像松涛一样轰鸣着。这古战场上崛起的森林，这绿色的队伍、绿色的战阵，不就是我们林业战士美好的形象吗？！它们挺着胸脯，迈着大步，枝丫如枪，林涛似鼓，一道绿色的长城喝退了北来的风沙。

在祖国的北部边疆，漫长的“三北”线上，又展开了一场对风沙的伟大斗争。“战争”也许是旷日持久的，但是，我们有了塞罕坝林场的成功经验，有了新乌兰布通之战的初战告捷，胜利一定是属于我们的。

站在亮兵台上，刘琨想起辛弃疾的一句词：“检校长身十万松！”

从阵阵松涛里，他又听到了绿色的召唤，美的召唤。

绿，是一种美丽的颜色。但最美的绿，不是天然的绿，而是用汗水染就的绿。在一穷二白的沙漠里、碱地上，用艰苦劳动创造的绿才是最美丽的，因为这种绿色是创业者美好心灵的光辉。

红松洼

从中华人民共和国地图上看，河北省的轮廓好像一个冠军奖杯，尖顶平底，上粗下细，左右对称。“杯”上那个桃形顶尖，就是红松洼国家草原自然保护区。

从塞罕坝总场出发，汽车在山间左右盘旋，层层拔高，突然停下来时，我被眼前的景物惊呆了：曾经的高山峻岭早已被踩在脚下，辽阔的坝上高原也并非平铺直叙，而是如一片波浪起伏、气势磅礴的大海，潮水般向我们涌来。视线尽头，蓝天和绿地各自渐渐淡化，最后融合在一起，混沌一色，这种景象我只在海上见过。

地名红松洼，却是这样浩瀚无边的高原台地，我脚下的坝缘，海拔 1600 米。站在此处，确实感到地抬高了，天降低了，牛奶色的云朵在地上飘，珍珠般的羊群在天上滚。天和地像水洗过一般，洁净无比，了无纤尘，吸进来的空气，从鼻腔到肺腑，仿佛一股清泉在流动，好像一口美酒在挥发，让人解馋，令人陶醉。

这里是冀北山地和内蒙古高原的衔接地带，属温带大陆性季风气候。春季短暂，夏季凉爽，秋霜来临早，冬季寒冷而漫长。

昼夜温差大，无霜期短，全年仅七八十天，积雪期达五个月之久。七八月间，大地积蓄的能量一股脑儿释放出来，奉上一席豪华的盛宴，百花齐放，五光十色，红松洼便成为一处典型的“五花草甸”。

远望，是花的草原，底色是绿；走近，是万紫千红，基调是蓝。所以确切的叫法，应该是蓝色的草原。蹲下来看，蓝色的山花居多：蓝盆花、滨紫草、岩青兰是纯蓝色的，翠雀、乌头、棘豆、蓝菊花是深蓝色的，蓝刺头、多歧沙参、笔头龙胆、威灵仙、魁蓟是浅蓝色的。其余花色在蓝色的笼罩下，显得弱势，仿佛是为了衬托蓝色而生的。红的地榆、红景天、胭脂花，黄的金针、毛茛、橐吾，白的升麻、蓍草、柳叶蒿，紫的风铃草、箭报春、鹿蹄草，粉红的手参、酸模叶蓼，都像是为了点缀，为蓝色的主角跑龙套的。

花有大小，色有主从，但是各有形色，各有个性，千姿百态，共生共荣，都是造物主的安排。金莲花形如碗莲，盛开时如黄蝶飞舞。鹿蹄草叶呈卵形，上部绿色，下部灰绿，边缘反卷，带有白霜，像麋鹿的蹄印。银粉背蕨，叶背银白清晰，五角形，像小孩儿的拳头。黄海棠枝柔而披散，叶翠绿而清秀，花色鲜艳，雄蕊散露，灿若金丝，如蝴蝶翩翩起舞。二色补血草，又叫干枝梅，花初开时为紫色或粉红色，随着逐渐成熟变成白色，纯洁而高雅，二色变换，粉白交替，交相辉映。它的花形独特，朵朵小花如满天繁星，光彩耀目，楚楚动人，给人含情脉脉、一往情深的感觉，被誉为“花卉新贵”。

红松洼是大兴安岭南部余脉与燕山山脉北端会合的结节，是蒙古植物区系和东北植物区系的交会处，植物种类组成特别丰富，每平方米可达 25 至 34 种。草群高而密，生殖枝层高出 1 米，叶层 40 至 50 厘米。再仔细观察，这里花草不分，一般的草都会开花，不开花的草几乎没有，这也是生命繁殖的需要。

眼前的草原美在多彩，而越往远看，万紫千红融合为一个新的整体，新的色调，新的氛围，让人赏心悦目。唯独西北方向一个绿色的山包引起我的特别注意，山上一片银白色的花超然不群，一根根银白色的细莛儿上，几片银白色的花瓣在风中抖动。那是什么花？保护区的同志笑笑说，是一个新品种。于是驱车前去看个究竟。走到跟前才恍然大悟：那个小山包原来是坝上第一高峰，叫大光顶子山；那一根根银白的花，原来是新安装的风力发电机，第一批有88座。走近看，每一座都是庞然大物。每根银白色的“细莛儿”高50米，底部直径6米，每个“花瓣”长34米，重6吨，恐怕是世界上最大的“花”了。这种“花”把能量传播到城市农村，人们一按电钮，屋里灯花放了，机井水花开了，深山老峪的人们心花绽了，都说那才是草原最美的花呢。

从大光顶子山西行20公里，远远看见一棵树，孤零零守望着漫漫草原。走近看，是一棵古松，高20多米，胸径1米多，保护区的同志说它已有三四百岁高龄了。前清时期，这一带曾与兴安岭、长白山一样是茂密的松林，从清末到民国，已经被砍伐殆尽，这棵唯一的幸存者，便成为历史的见证，因而它被人们称作“一棵松”。这就是红松洼的由来。这位孤独的老者，尽管“肌肤”干裂、“毛发”稀疏、老态龙钟，但依然日复一日、年复一年地向人类诉说着，它是一位可敬的老资格环保志愿者。

用数字说话

塞罕坝人到底造了多少林，种了多少树？人们估算是48亿株。这样说吧，如果把这里的森林按1米的株距排开，可以绕地球赤道12圈！

三代塞罕坝人发扬牢记使命、艰苦奋斗、绿色发展的塞罕坝精神，坚持不懈地植树造林、营林护林，林场建设取得了显著成效。

它重建了人工林生态系统。塞罕坝林场林地面积由建场前的24万亩增加到现在的112万亩，森林覆盖率由12%增加到现在的80%，创造的年生态服务价值超过120亿元。生物多样性得到有效恢复，野生动物达293种，植物达659种，形成了森林、草甸、湿地相结合的生态系统，为京津地区构筑起一道坚实的绿色屏障，有效阻止了浑善达克沙地向南推进。

它大幅增加了森林资源。塞罕坝林场林木蓄积量由33万立方米增加到1012万立方米，用只占河北省国有林面积13%的林地，培育出占全省国有林蓄积量35%的森林资源，单位面积林木蓄积量分别达到全国人工林平均水平的2.76倍、全国森林平均水平的1.58倍，森林碳储量超过800万吨，森林资产总价值达200亿元。

它涵养净化了京津地区的水源和空气。塞罕坝林场每年为滦河、辽河下游地区涵养水源、净化水质1.37亿立方米。森林每年吸收二氧化碳74.7万吨，释放氧气54.5万吨，释放萜烯类物质约1.05万吨，被誉为“华北绿肺”。

它改变了周边小气候。近十年与建场初十年对比，塞罕坝及周边地区年均无霜期增加14.6天，年均降水量增加66.3毫米，年大风天数减少30天，有效改善了区域小气候，增强了周边农区、牧区防御自然灾害的能力，保证了当地农牧业稳产增产。

它富裕了一方百姓。塞罕坝林场的森林旅游、绿化苗木产业有效促进了地方经济发展。林场每年提供临时社会用工超过15万人次，创造劳务收入2000多万元，带动了周边农民发展乡村游、农家乐、养殖、绿色苗木、山野特产采集和销售、手工艺品等产业，每年接待游客近50万人，实现社会总收入6亿多元，为推进脱贫攻坚和绿色发展发挥了重要作用。

今天的塞罕坝林场经过几十年持续经营，已经具有近自然林的特征，彻底改变了“飞鸟无栖树，黄沙遮天日”的历史。前人称赞它是河的源头、云的故乡、花的世界、林的海洋。三代塞罕坝人用自己的双手和汗水把一片不毛之地打造成了一颗璀璨的绿色明珠、一处享誉海内外的国家森林公园和国家级自然保护区。

抚今追昔，我们愈发感到党和国家对林业生态建设的高度重视，体会到政府集中力量办大事的能力。塞罕坝机械林场建场之初正值国家困难时期，据《1949—1989 年的中国——曲折发展的岁月》记载，1962 年正是全国第二个五年计划的最后一年，而塞罕坝机械林场正是在这样的情况下上马的。当年国家基本建设投资仅为 55.69 亿元，国家计委批复的《林业部直属机械林场总体规划设计》安排 20 年投资 2084 万元，虽然只是零头，可那是在怎样的情况下做出的安排！这项决策足以证明党和国家对发展林业、改善自然环境工程建设的高度重视。在三年困难时期国家一大批工程项目相继下马、人员压缩返乡的形势下，实在是难能可贵之举。塞罕坝人明白这一切，他们格外珍惜这笔国家投资，在财务管理上始终把造林投资放在首位，处处精打细算。在作业区里人们照明甚至舍不得用蜡烛，那是因为，一根蜡烛的价钱是一斤煤油价钱的 2 倍多，为此全场上下点了近 40 年的煤油灯。冬天再冷，人们只用火盆扒上做饭后的炭火取暖。塞罕坝上那上百万亩的森林是怎么造起来的？它是牺牲了一代代人的再平常不过的生存条件建设起来的。这还不算，由于创业者的孩子们都没能接受优良的教育，大部分林场职工的子孙如今还在林场工作，祖祖辈辈“世袭”林业，扎根林场。

塞罕坝林场的成功实践证明，要干成一件事，牢记使命、不忘初心有多重要，艰苦奋斗、拼搏奉献有多重要，科学安排、绿色发展有多重要！同时，我们也看到对于生态脆弱、生态退化地区，只要科学定位、久久为功，自然生态系统完全可以得到修复重建，让沙漠荒山变成绿水青山。只要坚持绿色发展，科学利用国土资源，完全可以将资源优势、生态优势转化为经济优势，让绿水青山成为金山银山。

专家认定，塞罕坝目前的植被情况，已经达到或超过历史上的最好时期。2017 年 6 月 30 日，中共河北省委、河北省人民政府将塞罕坝机械林场设立为生态文明建设范例。

我深深地眷恋这片土地

初夏的塞罕坝，蓝天下飘着白云，脚下的草原盛开着繁星一般的野花。林子像一堵堵高墙似的，秀美的落叶松、亭亭玉立的白桦、绿得泛蓝的云杉宛如一片片绿云，笼罩在草原上。住在营林区，清早起来走进林间，闻到浓郁的腐殖质味道，呼吸着清新、湿润的空气，谛听阵阵松涛，猛然听到一声略带沙哑的歌声。循声望去，一位 70 多岁的老人迎面走来。他个子不高，面色中透出几许“高原红”，不大的眼睛笑眯眯的，边唱歌边在林间仰望树冠。

他是谁?……哦！想起来了，上次在场部见过，他就是那位因为个子不高被人叫“小大哥儿”的吴景昌。又想起来，他还有一个“树痴”的雅号呢！

吴景昌 1962 年从东北林学院毕业来到塞罕坝，寒来暑往，他的科技兴林工作为人称道。50 余年的风风雨雨中，人事流转几多变化，病逝的、调走的、升迁的、老了跟随子女到外地生活的，屈指算来，来自东北林学院的 47 名大学生中，至今还住在塞罕坝平房里的老人仅剩他一个了。人们告诉我，这位老人爱树到了痴迷的程度。他很少坐办公室，只要有空儿就往林子里跑，做他的科研项目，积累落叶松生长的资料。退休多年了，林场在围场县城盖了职工宿舍楼，单位也分房给他，可他仍眷恋着坝上。只要天气不太冷，他还是愿意住在坝上的平房里，看那里的晨曦和炊烟，看那里一眼望不到边的森林，到撅尾巴河边儿走走，去附近千层板林场的落叶松林里看看。那个时候他最轻松惬意，他愿意和那些熟悉的邻居聊天，说说自己昨晚梦见的老同学，说说当年创业时候的往事。说着，交流着，便感觉舒心和踏实。他是一个一生只做一件事的人，他的爱专一，把全身心都奉献给了塞罕坝，他深深地爱着它、恋着它、黏着它。

聊着聊着，老人竟情不自禁地唱起歌来："我爱塞罕坝的山和水，山水多明媚。清泉潺潺绕山走，山山绿如翠……林海万顷绿浪滚，花香诱人醉。哎……哎……"老人一边唱一边深情地仰望大树，歌声悠扬，松涛呜呜，那样协调和动听！

家住沈阳市的李芳文怎么那么执拗呢？他对塞罕坝的情结怎么那么重？已经病入膏肓了，医生告诉家人可以准备后事了，他自己似乎也感到医生不怎么给他用药了，知道自己已经到了勉力维持的地步。这时候他的一双儿女委婉地问他还有什么要求。他沉思片刻，上气不接下气地说，不要吃，不要喝，就是想去塞罕坝。

孩子们怕他支撑不住倒在路上，没有答应。李芳文立时就少言寡语，没了精神。

转天他眼巴巴地瞅着女儿说："我昨天晚上又梦见塞罕坝了，怎么就总梦见它呢？"

面对此情此景，女儿李幽燕和儿子李劲松商量再三，再次征求老人意见，躺在病床上的李芳文那一双渴望的眼睛和几乎央求的表情，让儿女们无法再违背他的愿望。

塞罕坝林场老干部科科长李建军闻讯赶来，和李芳文一家人踏上了这次回家的路。汽车一路向西，朝着河北，朝着塞罕坝飞奔。

途中，靠在汽车后背上的老人几次坐不住，身体出溜，孩子们只好拉他、抱他，帮他再一次坐稳。中途吃饭时儿子扶他下车，他竟连坐都坐不稳了。没办法，他只好坐在儿子的怀里，象征性地吃了饭。儿女感到了他那不均匀的喘息，也觉察到了他那渐渐明亮起来的目光。

千辛万苦，终于上坝了。而让人想不到的奇迹却发生了，被搀下车的老人一进树林好像换了个人似的，立马精神焕发。李芳文一会儿拍打着那光溜溜的桦树，一会儿仰望着高大的落叶松，脸上出现了久违的笑容。

李建军早早通知了林场领导，林场领导急忙赶来，紧紧握着老人的手，讲着林场的新变化，鼓励他多走走、多看看。老人摆摆手谢绝了。他竟哪儿也不去，只要求带他到大脑袋山去。到了山前，老人边走边看，仔细辨认。正当人们感觉诧异，不知道老人在找寻什么的时候，老人对身边的一双儿女说："你们那死去的哥哥应该就埋在这儿啊！"老人语气坚定，陷入沉思。

李幽燕的鼻子一下子酸了，接着便撕心裂肺地哭起来。那哭声如决堤的洪水一样一泻千里，没有阻挡，在这高冷的山地爆炸般地冲撞开来，让在场的每一位都落了泪。

还是男人坚强，儿子劲松赶紧扶起倒在地上已经哭成泪人的姐姐，劝着，说着安慰的话。为了缓解气氛，他和李建军说起了自己小时候的事情："我出生在塞罕坝，我小时候最爱吃的是西红柿！"

这句话又勾起了李芳文的心思来。那会儿他在总场工作，下坝的机会多一些。但凡有下坝的机会，回来时一定给孩子们买些稀罕物件儿。什么最稀罕？其实就是水果和蔬菜。在父亲买回来的所有东西里，李劲松最稀罕的是西红柿："西红柿真好吃，我和姐姐抢着吃，感觉它是世界上最好吃的美味。"

他的话再一次勾起了李幽燕痛苦的回忆，她哭得更凶了。弟弟本来是想分散她的注意力，这下可好，没有劝停姐姐，反倒起了反作用，自己也一时心酸，抽泣起来。

李芳文盯着远处的大脑袋山，坚定地说："错不了，你哥哥的骨殖就应该埋在这一片。我完成你妈妈交给我的任务了！你妈临走时再三叮嘱我，你一定要去塞罕坝看看咱们的铁军啊！"老人的话刚刚停顿，幽燕和劲松姐弟俩猛地抱住父亲，三个人拥在一起。幽燕号啕大哭，劲松默默流泪，只有李芳文老人眼里没有泪水，反倒涌现出了光芒——儿子夭折的地方，那里生出了一片茂盛的森林。

……

现在人们常常说到精神，你可曾入心入脑地认真想过精神这两个字吗？精神，在我看来是神性的、凝重的。它不可以亵渎，更不容轻描淡写！

具体到塞罕坝精神，它的思想内核究竟是什么？在吴景昌老人那里我读出的是坚守，在李芳文这里我看到的是还愿和牵挂。我想，所有参加过塞罕坝建设的人，他们每一个人都该有自己的思索和解读吧。该是一种安慰，一种心安！该是对自己奉献人生的不悔与欣慰！

森林不仅过滤空气，还可以过滤思想。

塞罕坝是一片精神高地。走进它，人的精神品质能够得到升华。

第二章　风沙直下北京城

京洛多风尘，素衣化为缁。持续浑浊的天象古已有之，今天我们叫沙尘暴，不同时代、不同地域的古籍称之为“黄雾”“天雨土”“雨黄沙”“雨尘”“黄霾”。《尔雅·释天》说：“风而雨土为霾。”班固《汉书》中曾有过这样的记载：公元前32年四月的一天，“大风从西北起，云气赤黄，四塞天下，终日夜下着地者黄土尘也。”这是中国古籍里记载最早的沙尘暴。

晋代河北人张华在《博物志》上曾说过“天乃大风扬沙，一夕填此空谷”。晋惠帝永康元年（公元300年）甘肃“十一月戊午朔，大风从西北来，折木飞沙石，六日止”。

《明史·五行志》记载，天启元年（公元1621年）四月乙亥午，宁夏洪广堡“风霾大作，坠灰片如瓜子，纷纷不绝，逾时而止。日将沉，作红黄色”。

古代人对沙尘暴还不能做出科学解释，这一天象倒是常常被一些官员术士歪曲利用，用以影射人祸。《新唐书·五行志》说：“雾者，百邪之气，为阴冒阳，本于地而应于天。”把人对自然破坏造成的天灾看作当政者的大恶征兆。

近代作家特别是北京作家的作品里多有对沙尘暴的记载。

鲁迅在日记中形容北京的沙尘天气：“风挟沙而昙，日光作桂黄色。”

林语堂则说：“人们至少要每年一次做好准备，对付来自蒙古沙漠的大风沙，它不在五月便会在十月到来。届时天空阴暗，太阳看起来泛着黄色。尘土像一层厚厚的云，它钻进人们的耳朵和鼻孔里，弄得满嘴沙砾。漂亮的女人坐在黄包车中，用美丽的丝巾蒙着脸，丝巾随风飘动着。家中的每件物品也都被蒙上一层细尘土。不管门窗关得多紧，尘土都会钻入缝隙。大风沙要持续一两天，然后太阳才会重新露面……”（《大城北京》）

邓云乡写道：“天亮起风，刮到点灯。大风起兮云飞扬。明清两代，正阳门外，多卖眼罩，青纱为之，盖以蔽烈日风沙。”（《燕京乡土记》）

梁实秋写道：“‘无风三尺土，有雨一街泥’，这是北平的传统形容词。北平天气干燥，风大，路修得不好，所以灰尘太大。有时候从蒙古那边吹过来的大风，卷起北方戈壁的细沙，向南筛洒，能把半个天都涂成讣闻纸的颜色。”（《北平的垃圾》）

……

北京人说：“风三儿，风三儿，一刮三天儿。”他们谈沙色变。

京津冀地区沙尘暴的源头在北方蒙古高原，最近处是浑善达克沙漠，与北京直线距离不过200千米，沙源高2000米，像悬在华北平原头上的一个大沙堆。西伯利亚北风吹来，沙堆变成沙簸箕，扬起沙尘。8 级大风时速 20 千米，长驱直入，10 个小时就逼近北京。黄云压城，天昏地暗。遭遇大风天气人们唯恐避之不及。

人们仰天长叹，要是再修一道长城挡住风沙就烧高香了！北京人这样感叹着。

坝是塞罕坝

第一次上坝的人往往对坝的概念难以想象，是水库大坝的坝吗？还是南方平坝的坝？越想知道越感觉神秘。

从地理位置上不难看出，华北平原和内蒙古高原交接的地方陡然升高，一个大台阶分割出上下两种地貌，这个台阶就是坝。这个坝，还有坝上坝下和接坝地区的分别。坝上北面不远的浑善达克沙漠宛如高悬在华北平原之上的一个大沙堆，来自西伯利亚的狂风肆虐，就像一个人站在高处往下扬沙子一样。这就是多少年来“风沙紧逼北京城”的原因。

从承德出发一路向北，经过围场后汽车开始在盘山路上吃力地爬坡。大概已经爬得够高了，车窗外蓝天白云，就像大海的浪花。汽车像一只小船，逆水行舟。到了一个地方车子停了下来。下车回望，远处白云朵朵，如浮萍；近处云涛滚滚，直扑脚下。有人告诉我，脚下正是坝头。这里俨然一道云海的堤岸，身后平坦的曼甸，视野开阔，一片高原景象。这里海拔 1700 多米，是蒙古高原的南缘，一片东西横亘的高地。这个“坝”字叫得绝妙，岂是大坝和平坝能够比拟的？

塞罕坝就在这个大坝的东段，地理坐标北纬 41 度 52 分，东经 117 度 44 分，距首都北京直线距离 283 千米，坝上平均海拔 1200 米以上，最高峰大光顶子山高达 1939.6 米。

这条大坝划分出两个地理单元，南面的华北大平原海拔高度只有几十米。比如，北京市区天安门的海拔高度为 44.4 米，天津全市一般海拔高度在2—5米之间，石家庄市区的海拔高度为30米左右。而这条大坝北面蒙古高原的平均高度是1200米左右。东西横亘着的这条大坝就在阴山山脉和大兴安岭的交会处，是隔开农区与牧区的分水岭。

坝上坝下的气候迥异。坝下华北平原的气候类型为温带季风气候，雨热同期，适宜农作。坝上高原寒冷干燥，适宜放牧。塞罕坝特殊的地理环境造成它多风、干旱、寒冷。平均积雪期长达7个月，全年平均气温零下1.3摄氏度，最低温度零下43.2摄氏度，年均无霜期仅为52天，最晚的一场雪在6月份，最早的一场雪在8月份，年平均降水量417.6毫米。常年多风，年均七级以上大风日多达75天。人们常说，坝上一场风，从春刮到冬。有人说，哈尔滨在中国算冷了，塞罕坝比哈尔滨还要冷。

昔日皇家猎场

塞罕坝的名字起自何时？辽金时代这里被人称作“千里松林”。木兰围场周环约650千米，是过去蒙古科尔沁、翁牛特部落的牧场。满族文化开始浸润这片土地起于清朝统治者入关前，正式占据是康熙皇帝在这里开辟皇家猎苑以后，作为固定的“行围习猎肄武绥藩”的地方，每年农历八月皇帝都要率领王公大臣和八旗劲旅来这里举行盛大的“秋狝之典”，给这片土地留下了浓墨重彩的一笔。

现在人们口头说的“塞罕坝”，是蒙古族和汉族两个民族语言的结合，意思是“美丽的高岭”。这个“美丽的高岭”有多美？清光绪年间《围场厅志》记载：“落叶松万株成林，望之如一线，游骑蚁行，寸人豆马，不足拟之。”好一个“寸人豆马”，所描述的景色多像现代人的航拍影像。

塞罕坝是木兰围场的一部分，而“木兰围场”则是满族与汉族两个民族语言的混搭，意为“哨鹿的封地”。康乾盛世之际，木兰围场共设七十二围，仅在今天塞罕坝机械林场范围内就有十六围，其中一围名为“塞堪达巴汉包钦”，简称“塞罕”。今天，它是塞罕坝林场的一个小地名，却是当年塞罕坝名称的来源，地点在如今的红松洼一带。

塞罕坝是内蒙古高原与兴安岭余脉相接的地带，兼有森林和草原两种动植物资源，花草茂盛，种类繁多。

面对这片美丽的高岭，喜欢附庸风雅的康熙皇帝不知道写过多少赞美诗篇。其中一首是这样的：“……鹿鸣秋草盛，人喜菊花香。日暮帷宫近，风高暑气藏。”还有一首《塞外偶述》：“水绕周庐曲，原高众幕围。”乾隆爱写诗，他的《出塞杂咏》是这样写的：“最爱枫林新似染，折来题句手亲书。”嘉庆则有一首《塞山行》：“秋风猎猎吹山云，奇峰倏起林木分。明霞五色互炫耀，欲写岚黛难成文。”

其他官僚歌咏围场塞罕坝美景的诗文更是难以计数。黄钺有《木兰纪事》：“香草丰茸三尺赢，据鞍似踏绿波行。怪它马耳双尖没，尽作春江风雨声。”陆元烺有《塞上夜坐》：“松声入夜常疑雨，虫语鸣秋惯近人。”赵翼的诗作更加直白明了：“木兰草最肥，饲马不用豆。”勾画出了木兰围场草肥林茂的自然环境。

清初辟围场为皇家猎场，明着是弯弓射箭、走马猎鹿，实际上是有着政治和军事目的的。康熙皇帝在木兰行幄里批准了《尼布楚条约》，不久又在这里打败了噶尔丹，巩固了北部边疆。乌兰布通汉语为“红山”，旁边的湖泊传说曾是清军的炮兵阵地，为重炮的后坐力形成的。距今300多年前的1690年，这里发生过一场震惊中外的“乌兰布通之战”。康熙皇帝率领20万大军，在波罗河屯坐镇指挥，经过一场惨烈的战斗，平定了噶尔丹叛军。康熙皇帝的舅父佟国纲在这次战斗中阵亡，他的雕像今天仍然耸立在湖畔。为了纪念这位将军，后人称这一片水面为“将军泡子”。

木兰围场到底有多少围？《热河志》载“分围场七十余所”，

《围场全图》却标注了六十九围，乾隆时的《皇朝通志》则说“围场六十有七”。数据不同，所谓“七十二围”只是一个大致的说法。

据记载，木兰秋狝规模相当宏大。康熙规定，每年行围，派兵12000人，并令宗室、各部院官员和蒙古各部王公贵族随行。仪式一般在农历八月举行。皇帝于五月或七月从北京出发，出古北口，一路在行宫小憩、食宿，至热河行宫驻跸。打前站的御前行营护军总是先头到达围场，选择地形，确定水草肥美的地方筑营，迎接大部队到来。

围猎的队伍平明出发，头戴鹿角帽，身穿鹿皮衣，作呦呦鹿鸣状，引诱动物进入伏击圈。日出前，御营先到现场，蒙古兵丁、八旗劲旅、虎神枪营士卒和各部落射手在两翼迂回，形成一个15千米或更大的包围圈。天亮了，皇帝在护从大臣、侍卫及亲随射手拱卫下引弓射猎，让蒙古诸部仰瞻圣武。其后，皇帝命令王公及诸部落射手驰猎。一时间，围猎官兵千骑齐发，左奔右突，呼啸山林。一场酣畅淋漓的猎杀在人欢马叫中进行。

围猎中，如果遇到熊、虎等猛兽，皇帝要亲自出马射杀，或下令虎神枪营殪毙，以示皇威齐天。行围结束后，营地上燃起熊熊篝火，王公大臣和随从兵士在林间席地而坐，烤炙猎物，共享美餐。

据记载，自康熙二十年（1681年）至嘉庆二十五年（1820年）的139年间，康熙、乾隆、嘉庆共在木兰围场“肄武、绥藩、狩猎”105次，狩猎的野生动物难以计数。

围场，在清朝鼎盛时期是一片美丽的后花园，是一片浩瀚的练兵场。现在，在塞罕坝森林公园里还有一个叫“亮兵台”的地方。

回首风雨飘摇

清朝统治者尚未入关就热衷于大兴土木，在沈阳修建了不少宫殿，入关后更是变本加厉。为了修建圆明园和承德避暑山庄，仅乾隆三十三年至三十九年（1768 年—1774 年）的七年间就从围场砍伐古松 34 万株。

鸦片战争前后中国逐步衰落，政治腐败，经济萧条，最后沦为半殖民地半封建国家。人贱如草，树何以堪？道光四年（1824 年），木兰秋狝这一“万世当遵守”的惯例被确认废止。风雨飘摇中的清朝把主要精力都放在与西方列强签订不平等条约上了，哪里还顾得上到坝上去行围狩猎？就算偶尔想起那里有呦呦鹿鸣，有绚丽的花草，也只能望洋兴叹了。朝廷危机重重，朝不保夕，没有精力去策马围猎，心里倒是惦念着那块肥肉该怎样换成银两弥补国库的亏空呢。

同治年间，朝廷提出要“就近招佃展垦，尚足以济兵饷不足”。光绪年间更有了“热河围场地亩，可否令京旗人丁迁往耕种”的动议，“开垦围场各地藉筹军饷，实为寓兵于民之善策”。

慈禧垂帘听政，国运一路下滑。为了弥补国库空虚，满足自己挥霍享用，她于同治元年即公元 1862 年准予“宽留围座，开放边荒，招发垦焉”。自此，热河都统瑞麟“围场牲畜日少，秋狝礼废，请开围荒，以裕国库，以利民生”的建议得以实施。光绪二十七年（1901 年），清政府更直接宣布围场开禁，在锥子山开设木局收购木材，从此一发不可收拾，风光旖旎的围场一次次遭受掠夺，大量招户采伐树木，森林资源日渐萎缩。1933 年，日本侵略者侵占承德，又对这里的森林资源进行了洗劫。

中华人民共和国成立前，这里曾是土匪的地盘，窝藏着大大小小 40 多股土匪。他们秋天下坝抢足粮食、布匹和大烟，冬天就躲在牛皮帐篷里饮酒作乐。据说《林海雪原》故事中，盘踞威虎山上的土匪头子座山雕的原型就是从这里一条叫大烟拐的山沟里起家的。土匪们在山上起灶的时候常常引燃山火，到处寻求营生的流民闲汉常常在坝上坝下流浪，导致山林山火不停，无人扑救。

塞罕坝的天然林遭受重创，森林资源越来越少。中华人民共和国成立后土匪绝迹了，但是来自西伯利亚的寒风长驱直入，推动流沙不断南移，大自然报复性的灾难像洪水猛兽一般威胁着这片土地。1950 年代，坝上地区荒漠化日益严重，虽有小块儿次生林存在，也像秃子头上的毫毛，了无生机。

这种生态环境威胁着华北平原，最直接的影响就是对北京的危害。老舍先生《老北京的风》里有文字为证，北京街头大风天里的景象好似到了世界末日：

> 在那年月，人们只知道砍树，不晓得栽树，慢慢地山成了秃山，地成了光地。
>
> 寒风卷着黄沙，鬼哭神号地吹来，天昏地暗，日月无光。青天变成黄天，降落着黄沙。地上，含有马尿驴粪的黑土与鸡毛蒜皮一齐得意地飞向天空。半空中，黑黄上下，渐渐混合，结成一片深灰的沙雾，遮住阳光。太阳所在的地方，黄中透出红来，像凝固了的血块。
>
> 风来了，铺户外的冲天牌楼唧唧吱吱地乱响，布幌子吹碎，带来不知多少里外的马嘶牛鸣。大树把梢头低得不能再低，干枝子与干槐豆纷纷降落，树杈上的鸦巢七零八散。甬路与便道上所有的灰土似乎都飞起来，对面不见人。
>
> ……
>
> 桌上、炕上，落满了腥臭的灰土，连正在熬开了的豆汁，也中间翻着白浪，而锅边上是黑黑的一圈。

风沙直下北京城。

残酷的现实向着年轻的中华人民共和国呼喊：生态环境已经到了非治理不可的地步。植树造林，绿化国土，迫在眉睫！

第三章　林业是个很了不起的事业

中华人民共和国成立伊始，百废待兴。毛泽东、刘少奇和周恩来等党和国家领导人高度重视林业工作，多次讲到林业，为中华人民共和国林业事业特别是国营林场建设指明了方向。建设塞罕坝机械林场就是在这时提到国家议事日程上的。

把国土绘成丹青

任何一场涉及生产力和生产关系、经济基础和上层建筑的变革，在政权交替过程中都难免造成社会管理的缺位，引起社会公共财产的流失。草木虽然无言，却直接关乎环境，而且是人类生产生活的必需品。1949 年中华人民共和国成立后，我国各项事业蓬勃发展，林业事业进入了一个全新的发展时期。党和政府清醒地看到各地破坏林木的严重程度，认识到了我国生态环境的脆弱，采取各种措施着力解决破坏森林的问题。1958 年 11 月 6 日，毛泽东在中央领导人、大区负责人和部分省市领导参加的郑州会议上语重心长地叮嘱大家："要发展林业，林业是个很了不起的事业。同志们，你们不要看不起林业。"

1961 年 7 月 16 日至 8 月 10 日，刘少奇在黑龙江和内蒙古自治区就林业工作进行了长达 26 天的调查研究。期间，他就林业工作的方方面面讲了很多意见，严肃指出："我们这一代人不要把森林搞光了。搞光了，我们死后都是要受审判的。"1962 年 11 月初，刘少奇在北方三省林业工作座谈会上指出，东北次生林是封山育林长起来的，"华北是否可以长起来？如何使五台山、燕山的荒山秃岭都长起来？"

周恩来亲手抓国营林场建设，多次关于林业的讲话形成了"青山常在，永续利用，造福子孙后代"的建设思想。1962 年，他亲自过问办成了32个国营林场，并且把试点经验向全国推广。今天，在国土保安方面发挥着重要作用的4200多个国营林场中，85%以上都是在1965年以前建设起来的，塞罕坝机械林场就是其中之一。

这些是来自中华人民共和国最高层的呼唤，而且是在那个一呼百应的时代。

为了适应国家建设的需要，1949年10月1日，中央人民政府林垦部成立，首任部长梁希是一位接受过正规教育的林学家。1951年11月5日，林垦部改为林业部，为林业工作健康稳定发展提供了有效的组织保证。毛泽东说："一切能够植树造林的地方都要努力植树造林，逐步绿化我们的国家，美化我国人民劳动、工作、学习和生活的环境。"

在党和国家领导人的高度重视下，国家相继出台了快速发展林业的一系列政策文件。无论政府还是民间，对植树造林、改善生态环境都达成了共识。改善风沙危害，特别是北京周边地区生态环境的动议逐步上升到了国家的最高层面。

梁希部长激情地倡导："无山不绿，有水皆清，四时花香，万壑鸟鸣。替河山装成锦绣，把国土绘成丹青。新中国的林人，同时也是新中国的艺人。"

正是这样的大环境，催生了中华人民共和国成立初期国有林场建设的高潮。1950年代前后，河北省开始在各地兴办国营林场，承德地区行政公署和围场县组建的林场最多。

1951年，围场县在宝元栈公社的三道沟建立阴河林场。

1956年1月，省政府在围场县大唤起川建立了大唤起林场。

1957年1月，省林业局派12人赴吉林省洮南县机械林场学习机械造林技术。11月29日，河北省政府在给承德专员公署的报告上批复：同意建立承德塞罕坝机械林场，规划的经营总面积达 50 万亩，干部职工编制 30 余人。

它就是今天人们常常说起的大脑袋山机械林场。而大脑袋山机械林场的旧址，就在今天塞罕坝机械林场总场的位置。

大脑袋山的求之不得与无心插柳

“大脑袋”是当地人对大脑袋山前平原上一个小林场的简称。

1958 年的初春，塞罕坝上万籁俱寂。除了风声和偶尔能听见的野兽嘶鸣，空旷的高原一无所有。

蓦然间，远远的地平线上缓缓地出现了六人六骑，个个戴着皮帽子，穿着白茬羊皮袄，因为看不清眉目，远望几乎一模一样。他们“嘟”“嘟”地呼唤着胯下的骏马，越来越近，模样也渐渐清晰了。

这些人是奉河北省林业局之命来踏勘场址的。他们是：谢光、黄仲儒、孙振生、李希义、曹明章和葛庆奎。

行进中，曹明章的坐骑马失前蹄，一下子掉到雪窝子里去了。这个文弱书生爬了几下，大家赶紧下马，笑声中七手八脚把他从雪地上扶了起来。

这群人停下脚步，选择一块稍高的甸子坐了下来，有说有笑地吃着随身带着的干粮和咸菜，嘴里、鼻孔里喷着白气。坝下的天气已经回暖，可这里不然，依旧冰天雪地。他们脸上充满了喜悦，向往着在这片土地上开辟出能实现自己理想的舞台来。

夕阳西下时他们来到大脑袋山前，眼前的一大片开阔地满地余晖，现出了暖洋洋的气象。六个人看见这片沃野上有不少草房，几乎同时跨下马背，异口同声地说：“这儿不错，有现成的草房落脚儿，把林场场址选这儿挺好。”

愉快的氛围鼓舞着这群年轻人的心，他们用打雪仗来表达自己的兴奋，还把发自内心的歌声轻唱出来。他们干活儿的时候三步并作两步走的举动惊飞了山鸡，搅动了这片安静的天地。

在他们后面还有几个人——马义生、房滴拉、李庆隆、庞岭雪，还有一个叫崔广德的，是懂得机械原理的日本籍工程师。他们是乘车取道御道口经刀把子梁来的。这路人马带来了经过周密安排的生活必需品，还有一些生产工具。

他们四外里转，大致数了，竟有20间左右的草房，在一间房屋里还发现了几个人，自称是围场林业局武装护林队的护林员。除了这间，所有草房都是满地牛粪。他们说明来意，互通情况。晚上，大家选了两间干净的草房住下来。

新的一天开始了，人们会集在草房前头，领导便开始派工，安排几个人去砍树、几个人找石头，做着建设场部的准备。

那会儿，撅尾巴河已经进入了白天开化、夜间封冻的阶段，放眼望去天高地阔。几只狍子到河畔的灌木丛里觅食来了，人们见了都兴奋得不得了，猜想它们见了人一定会逃窜呢，结果，它们只在林间呆呆地站着，向着有人的这边张望。它们竟一点儿也不怕人，或许这就是人们管它叫傻狍子的原因吧。

夜幕降临，两座崭新的散发着木材芳香的马架子出现在这块处女地上。黄仲儒、谢光他们算是安顿下来了。

在他们这支队伍里，还有一个叫张敬昌的人，目下正在围场县城里紧张地奔走着。这是事先安排好的，他的职责是购买建材和联系建筑社。几天时间他跑来跑去，采购东西，联系围场县建筑社。他的工作进展顺利，很快就连人带物上坝来了。

1957年，党和政府发出了支援边疆的号召。与之呼应的，河北省林业厅也向全社会发出号召，鼓励热爱林业工作的青年到基层去。那会儿，正在河北省林业厅国营林场管理处工作的陆起玲踊跃报了名。经过筛选，他光荣地成为选派到坝上工作的12名热血青年中的一员。1958年4月12日，他和队友们一起来到了塞罕坝。

坐在敞篷大汽车的车厢里走了好几天，爬山，过河，待到原来的兴奋劲儿折腾得所剩无几的时候，汽车停在了撅尾巴河的河边。听到有人招呼下车的声音，几个人才从瞌睡的状态清醒过来，争先恐后地跳下车厢，搬行李，手提肩扛，踩着初春泥泞的河滩晃晃悠悠地向着有草房的地方走去。刚刚把行李扔在地上，黄仲儒等领导就过来探望，他们很快安顿下来。

基建工程正式启动，搭房梁、做门窗、运材料，各个环节都在抓紧推进。几个月后，三排青瓦白墙的建筑竣工。西边一排是办公室，东边前后两排是家属宿舍。人不少了，要有人为职工做饭，他们请来了李曾、王绍玉和聂廷栋三位大师傅。

据在这里生活过 13 年的范凌霞女士回忆，初冬时节谢光和黄仲儒等几位领导就把家从坝下搬到这里来了。她清楚地记得，她家的左邻是张敬昌叔叔，右舍为曹明章叔叔。

1959 年春天，大脑袋山林场开始造林。场长黄仲儒、书记谢光等领导班子经过研究，选择在长腿泡子一带的平坦山地初展身手。“哐哐哐”的机器声响彻山谷，人们按照说明书的操作要求使用机器，在几十亩地上栽上树苗，之后就盼着它们成活。盼来盼去，秋天过去了，技术员来检查，结果让人大失所望：苗木大部分干枯，基本失败。

造不活林叫啥林场？大脑袋山人的热度一下子消减了大半。人人情绪低迷，感觉前途渺茫。

造林失败了，他们种的莜麦却意外获得了大丰收。那会儿正值国家经济困难时期，这种“有心栽花花不开，无意插柳柳成荫”的情况让黄仲儒他们的沮丧心情得到了一些补偿。那是一个到处饥馑的年代，人们面对劳动果实一派喜气洋洋，他们幸福地收割、晾晒，颗粒入仓，统计下来竟有七八万斤。秋后，为了储藏莜麦，人们在场部附近建造了好几个粮仓，仓顶尖尖的，很像清朝官员们戴的帽子。

正是这几万斤粮食，为以后建设更大的林场埋下了伏笔。

为了改善京津地区的生态环境，对于重要沙源坝上地区，国家林业部门领导一直都在苦苦思考和筹划着，拟订了在张家口或承德地区建设一个百万亩规模的防护和用材林基地的方案。方案最初是由时任林业部副部长兼党组副书记的惠中权1960年在易县召开的河北省林业工作会议上讲出来的。会上，他有些叫板意味地说:“谁给我保留100名林业技术干部，部里给5台拖拉机、半个林场！”

他话里有话。部里投资一半资金（设备），利用地方上原有的各级林场资源，这不相当于一半儿对一半儿吗?

那会儿刘文仕已经是承德专员公署的林业局局长，听了领导的讲话很振奋。他心里清楚，眼下正是困难时期，无论是承德专区还是围场县的几个林场都要抓住这个机会。

会后，刘文仕主动找惠中权副部长说悄悄话，谈了自己要争取这个项目的想法，并诚恳表态，希望这个大型机械林场能落户承德。他讲了承德的有利条件，鼓动副部长一定要到承德去看看。张家口地区林业局的孙局长参加了易县的会议，也要争办这个大林场，便也找惠中权副部长汇报了想法，还有针对性地推荐了备选地点——康保县。两地暗中较劲儿。

对于林业部和河北省来讲，在承德或张家口坝上地区建设一个大型国营林场与那个时候面临的大环境有关：一是“大跃进”运动造成经济困难，精简城市人口殃及了东北林学院等一批大专院校，毕业生分配不了工作，多地面临人才流失的危险。部领导正在为国家花钱培养出来的这批人才刚毕业就失业感到惋惜。二是20世纪50年代省、地、县先后建立的大脑袋山、阴河、大唤起、山湾子等林场造林都不成功，经营出现困境，成了当地政府的包袱，面临下马的危险。——如果国家能在这里建设大型国营林场，整合资源，无疑能改变目前的困难局面。

这以后惠中权几次到河北考察。这件事迅速摆上了林业部部务会的重要议事日程。

究竟把林场选在承德围场还是张家口康保？当时的决策者很费了一番心思。他们多少次派人到两个地方考察，认真地核算经济账，连最为细节的运输设备的用油量都考虑到了。有一种意见认为，张家口火车运输方便，建场的成本低；而林业部国营林场管理局局长荀世昌、副局长刘琨等人则积极建议选择承德围场。

刘琨的足迹

1961年，荀世昌和刘琨带领有关人员分三次到坝上地区踏勘选址。

10月里的一天，从承德向北快速行驶的两辆吉普车在山路上颠簸着，时而扬起一阵黄沙，时而鸣响几声喇叭。那年气候偏冷，北风呼啸，道路两侧的树叶几乎落尽，一片萧瑟的土黄色调，如同饿了很久的人一样面黄肌瘦。吉普车一路向北，过了围场县城继续北上爬坡上坝，向着围场县西北部的大脑袋山机械林场奔驰。

太阳偏西的光景，车子停了下来，跳下五六个人。他们刚下车便感到阵阵寒意，个个埋着头抱紧胳臂，“呵呵”地打着寒战……

大脑袋山林场场长黄仲儒已经得到通知，几个人早早在办公室候着呢。听见汽车的马达声，便三步并作两步走出办公室迎接。主客之间热情握手，林场办公室前一下子热闹起来。

刘文仕是承德专员公署林业局局长，和林场的人都熟悉。他跳下车，紧走几步，伸出手去，左手拢着黄仲儒的臂膀，右手指向刚刚从另一辆车里下来的一位中年人，介绍说：“这是国营林场管理局刘局长！”黄仲儒抬头看时，只见刘琨脸色黑红，厚厚的嘴唇，微笑着向他伸出手来。黄仲儒紧着趋步上前，握住刘琨的手。大家微笑着围拢在刘琨的周围，以他为核心站成了半圆。这位领导大高个子，披一件绿色军大衣。

黄仲儒向众人问好，随后，他快步前行，伸手导引，一行人鱼贯而入，办公室里坐满了人。

这是一次国家、省、市三级林业部门负责人参与的集中考察活动。刘琨带来了林业部规划设计院的技术人员，显然是有备而来，任务明确，要为建设机械林场选址。前期已经酝酿了好长一段时间，刘琨等人此前已经去过张家口的康保和沽源两县。

说明来意就开始行动。按照刘文仕的嘱咐，大脑袋山林场事先准备好了马匹，想好了进山的路线，对吃住等接待工作也做了初步安排。

刘琨一行在这里住了一晚，第二天就骑马上路了。

走过小半天，一行人蹚过一条小河，河还没有完全封冻。马蹄踏着山路，登上了一面高梁。眼前的开阔地，野草已经枯黄，刘文仕的枣红马停了下来，低头打着响鼻，惊动了旁边桦树棵子底下的黑琴鸡，扑棱棱、扑棱棱地飞起两只。刘琨本能地拉了一下缰绳，看着那对儿黑琴鸡向密林深处飞去。

刘文仕看见前方路旁散落着几块石头，侧身对省林业厅副厅长谭惠民说："咱们歇歇吧！"谭惠民回头瞅了一眼身后的刘琨，刘琨应了一声。几个人翻身下马，随手丢开缰绳，任它们撒欢儿去了。那些跑累了的马各自向前走了几步，看看前面，便一个个低下头去，啃起草根来。

刘琨是林业部造林司副司长兼国营林场管理总局副局长，是这次考察活动的核心人物。谭惠民代表省里。刘文仕是承德地区林业局局长，鞍前马后地张罗事情。

他们一行人这次上坝的主要目的是论证在坝上地区建设林场的可行性。此前，林业部国营林场管理局局长荀世昌来过，林业部规划设计院调查队的几个工程师来过，围场县林业局局长邹焕章更是不知道跑过多少回了。大家盘算着，前期已经做了不少准备工作，盼望着这次把该解决的问题都搞清楚。马上就要大雪封山了，最好尽快定下来，冬天做准备，开春好造林。

当时，全国上下都在学习焦裕禄。刘文仕深深地被焦裕禄的精神感染。他想，焦裕禄能够在兰考栽植泡桐治沙，我们为什么不能把坝上沙荒地都种上树呢？

这年 10 月份，这里的天气有些寒冷。考察组的六七个人都做了充分的准备，穿着越冬的衣裳，坐下来的时候还是感觉到风很硬。

一个新的林场上马，刘琨作为国有林场管理部门的直接负责人，处在承上启下的重要位置。上面领导考察时他要陪同，有关的会议他要参加，林业部几次三番派人到张家口和承德坝上一带考察，他都参加了。

那时候，浑善达克沙地南缘的大面积沙丘上除了阴坡、水泡子和湿地边缘有零星的天然次生林外，不少地方已成了白沙裸露的荒漠。地面土层很薄，就像豆包儿似的，好多地方都“露馅儿”了。这里海拔高，加上地表形成了流沙，时常刮起大风直逼华北平原，威胁着北京。大家都清楚，如果任其继续恶化下去，首都周边的生态环境前景堪忧。

这天傍晚，刘琨一行来到北曼甸，在刘文仕的安排下住进了三义号供销社。由于条件所限，大部分人睡大炕，只给刘琨安排一个人单住。虽是这么说，也只能安排在供销社的办公室，白天人家还在办公，夜里拾掇一下住人。

傍晚的时候刮起了白毛风，气温骤降。接待他们的人寻思，这天寒地冻的可别冻着客人，就多烧了几把火，结果事与愿违，刘琨不适应这样的热炕，再加上心里琢磨林场的事情，躺在炕上一个劲儿烙饼似的翻身，怎么都睡不着。没办法了，他干脆把办公桌收拾一下，把行李抱到办公桌上睡去了。

真是无巧不成书。刘琨刚眯瞪了一会儿，“丁零零”“丁零零”，摇把子电话机响个不停。刘琨翻身坐起，点灯后寻了话筒接听，电话那头儿开口就带着火药味儿了："咋这长时间不接呀！误了事你负得起责任哪？"刘琨忙着解释："我不是这里的。"这句话刚出口，对方更火了："你不是那儿的你瞎接什么电话啊！"

……

刘琨一个劲儿地解释，对方明白了原委。火气虽然小了，还是喋喋不休。刘琨没办法，放下电话到其他屋子喊人。当地人接了电话，落实事由后走了。坐下来平息情绪以后，刘琨竟一点儿睡意都没了。

第二天一早，人们起床后，过来看刘琨，嘘寒问暖的时候，刘琨说起夜里的遭遇，把大家都逗笑了。

第二天吃过早饭他们顶着白毛风继续赶路。

刘文仕为刘琨选的小红马是最好的，膘肥体壮，温驯和顺。他们一行人穿过供销社前面街道的时候，遇上了几个上学的孩子路过这里。看到几个外地人骑着马大摇大摆地走过，有个孩子恶作剧，吹了一声口哨儿，刘文仕的马立时兴奋，朝前猛跑。刘琨的小红马也跟着跑起来。由于紧张，刘琨没有拉缰绳反倒提了起来，结果他骑着的小红马直奔几个女孩子冲去。说时迟那时快，刘文仕感觉有可能踩着那几个女孩子，当即打马前冲，抓住刘琨小红马的缰绳，用自己的马死死地挡住它的去路。真险，要不是刘文仕机灵，没准儿就把几个女孩子冲撞了。几个坏小子见了哈哈笑着跑开了。

心情平复后，大家开始上路。走过几道山沟，越过几个山头，在一片凹地里发现了一片以杨树和桦树为主的次生林，下马看过，多了一些信心。又走了好一会儿，在一个叫亮兵台的阴坡上看到一些落叶松的腐朽树根，用石块扒拉一下，树根还不小。

站在高处向着北方眺望，广袤的内蒙古草原一派北国风光，地势平缓，白雪皑皑。没有陡峭只有平展，没有嶙峋只有丰腴。人们欢呼起来。啊！这里真是一片机械造林的好地方啊！

刘琨后来回忆，那时候他们看到的都是平缓的山地，后来再看却不是那样，那是大雪覆盖了陡峭山地形成的错觉。

这次考察他们还跑了五道梁和五道沟。中途遇到一个小庙，叫石庙子，里边供着一个身穿长袍马褂、头戴顶戴花翎的塞北佛。传说有一次康熙上坝打猎没有恭敬山神，山神怪罪下来，雷雨大作，把皇帝浇了个落汤鸡。康熙便在此地修了一个小庙，供奉塞北佛，乞求风调雨顺。刘琨幽默地说："这个皇帝不懂科学，破坏森林，自作自受。如果我们植树造林成功，改变了气候，我们林业战士就是塞北佛。"

次日早起，刮起了八级大风。大家劝刘琨歇了吧，但他勘查心切，继续上路。经过一滴水也没有的四方泡子，来到了远近闻名的"一棵松"。这一棵古松像一座青铜宝塔耸立在雪原之上。大家赞叹不已，刘琨更是看得如醉如痴，久久不肯离去。他情不自禁地说："这棵松少说也有三四百年树龄，它是历史的见证、活的标本，证明塞罕坝上可以长出参天大树。今天有一棵松，明天就会有亿万棵松。"

刘琨骑马在坝上跑了整整三天，跑遍了4000多平方千米土地。莽莽雪原之上，深深地印下了他的行踪。这印迹，像一行行文字，写出了塞罕坝林场场史上一篇精彩的前言。

奇迹从这里开始

以后的进展似乎比前期调查论证顺利多了。开会研究、报告、批复。1961年11月，国家决定在塞罕坝建立中华人民共和国林业部直属承德塞罕坝机械林场，将原承德坝上大脑袋机械林场、阴河林场和大唤起林场划归旗下，总经营面积153.5万亩。1962年2月14日，宣告正式建场。林业部国营林场管理局调查队与承德专区林业局调查队也一并划过来。

塞罕坝在特殊的情况下上马，起码有一个原因是粮食，大脑袋山机械林场的粮食！那样一个举国上下大饥荒的年代里，在人们因为粮食可以玩儿命的年头，在那个闭塞的高原坝上，竟然储藏着几万斤上等的莜麦！这是第一次机械造林不幸中的万幸，是因祸得福。

从这个意义上说，如果没有当年的“大脑袋”，或许就没有今天的塞罕坝。

1964 年 2 月，国家计委正式批复了建立塞罕坝机械林场的设计任务书，确定了四项建设任务：

一、建成大片用材林基地，生产中、小径级用材。

二、改变当地自然面貌，保持水土，为改变京津地带风沙危害创造条件。

三、研究积累高寒地区造林育林的经验。

四、研究积累大型国营机械化林场经营管理的经验。

按照批示精神，当地几家林场先后合并，重新划分为五个林场，它们是阴河林场、大唤起林场、千层板林场、第三乡林场和北曼甸林场。由于直属林业部，林场级别升格，由科级升为县团级。

林业部、河北省林业局和承德行署再三研究，确定了塞罕坝机械林场的领导班子：王尚海任党委书记，刘文仕、王福明任常委，贾宝珍、高勇任委员，刘文仕任场长，王福明、张启恩任副场长。

王尚海，1921 年 4 月生于山西省五台县，中共党员，1945 年 7 月参加革命。曾任中共围场县委书记，承德地区农业局局长、地委委员。1962 年 7 月来到塞罕坝机械林场任第一任党委书记。

刘文仕，1927 年 7 月生于河北省丰宁县，中共党员，1947 年 9 月参加革命。曾任丰宁县凤山镇区委书记、共青团丰宁县委书记、共青团承德地委书记、承德地区行署林业局局长。1962 年 7 月来到塞罕坝机械林场任第一任场长。

王福明，1923 年 5 月生于河北省丰宁县，中共党员，1945 年 10 月参加革命。曾任中共丰宁县委宣传部副部长、部长，围场县孟奎人民公社主任、水利局局长，丰宁县副县长。1962 年 7 月来到塞罕坝机械林场任第一任副场长。

张启恩，1920 年 12 月生于河北省丰润县，中共党员，高级工程师。1944 年毕业于北京大学农学院林学系。曾担任北京华北农事实验场林业科技术员，中央农业实验所北平分所技佐。中华人民共和国成立后任林业部造林司工程师。1962 年 3 月来到塞罕坝机械林场任第一任技术副场长。

第四章　激情在高原上燃烧

那是共和国的早晨，那个年代盛产激情。

到深山去、到边疆去、到祖国最需要的地方去，是那个时代的最强音。

兵强马壮

1962 年 8 月里，一辆解放牌大卡车从承德出发到坝上，汽车里坐着两个中年人，他们是奉命到塞罕坝任职的王尚海书记和刘文仕场长。山路颠簸，他们走了足足 20 个钟头！

王福明是本地人，接到通知就上坝了。张启恩在林业部工作，最早接到的通知，在做了交接工作之后便火速上坝。四个人前后脚儿地报到，握手寒暄，安顿住处，个个精神振奋，非常融洽。

王尚海召集班子成员开会，提议就地取材，从围场县调几名公社书记和县直各部门的书记、局长来塞罕坝任职。

中层领导班子一时人才济济，兵强马壮。他们是：

贾宝珍，围场县一区原区委书记，任大唤起林场党委书记。

李彦秋，原阴河林场场长，任大唤起林场场长。

魏明文，围场县七区原区长，任北曼甸林场党委书记。

许文，围场县原武装部部长，任北曼甸林场场长。

宋志河，围场县原林管局副局长，任阴河林场党委书记兼场长。

侯庆山，围场县原农业局局长，任第三乡林场党委书记兼场长。

董海，原孟滦林场场长，任千层板林场党委书记兼场长。

……

兵马未动，粮草先行。林场购进东方红 −54 型履带式拖拉机 5 台，DT−413 型胶轮拖拉机 5 台，苏联产蔡式金 −1 式植苗机、镇江产植苗机 15 台。

“突突突”“突突突”，这些机器开进林场，站在道边儿上的人停下脚步，张望着那些会跑的铁家伙：“好厉害，趴着还跑这么快，这要站起来呢？”

一拨拨儿的毕业生来报到，新面孔、新口音、新穿戴，坝上天天都有新气象。领导们东跑西颠，一会儿接待新来的学生，一会儿又忙着跑过去看机器。他们抚摸着机器，看着围在周围的新人，人人都感觉新鲜，每个人都笑容满面，人人亢奋。真个是：“塞罕坝的天是明朗的天，塞罕坝的人们好喜欢！”

最好的选择

张启恩是林业部有名的才子，林业部制作的第一部电影纪录片《大地园林化》，解说词就是他撰写的。妻子张国秀是他的大学同学，中华人民共和国成立后在中国林科院植物遗传研究所工作。夫妻俩生有两男一女，在北京和平里林业部家属院有一个温馨的家。

塞罕坝上马后缺少技术人员，林业部在物色人选。开始组织上没有找他，想安排两名年轻工程师去，结果他们找各种理由拒绝了。这个时候组织上才想到了他。领导找他谈话，让人没有想到的是，还没有动员呢，他竟答应了。更让人感到意外的是组织上只想让他一个人去，可他表态说可以让老婆孩子一块儿去，并且破釜沉舟，提出自己一家上坝后北京的房子也要交出去。

对于他的做法有人暗笑，有人怀疑。机关里的人在揣度——张启恩这是要干什么呀？

事实是，张启恩在领导面前的表态是明朗的："组织相信我，我全家去！"

1962 年 3 月，张启恩毅然决然地接上妻子和孩子从北京温暖的家来到冰天雪地的塞罕坝。

北京的 3 月已经柳树发芽，小有春意。来到塞罕坝，满目荒凉、冰天雪地，妻子和孩子一下子傻眼了。

张国秀倒吸了一口凉气："这也忒荒凉啊，真没想到这样。"孩子们冻得手脚发麻，个个噘嘴，闹着回去。

面对家里人的消极情绪，张启恩起先不吱声，心里却在掂量对策。在孩子们七嘴八舌了一阵之后，张启恩对他们教育起来，理论是随手抓来的："到祖国最需要的地方去可不是喊口号，也不是嘴巴随便说说的！当时你们同意了，现在可不能反悔。"

况且，他们的母亲这会儿和父亲是站在一边儿的。

说起来，人的一生不就是一次又一次的选择吗？每一次选择都会改变生活轨迹甚至命运，但是选择不会改变一个人的意志和信仰。

如果不离开北京，他或许可以升任司局级甚至部级干部，孩子可以上好的大学，甚至留洋海外。但是，如果那样，他就不会享受塞罕坝刻骨铭心的创业经历。自然，那是他人生最可宝贵的财富。

张启恩和张国秀都认为，1962 年他们走的这一步，是他们人生中最好的一次选择。

祖国需要就是我的志愿

1960 年代，从围场县城上坝走的不是从第三乡林场上坝这条路。那会儿，从围场县城到塞罕坝要绕道御道口，走龙头山，再往北基本就不见人烟了。将近一千多公里的山路，山高沟深路颠簸。今天从围场县城到塞罕坝的车程只需一个多小时，而 20 世纪 60 年代坐着汽车要走一整天。

1962 年毕业季，按照方案，分配到塞罕坝的各路学生陆续来了。

9 月，承德农业专科学校应届毕业生 53 人来了。

10 月 15 日，东北林学院毕业生 47 人来了。

1963 年 1 月 15 日，林业部（吉林省）白城林业机械化学校毕业生 27 人也来了。

自然，每个学校分配来的学生中都有因这样或那样的原因延期报到的。陆陆续续地，最晚的竟迟到了一年。

看吧！这条上坝的山路繁忙起来了。赶着马车的人吆喝着，拖拉机“突突”响过，偶尔驶过来的汽车“叮叮咣咣”，扬起阵阵黄沙。

1962 年 10 月里的一天，经过在承德和围场县短暂的休整之后，东北林学院毕业的曹国刚、李桂生、刘明睿、刘敏、刘滨、王友兰等同学开始赶往塞罕坝。他们挤在解放牌大卡车的车斗儿里，一阵阵摇晃，前仰后合，满身灰土。刘滨和王友兰刚刚结婚，亲近地靠在一起。或许是旅程枯寂吧，走一会儿，他们便不由自主地瞅瞅对方，而对方呢，这时候也正在看着自己。偶尔，他们会伸出舌头滋润一下干裂的嘴唇，想说话却欲言又止。大家都不吱声，眯缝着眼睛休息。汽车“哐当哐当”地走，他们也随着车厢摇晃着。被摇得昏昏沉沉的时候，王友兰便换一个姿势，过一会儿又换一个姿势，但是无论怎么换，却一直没有离开过刘滨的肩头。

刘滨和王友兰都是吉林人，是大学同学，在大学里都是学生干部。由于政治觉悟高、思想进步，毕业时一同表态愿意听从组织分配。今天，他们是来塞罕坝报到的。

摇啊摇，刘滨回想起大学分配那档子事情来。那是他们临毕业的时候，学校动员同学们到塞罕坝工作。开始人们并没有太在意，私下里偶尔听人家说过，那个地方条件很艰苦。不过，它是林业部的直属单位啊！当这个念头在心头掠过的时候，他们的热情高涨起来。等到学校领导鼓动大家报名的时候，刘滨最先报了名。学校老师便趁机把他推举成了服从分配的先进典型。刘滨很兴奋，后来简直就是亢奋了。他感谢组织的信任，理想主义的火花迅即燃烧，便动员同学特别是他的爱人王友兰一起到塞罕坝工作。他的行动带动起了同学们的革命热情。刘滨带头宣誓："不建好塞罕坝，决不回家！"

刘滨和王友兰自愿上坝是那个年代进步青年的必然选择，成了学校里受人羡慕的先进典型。他们兴高采烈，激情澎湃。倒是他们的父母务实一些，托人为刘滨找了吉林造纸厂的工作，为王友兰找了 201 厂的工作。但他们俩执意不从，坚决服从分配去塞罕坝。老人们看拗不过也就放手了，为了他们可以互相照顾，又张罗着为他们举行了婚礼。

相比刘滨夫妇，刘明睿和刘敏更为浪漫，两人也是在学校的时候就确定了恋爱关系。刘敏在《坝上生活苦与乐》中回忆：自己生在哈尔滨，是那个年代少有的独生女，从出生到大学毕业都是在父母的呵护下成长。学校分配她到塞罕坝工作的时候，她虽然也听说那里条件艰苦，最后还是答应了。她是一个好奇甚至任性的人，条件越艰苦她越要闯一闯。当时她想得最多的是"干一番事业”，为了事业，什么也不在乎。

初秋的天气已经很冷了。爸爸、妈妈舍不得让我走。但他们明白，分配工作已经报名，没有退路了，干脆就不再反悔。父母满怀心思地为我收拾行李，为我送行。看他们心事重重的样子，反倒感觉用不着，干什么哭天抹泪啊？我又不是去打仗！可是后来证明，我的选择无异于上战场。

当时我只是认为去外面闯一闯，对自己是一次难得的机会，是人生的一次转折。我不怕艰苦，我要去干一番事业。那时候太年轻了，我一点儿都没有考虑父母的感受，便兴冲冲地踏上了开往承德的火车。

第三天天擦黑儿那会儿到了承德火车站。刚出站，我就听到同学们兴奋地喊着我的名字。他们接过我的行李，包围着我，簇拥着我。那会儿我们是世界上最幸福的人啊！我们激动不已，拥抱、跳跃、欢呼。每个人的脸上都笑开了花儿！

啊！承德真美，高楼大厦比哈尔滨都多，真漂亮！

看那边！我看到了磬锤峰和蛤蟆石在夜幕下的剪影：“那是什么，多好看！”

叽叽喳喳地，她同接站的人一起来到了承德饭店。

第二天，坝上的人来接我们。他们激情澎湃地讲了一番鼓励我们来塞罕坝创业的话，之后又带着我们在承德的一些旅游景点参观。——承德真好！

在承德的短暂休整结束了，我们开始上坝。晕车，吐了一道儿。这时候我开始想家了，想父母，想学校。可是想着想着就不想了。山路太坎坷，汽车太晃。汽车越爬越高，天气越来越冷，什么都忘了。

我们走了一天，晚上终于到达了围场县招待所。这个县招待所的居住条件比承德饭店差，连窗户纸都是破的。风一吹，呼啦啦响。

准备睡觉吧，被褥太厚了。炕烧得太热，躺下去翻来覆去地睡不着，一个劲儿地翻身。刚刚迷糊一会儿，就有人喊着吃早饭了。

……

创业者们怀着一颗滚烫的心来，为创业，也为自己。

热血与激情

一时间，沉睡的高原沸腾了！

这些人不是教会里的信徒，可他们有谁不是那个时代有信仰的忠实信徒呢？为什么要用信徒这个字眼儿？因为他们有着信徒一般的单纯和执拗，他们是把绿色当成信仰的一群人。

看，原本并不熟识的人，见面了也会热情地打招呼。

看见不相干的人有困难了，他们宁愿耽搁自己的事情也要出手相助。

面对旧仓库、马架子、帐篷和行军床，他们不但没有抱怨，还写出了“一日三餐有味无味无所谓，爬冰卧雪冷乎冻乎不在乎”的诗句表达心声。

虽然干着繁重的体力活儿，可他们却特别开心，甚至干着干着就情不自禁地唱起歌来：

美丽的夜色多沉静
草原上只留下
我的琴声
想给远方的姑娘
写封信耶……
可惜没有邮递员来传情——
……

夏季的塞罕坝真美。站在坝梁抬头观看，冈峦起伏，绵延伸展，形成一条丰腴柔美的曲线。一望无际的大草原，绿草铺陈，鲜花遍布。鸽子花、走马芹、地榆，赤橙黄绿青蓝紫，就像绣了花朵的绿毯子。各种各样的蝴蝶在草丛里翻飞，像飞起来的花朵。天高云淡，微风吹拂，吸一口空气都是甜的。

转眼到了秋天，秋天的塞罕坝更加绚烂，阔叶树染过秋霜，颜色变幻无穷，早晨和晚上不一样，晴天和多云天不一样。云彩雪白，一会儿像堆得高高的棉垛，一会儿像宽阔的长河，让人们产生无限的遐想。

无论什么样的天气，塞罕坝总会组合起五彩斑斓的颜色，让人产生要喊一声的冲动！

班子会、同学会、欢迎会、誓师会……此时的塞罕坝满眼是花海，到处是舞台。吃过晚饭，热血青年们便聚集在大食堂里，挪开桌凳，腾出空地做舞台，紧锣密鼓地张罗舞会。爱美的男同学穿上背带裤，女同学换上布拉吉，一阵轻音乐响起，舞步翩翩。他们激情四射，她们矜持又奔放。

年轻人激情澎湃：我们要向荒原要树！塞罕坝，还我森林！

还我森林！是每一位创业者的心声。

还我森林！条件越艰苦，越能激发建设社会主义的热情。

还我森林！无论总场还是林场，无论是机务队还是营林区，到处都是热火朝天的劳动场面！

六女上坝

1964 年 6 月，承德第二中学有六名女高中毕业生主动提出放弃考大学的机会，申请到塞罕坝林场去工作，一时间成了大新闻。她们只有十八九岁，家住城市，父母都是机关或国营企业的干部职工。这六位女学生的名字是：陈彦娴、王晚霞、甄瑞林、史德荣、李如意、王桂珍。她们住在同一间宿舍里，整天叽叽喳喳地谈天说地，畅谈理想。大家有一个共同的心愿，学习优秀知识青年邢燕子，学习中国第一位女拖拉机手梁军，盼望着能像她们那样迎着困难上，为祖国贡献自己的力量。

上坝的起因源自陈彦娴。这个 1944 年 1 月出生在承德市的姑娘，在家里的兄妹七人中排行老四。父亲是承德市政协的秘书长，母亲是市政府机关的幼儿园园长。陈彦娴从小在母亲工作的幼儿园长大，后来，她就读于当地有名的育才小学、承德二中。她喜欢唱歌、跳舞，篮球、排球也是一把好手，而且人长得很漂亮，是人见人爱的校花。

临近高中毕业了，学校里开始安排毕业生的去处。按陈彦娴的成绩，很有希望考上一所好大学。平泉师范学院提前招生，全班推荐的三个人中就有她。命运垂青她，可她不领情，提出哪儿也不去，要凭自己的本事考大学。

可现在她连大学也不准备报考了，大环境调动起了她那颗上进的心。她决心像邢燕子那样，广阔天地炼红心，开着拖拉机奔驰在祖国的原野上，那该是一件多么光荣的事情啊！

事成还有一个巧合，她家与刘文仕家住对门儿，经常看到父亲与刘文仕聊天，多少回说起塞罕坝的事。陈彦娴人小心大，一个闪念让她想到了塞罕坝。哦！塞罕坝是机械林场，机械化可是中国未来的方向，我要到那里去。她找自己要好的同学透露了心思，当时就有五个同学表示愿意跟她一起去。“听说塞罕坝正在开展大规模机械化造林，我鼓起勇气给刘文仕场长写了一封信。发出去不足一个月，塞罕坝林场就来了回信，说欢迎我们去林场工作。”

家长们都是过来人，他们明白孩子们在做什么，个个表示反对。班主任宋老师也找她们谈话，劝她们冷静，建议不妨先考大学，毕业后施展才华的地方有的是。可陈彦娴们“执迷不悟”，公开宣布放弃高考，要当下一个梁军，下一个邢燕子！

这件事轰动了全校，轰动了整个承德市！六名女高中毕业生抱定一个信念：听从祖国的召唤，哪里艰苦就到哪里去，哪里需要就在哪里安家！她们近乎狂热的行为正是那个时代价值观念的生动体现，在全市的大街小巷引起强烈的反响。人们谱写的《六女上坝歌》在中学生口中传唱：

六女坚决要上坝，嘿吆嘿，要上坝！哪怕它，冰天雪地风沙大；哪怕它，深山密林无人家，六女坚决要上坝……

事情发展到这一步家长还有什么办法阻拦呢？陈彦娴的父亲曾经很严肃地和她谈过一次话：

“丫头啊，我感觉你上坝这件事有些理想主义，需要冷静。”

“我不是理想主义，我是理想。”

“你挑头儿，旁的家长都有看法呢。”

“有啥看法？要说有看法，我们六姐妹对你们做父母的也有看法。”

“坝上天寒地冻，去了你们会后悔的！”父亲的语气重了，“去了打退堂鼓可丢人现眼！”

“天寒地冻？我又不是从南方来的，咱承德的天气不冷？”

“咋就怎么说也说不到你心里去呢？我的意见是你还是参加高考，上了大学啥工作没有？都能给国家做贡献！”

“凭你再怎么说吧，反正我们决定了！”陈彦娴坚定地说。

“既然你不听劝，已经过了 18 岁，是成年人了，那就自己决定吧。”

可怜天下父母心。他们对自己的孩子劝来劝去，结果没有希望，只能尊重她们的选择。

1964 年 8 月 21 日，塞罕坝林场派来一辆敞篷大卡车接她们上坝。她们同父母依依惜别，说着笑着踏上行程。

出发时她们满面春风，又跳又唱。上坝后的第一顿饭她们享受了林场里最好的待遇，王尚海书记和刘文仕场长陪着吃饭，办公室的人前前后后张罗着。所有的人都对她们热情相待，表扬和鼓励的话说了一箩筐。六位女孩儿个个心花怒放，抿嘴笑着，说不完感谢和表决心的话。吃的东西虽然是莜面和土豆，但她们嘴上还是感激不尽。或许心里亮堂，吃什么都香甜吧。这就是榜样的力量，无穷无尽！

在陈彦娴的想象中，她们上坝后就可以驾驶着拖拉机在广袤的高原上奔驰了。可让她没想到的是，领导把她们分到了千层板林场的苗圃。造林的时候参加选苗，一坐就是小半天，累得腰酸腿疼。育苗的时候在苗圃地里间苗、除草、打药。为了苗肥，经常要到厕所掏大粪。她常常用这句话鼓舞自己：“咱是革命一块砖，哪里需要哪里搬。”

第五章　开垦处女地

呼啦啦一下子上百名知识分子集中在了塞罕坝。美丽的高岭一改沉寂，撅尾巴河畔一片欢腾。

可他们哪里知道，这个不适合人类居住的地方如同一匹暴烈的骏马，时时会把骑手掀翻在地。严冬来了，大雪封门时他们明白了，这里冷得出奇，生活艰难，却已经没了退路。他们所能做的就是在挣扎中适应，在适应中挣扎。没有退路，反倒生出了许多人生智慧。

筚路蓝缕，以启山林

1963 年年初，承德专署文件批复：机械林场设一室三科五个林场。即办公室，林业科、多种经营科、机务科，千层板林场、北曼甸林场、阴河林场、第三乡林场、大唤起林场。

按常规，建设塞罕坝林场至少要用一年时间筹备。但是在那样一个大干快上的年代，林业部提出的是“边筹建、边生产”的指示。

生产，要育苗，要造林。

生活，要种粮，要种菜。

建设，要盖宿舍，盖学校，盖卫生所，盖车库。

……

造林开始了，营建开始了，抽调少部分人种莜麦、土豆也开始了。

集体领导永远是解决问题的强大推手。只要有问题、有难处就开会。班子成员七嘴八舌，反复研究，最终方案定下来了：总场就在大脑袋山林场旧址上完善提高，利用原有几个小林场的资源，先安顿好人，再谋划做事。

第一步，因陋就简，把原来几个小林场的房子利用起来，破旧的抓紧修缮，不够时搞“干打垒”，力争入冬前建起来。但最大困难是建筑材料紧缺。什么东西只要集中购买价格就会飙升。砖瓦、水泥都要到围场县城去买，价格一下子抬高了。而最大的问题是没有像样的路，汽车只能在坑坑洼洼的土路上缓慢行驶，运输成本很高。

王尚海和刘文仕合计，一步到位建设像样的房子立冬前做不到，只好改变方案，就地取材，因陋就简。

干脆盖些草房吧。决策定下来，开始组织人力上山砍树，割灌木棵子，从水泡子边儿挖来一块一块的草皮。总场、林场、营林区一起上。入冬以前，每个人都要落实好住处。马棚、粮仓、车库，只要能够栖身的地方全都住上了人。办公室白天办公，晚上支起行军床当宿舍，不够就搭马架子、拉帐篷。

塞罕坝究竟有多冷？没有经过的人是难以想象的。人们搓着手出去，急着跺脚回来。女同志去厕所解手，刚刚蹲下去，呜的一声一阵大风过来，尿液就变成裤脚上的冰了。寒冷的环境不可能总洗衣服，穿着冰凉的裤子回到屋里，屋子里气温高一些，赶紧用手搓搓，冰块成了雪粉，一抖就掉了。温度低，也不会留下臊味儿。

解大手更难。冰天雪地，厕所掏得不及时，粪坑里的大粪越堆越高，一个个跟小塔似的。人们看着天天在长高的“小塔”捂着鼻子，为难半晌还是要蹲下去，结果屁股碰上硬邦邦的橛子粪。没有更好的选择，只好踮着双脚，前后左右地挪移，尽量避开那已经积得足够高的“塔尖儿”。

一方水土养一方人，寒冷是细菌和怪味儿最好的抑制剂。大风吹走了它们，冷暖变换蒸发了它们。即使很少洗澡、不换衣裳，塞罕坝的人身上也少有异味儿。

隆冬时节，坝上不时会发出“嘎嘎”的冻裂声，湿地被冻得裂开道道口子。睡觉冻醒了，干脆抱一捆柴草拢火取暖。没了困意的时候，一群人就围着圈儿唱歌跳舞。

王福明是话语不多却非常务实的一个人。林场成立后他就着手规划着修路。从围场县城来塞罕坝要走一整天，坎坷不平的路把人颠簸得身子散架，各种物资设备运上来成本太高。坝上来了这么多人，不要说有病了紧急救治，就是到稍远的地方造林，工夫都浪费在路上也不值。班子会上，他把自己想了很久的修路主张和盘托出，大家都赞成，便责成他负责修路的工作。

面对坑坑洼洼的“搓板路”，王福明带领刘明睿和付振宝等几个人搞勘测。大学生们每人背着十几斤重的仪器满山跑，山高路远不可能回场部吃饭，天天吃身上带的炒面，饿了就用背壶里的凉水把炒面拌一拌吃。炒面是莜麦面，吃了扛饿，毛病是不好消化，吃久了胃不舒服。

但最大的问题是没住处，在山里只能搭建马架子：选一块距离水源稍近的地方收拾一下，砍些杆子搭一个。路走得太远的时候，连马架子也不能回，只好在有山崖能遮挡露水的地方住一宿。甭说秋天，即使夏天坝上的后半夜也很冷，几个人只能蜷缩在一起，抱团取暖。

山高路远，不洗脸是常事。太阳出来了，刺得人眼睛酸疼，揉揉眼，骨碌一下爬起来解个手，双手在带露珠的草叶上来回荡荡，再揉搓揉搓，再荡一遍，就算是洗手了。之后就解开炒面袋儿用凉水拌面，吃完了接着搞测量。没法刷牙，大学生们会摘一把嫩树叶放嘴里嚼嚼，喝一口水漱口，算是清洁口腔了。洗脸太费水了，干脆不洗，待到遇见小河了抹一把。衣服是没有换的，长期在草棵子里游荡，满裤脚都是浅绿、深黄的斑点。筚路蓝缕的一群人，走在路上酷似野人。

等到一条路测量完成，别说40多岁的王福明，就是刘明睿他们20多岁的人也是胡子拉碴、蓬头垢面了。

……

在祖国的版图上，塞罕坝的名字很不起眼儿，可这时候在不少火车站的调度室里塞罕坝却被叫开了。从这个时候开始，塞罕坝同祖国大江南北取得了紧密的联系。在一列列南来北往的火车上来自塞罕坝的人多起来了，他们或满脸污垢，或衣服不整，却都热情健谈，风尘仆仆。他们很认真地向负责车皮的调度介绍自己，介绍着塞罕坝。这些人走南闯北，调运机械设备，购买种子、苗木。加急电报一件件飞回总场：

“解放汽车到站！”

“洛阳拖拉机到站！”

“镇江植苗机到站！”

“东北苗木到站！”

腰扎草绳的人、挥锹挖土的人、抬夯打墙的人，都在忙忙碌碌。开山取石的人、修路架桥的人，都是汗流浃背。

林场办社会，麻雀虽小五脏俱全。和几个林场一起成立的还有机务队，五六十名职工，拖拉机声、汽车声，“突突突”地响彻山谷，冒着一阵阵的浓烟。修理厂里的卢炳波是八级工，崔广德是七级工。人们说着他们的名字，羡慕得不得了。

规划要先行，造林不能等。

刚进 5 月，看看地表积雪化了，披着光板羊皮袄的刘文仕就开始想着造林了。他用自己那厚重的毡疙瘩踢踢脚下的土地，“噔噔噔、嚓嚓嚓”，猫下腰去，用手抠抠，感觉到土地松软了，便去找王尚海。

“我看可以准备造林了。”

“我感觉着这几天风也软了嘛！”

“喊一下张启恩，还有其他班子成员，合计合计。”

调查队的队长由熟悉情况的老技术员孟显忠担任，副队长由李信担任。他们精心挑选了 40 名技术干部，开始对 150 万亩山地进行调查摸底，谋划着规划方案。根据土壤、方位、海拔等立地条件，按照面积和适宜树种等情况拿出数据，划出林班和造林小班。为加快进度，调查队分成 10 个小组，分头行动，力争在一年时间内把所有宜林地和非宜林地都调查一遍。

……

一年时间，调查队圆满完成了规划方案。只要是适宜造林的地方都规划成了造林地，300 多个林班、4000 多个小班。1963 年，由技术副场长张启恩、副场长王福明主持编制的《林业部直属塞罕坝机械林场总体规划设计方案》定稿了。

种莜麦和土豆的农牧队虽然算不上主力军，可它关系着几百人的吃饭问题，同样不可小觑。会议明确王福明副场长主抓这项工作，选地、购买种子肥料、协调机务队，工作一件一件排着，只能马不停蹄连轴转。

每项工作都是开拓性的，来不得半点马虎。

接下来，林场购进了泰州产的半自动植苗机 25 台。拖拉机“噔噔噔”地轰鸣，犁开了第一块刚刚解冻的土地。

万事开头难

“大跃进”的年代处处跃进，林场工作可谓马快枪急。总场领导和技术人员骑着马在雪地里调查研究，确定落叶松为主要造林树种，当即就安排人奔赴承德下板城和东北等地购买苗木。

1963 年春天，千层板林场实验性机械造林开始了，地址选在距离总场场部不远的烟子窑一带。“哐哐哐”，发动机一响，漫山遍野都跟着震动起来。机手们拿着《植苗机使用说明书》在现场研究、培训，每台拖拉机配置两台植苗机，每台植苗机配套 12 个投苗员，两组轮番作业。

为了提高成活率，技术员提出苗木根部沾水的要求。要沾水，投苗员就要穿雨衣、雨裤，戴风镜。

“哐哐哐！哐哐哐！”拖拉机发动了，植苗机走起来，投苗员忙起来，按着既定的程序，开始造林。

植苗机的轮子翻滚太猛，甩过来的泥水噼里啪啦，投苗员身穿防护服，头戴防尘帽，酷似防化兵。植苗机运转起来，泥浆乱飞，他们的身上很快就糊满了一层泥水，一个个变成了泥人。风镜镜片被泥水糊满了，看不清物件。冷风刮来，浑身泥浆，冻得人打寒战。

太遭罪了，人们感叹着：“有更好的办法吗？”回答：“没有。”

没有就要坚持。于是多安排人，轮班干，一拨人坚持不住再换人。凭着年轻、凭着热情，他们有强有力的心气儿：让不可能的事情成为可能。

紧张地干了十几天，按小班统计下来，共计 1240 亩，人们看着这片新植的小树苗儿满怀希望。王福明派人蹲点儿观察造林成效，一天、一周、一个月过去，苗木成活的数目有限。过了三个月，喊来技术员清点，成活率不足 20%。显然，这样的结果是不能大面积造林的。它告诉人们，机械造林失败了。

路口往往风大，关键处争论就多。

当时的塞罕坝机械造林，就像静默的池塘投进了一块石头，水花飞溅，波澜骤起。造林失败了，这块高冷的土地是否能够造林？林场能不能办下去？一时议论纷纷。

比较活跃的是千层板林场从承德农业专科学校毕业的一些人。按政策，他们理应按干部身份对待，但是分配的时候却明文写着他们是工人（后来人说，其实什么身份那会儿都一样参加体力劳动），他们因此很不满。加之现在机械造林失败了，各种因素导致他们闹起情绪来。不论是正式场合还是非正式场合，一些人说起了风凉话：

“在哪儿干啊？”

“发配‘仓’州了！”（林冲当年发配沧州，这里喻指大脑袋山储存莜麦的仓库。）

“你呢？”

“圆氏县！”（河北省石家庄地区有个元氏县，这里用谐音和仓库的圆形暗指“冤死”、委屈。）

“你高就？”

“我可比你享福，料你猜不着！”

“拉倒吧！我还不知道你，不就是大脑袋‘国’吗？”（喻指塞罕坝机械林场——原来是大脑袋山林场。）

也有直接主张下马的，却不愿意讲出自己想离开这个苦地方的理由，只拿造林失败说事。

“这么大的风，能造成林？”

“五六十天的无霜期，根本不行！”

“这鬼地方不适合机械造林。”

“蛮干是对国家不负责任。”

“早下马比晚下马好。”

更有“本事人”填了一首词：

天低云淡，坝上塞罕，一夜风雪满山川；两年栽树全死完，壮志难实现，不如下坝换新天。

其实，机械造林能不能成活尚无定论，即使两年都失败了，也不能就因此下定论。20% 的成活率，毕竟还有成活的。从另一个角度说，只要找到失败的原因，改进措施，成功的可能性还是存在的。但是闹情绪的人不说这些，他们放大了造林失败的结果，想全盘否定，另找出路。

王尚海和刘文仕很快发现了苗头，不过也一时嘴软。毕竟大脑袋山机械造林就没成功，现在千层板造林又失败了。事实摆在那儿，满身是嘴也说不清楚。

其实，那会儿的造林失败是机械造林失败，坝下地区的大唤起林场 1963 年人工造林 2377 亩非常成功，成活率高达 90% 以上。只是，这个林场的定位是机械造林。况且，那时候人们对机械造林是多么看重和神往啊！在有的情况下，所谓多数人的意见往往是少数人裹挟了大部分中间人形成的意见。

集思广益

一时间，塞罕坝上人心涣散，情绪低落。

王尚海对这片山地太熟悉了，中华人民共和国成立前他就在这一带打过游击，中华人民共和国成立后又当过围场县县委书记，一百个不相信树苗子有问题；机器是苏联制造的，更不会有问题。想过多少个日日夜夜，过滤过各种可能性，他坚定地认为问题出在人身上，于是白天干活儿晚上开会。总场、分场和机务队的领导参加，拖拉机手和投苗员都参加，追查失败的原因，挨个儿发言，气氛紧张到了点火就着的程度。

煤油灯下，人影幢幢。人们或坐或蹲，在低矮的房子里进行严肃的思想交锋：

“拖拉机手，你说说，车是咋开的？有没有发现异常？”

“投苗手，你说说，苗木是怎么投的？是苗木有问题还是哪儿出岔子了？”

“小董你别光抽烟啊，发现了什么问题也可以说。”刘文仕启发着拖拉机手。

“对！小曾你说说，投苗的时候有没有异常反应？”张启恩也鼓励投苗员找原因。

差不多每个人都发言了，但似乎跟谁也没有说一样，说来说去都是车轱辘话，没有让领导满意的结果。劣质烟草的味道灌满了整个屋子，呛得人直咳嗽。好多人用咳嗽甚至干咳掩盖着被追问时候出现的窘态。

……

集思广益个个出招，查摆问题人人过关。

张启恩召集技术人员再次到造林失败的地块查看，从技术角度分析存在的问题。他们发现，整地不细、苗木失水、苗木栽植深浅不一和植苗土壤挤压偏松是失败的原因。他感到植苗机可能存在水土不服的问题。但是这是他心里想的，没有切实过硬的依据，也就不好从机械上找原因。他只是从旁分析，提出了自己的想法：造林要做两手准备，最好能用机械造林，不行的话还得考虑人工栽植。

任仲元既不是拖拉机手也不是投苗员，心里凉快。不过每次参加会议看着领导们特别是书记、场长着急的样子，他感觉光分析人的因素不行，还有机器呢。他怀疑投苗机有问题，跑到停车场去看，看完结构看传动，感觉按照机械原理来说没问题。“当时我也没有发言权，重要的是对存在的问题拿不准，也就不敢站出来说话。”

塞罕坝林场机械造林失败，干部职工情绪不稳的消息传到了刘琨的耳朵里。他想了很多，后来更是睡不着觉了，春节刚过就火急火燎地赶到塞罕坝来了。

开会。王尚海、刘文仕汇报情况，分析问题。大家坐下来一起总结教训，寻找机械造林走出困境的对策。王尚海提出，要带领几名中层干部再到林场走走，了解干部、职工的思想动态。

刘文仕提出，他最近的主要精力放在机务队和规划上头。

刘琨看到塞罕坝一班人有思想、有干劲儿，很满意。他嘱咐说，不管怎样你们班子不能乱了阵脚。班子稳，队伍就稳，事业才能有突破。机械造林东北等地有成功的经验，技术上应该没问题。遇到问题不可怕，可怕的是职工思想情绪出问题。当下要准确分析机械造林出问题的原因，最好把植苗机厂家的专家请过来，一个环节、一个环节地分析。要着重考虑坝上地区的土地特点，突破机械造林的技术难关，同时也要考虑不具备机械造林的地方搞人工造林。规划已经定了，不能等。造林和育苗两方面要兼顾，这么大的林场没有自己的苗木，只靠外买不行。还要注意把职工的生活问题处理好，稳定干部职工的情绪。

会议起到了集思广益、解决问题的效果，开成了谋划林场总体发展的工作会、安排各个方面工作的调度会。会议决定选择一处条件好的地块，搞一次造林会战，用实际效果稳定人心。

搬家定军心

一件事情的成功往往是由多个因素促成的，制度因素、经济因素、文化因素……这因素、那因素，但人的因素最关键。在人的因素里，思想、精神又是关键中的关键！

失败面前怎么办？是随波逐流、人云亦云、无所作为，还是化解疑团、积极应对、走出困境？塞罕坝人到了接受考验的关键时刻。能够从下马的风波里走出来，除了发挥集体智慧、找出机械造林失败的原因、讲大局、统一思想以外，王尚海、刘文仕等领导及时地把家搬来也起到了稳定人心的作用。

王尚海和刘文仕的家都在承德市，住的是楼房，有自来水，冬有暖气，夏有电扇，把家搬到坝上显然会有诸多不便。可是当下林场人心涣散，急需凝聚人心，把家搬过来无疑有利于稳定大家的情绪。

就在一些人闹着林场下马人下坝的关键时刻，王尚海和刘文仕决定回承德，通知自己的家人搬家。

“搬家！抓紧收拾收拾，就这几天。”王尚海告诉自己的妻子。

妻子听了，感觉有些意外，愣了一会儿神儿，要说什么却终究没说出来，只“嗯”了一声算是答应，转身到院子里头忙活去了。

按现代人的思维，像搬家这样的大事，即使是男人动议，也是要和家庭成员特别是妻子好好商量的。可是他们那代人不一样，男人定下的事情，基本上说一不二。

没几天工夫，刘文仕找来卡车，和王尚海一起把家从承德搬到了塞罕坝。那时候也没有多少家当，除了铺盖卷儿就是一些锅碗瓢盆，最大的是几个盛衣服的柜子，两家的东西还没装满一卡车。人和家当混在卡车车厢里，摇摇晃晃走了一小天。临近傍晚，大卡车开进场部，场部和宿舍里的人都跑了出来，大家围着看稀罕，帮着卸车、倒腾家具，一阵忙活。

与刘文仕一起上坝的还有他的小脚母亲。那时候她还没有退休，只能调动工作，到总场的粮店上班。

这事在林场立即引起轰动，消息传到了全场的五个林场和作业区，见到王尚海和刘文仕说恭维话的多了。心里盼望着下马的人明面儿上不好说什么，一个个蔫头耷脑的。

虎口拔牙

从上坝那天起，张启恩脑子里就没有停止过琢磨苗木。林场刚刚上马，没有现成的苗圃，只能从外地调运。

他心里最明白，无论是大脑袋山林场还是千层板林场，造林失败有机械方面的原因，但主要还是外地购苗造成的。长途运输，捂包伤热，风干失水，加之折断损失，不少花钱，效果却不好。多少次会议他都呼吁，这么大的林场必须要有自己的苗圃，自己造林自己繁育。

冬天，猫在屋里的张启恩与吉林省松花江江南苗圃联系好，1963 年刚开春，便急不可待地带人跑到那里学习去了。那是一个可以把自己的技术无私传授给旁人的时代。技术员从各个环节给他们讲解，特别是对容易出问题的地方认真指导，直到参加学习的人掌握了全套育苗技术，信心满满地回到了塞罕坝。

回到林场，看到各个林场热火朝天的劳动场面，张启恩要建设一块属于自己的苗圃的心愿更强烈了。他坝上坝下到处走，踅摸着合适的苗圃地。一天，他骑马经过围场县棋盘山公社大阁村时，一眼就相中了一块地，土质肥沃，水浇条件也好。怎样才能弄到自己手里呢？张启恩坐在地头上拍脑瓜儿，想来想去打定了主意，就去找大阁大队的村支书，直截了当地说明来意。书记也是直脾气，一听就回绝了："那可不行！那是我们村上等的口粮田啊！"磨叽了好一阵还是说不拢，看到张启恩赖着不走，书记说："你非要用就去找公社吧。"

张启恩厚着脸皮又去找公社领导。他开门见山，人家却推三推四，答复竟和大阁大队支部书记的说辞如出一辙。

张启恩不死心，又跑到围场县城找县委书记。县委书记是王尚海书记的继任，说话给面儿，但是谈到实质性问题也是摇头不答应："我知道大阁，那个村子一等地不多，坝上那么多地还不够你们使？你再想想旁的法子。"

张启恩就是这样执拗。在县、公社、大队三级领导都回绝的情况下，利用在承德开会的空隙跑到行署去了，直接去找承德行署专员王佐民。

王佐民是唐山地区遵化县人，和张启恩论得上老乡，说话自然好张口。他也是一位老革命，被眼前这个搞林业的人感动了，答应要和县上沟通一下，尽力帮他解决这个问题。功夫不负有心人，在王佐民专员的过问下，最后林场以租赁形式拿下了大阁大队 120 多亩地，建了大阁苗圃。

毕竟是老虎嘴里拔牙啊！租这块地条件非常苛刻，又要租金又要粮食，有苦难言。代价太高，更坚定了张启恩在自己的土地上育苗的决心。

之后，他在全场范围挑选了几名大学生和后勤人员开赴大阁。苗圃所在地有一座破庙，集办公、住宿、伙房为一体。

大阁这块苗圃地林场租了三年，开启了塞罕坝落叶树育苗的新阶段。

昼夜奋战，披星戴月

空旷的深秋原野，舒缓的坝上大地风和日丽，红彤彤的铁牛一字排开，“嗒嗒嗒”地翻耕出排排波浪，弥漫着泥土的芳香。一前一后的康麦因收割机，行进在黄澄澄的莜麦田上，后面跟着戴草帽和风镜的“麦客”，在紧张有序地收获喜悦。七八十名职工，几十台苏式和国产拖拉机、植苗机，空旷的山野里不时传来“突突突”的机器声，给这片沉静的高原带来生机。人们穿着蓝生生的劳动布工作服，帅气又漂亮。他们整天奔驰在坝上高原，出现在哪里，哪里就是一片风景。

机务队是坝上年轻人羡慕的地方，“六女上坝”故事里的女学生们，也是奔着能到林场开拖拉机才有了那么高的激情。

操纵杆，握在手
意气风发精神抖
肥田沃土我开垦
荒山美景亲手绣
……

这首流行的《拖拉机手之歌》就是塞罕坝机务队的队歌呢。

董加仑是这支“机械化部队”的一员。他深情地回忆道：

“那会儿我们就像野战军一样，哪儿有任务就把拖拉机开赴哪里。”

“开着当时最好的东方红 54 链轨车，征战在林场的山山岭岭，风餐露宿，披星戴月。”

耕地的时候每台链轨车上只有两个人，忙的时候黑夜白天连轴转。地势平坦的地方直接造林，不平坦的地方用拖拉机开出机犁沟，技术员带着社会工造林。不植树就种莜麦、种土豆，深翻土地。

坝上山地鼢鼠很多，俗称“瞎地羊”，翻地时毁了它们的窝，这些胖乎乎的家伙本来已经进入冬眠期了，猛地被犁铧翻出来，它们的眼神不好，叽里咕噜地乱跑起来。这一幕很快就被山坡上的狼群发现了，开始下山逮它们。狼群跟着拖拉机跑，一口一个，像吃一个肉丸儿的饺子。好事不会总有，没有鼢鼠的时候，狼知道等，三只五只地卧在拖拉机附近的山地上。

“狼吃人吗？”

“没见吃。让人害怕的是见人就龇牙，眼睛冒着凶光，谁见了不紧张呢？”

“最危险的是夜里，逮不着地羊的时候狼也扑人。”

“这种情况是万万不能开枪的，如果开枪，会招来更多的狼。最好的办法是不惊动它们，燃起一堆篝火，或是紧锁车门，抱着枪蜷缩在车厢内，等待天亮。”

“机务队书记郑同彦、科长范林总是亲自来到作业区坐镇指挥生产。领导、工人、社会工同吃一锅饭，同住一间窝铺，大家同甘共苦，堪比南泥湾的大生产！”

“麦地里，我们开着康麦因收割机工作，直到露水打湿麦苗。”

“造林地里机器轰鸣，我们昼夜奋战，按计划完成造林任务。”

林场老职工林桂君自豪地回忆往事。

机务队推动工作的办法很多，如命名“红旗车”“红旗手”，搞比学赶帮超，大家都为改写塞罕坝荒山秃岭的历史而努力工作。

机务队里最有名的人是任仲元。他之所以出名，是因为人们都知道他是万能大学生。人们说，任仲元是机械方面的天才。

1959 年，任仲元毕业于河北工学院机械制造专业。1963 年的一天，在承德地区技工学校教书的任仲元被人事科的领导叫到学校办公室，领导通知他，要调他去支援塞罕坝。那个时候的年轻人调动工作是不讲条件的，说走就走。

走吧！任仲元买票就出发了。

这个来自天津的小伙子，当时连塞罕坝的名字都没听说过。更让他感觉蹊跷的是，他这个学机械制造专业的教书匠怎么会跟林业扯上关系。懵懵懂懂的他从天津到承德，再辗转到了围场县的塞罕坝。

报到后被领到食堂吃饭。他来之前，食堂田师傅已经接到了通知，说有人报到，要准备一份儿饭。田师傅特意煮了莜麦面条，外加一小盘捣好的野韭菜花。

寒暄过后，饭端上来了。任仲元坐在那里不动筷，傻子似的等着。等什么呢？在他的心里，哪儿有吃面条没卤的？

等了一会儿没动静，任仲元走进厨房，问师傅有没有卤子。田师傅说：“有啊，那盘韭菜花你没看见？”任仲元哪里知道，即使是没有卤子的面条，在塞罕坝已经是最好的优待饭了。

接下来发生的事情更有趣。

那碗面条还没吃完，生产队的马队长听说机务队来了一位技术员，正在食堂里，就风风火火、高声大嗓地跑来了。他也没问问明白，进屋就喊，说他们那儿正在播种的机车车轴坏了，要新来的技术员帮他去修理。他看见任仲元是新人，猜想他就是自己要找的人，于是略略寒暄一句，也不等人家吃完饭，拉起来就走。

在场的人直摇头，笑这个张飞似的家伙急脾气。

那会儿，人们的观念里似乎还没有专业这个概念，大学生啊，那还了得！应该啥都会干，是万能的主儿。拉扯之下任仲元跟着走了，行李还丢在食堂里。一直忙到晚上，总算把车轴修好了。

造林前要做的工作很多，选择苗木，一个小班尽可能地用同一等级的苗木。林地要深翻、重耙、轻耙、镇压，在平坦的草原上来回作业，宛如妇女梳头，仔细着哪。

“机械保养当时是一项重要工作，包括拖拉机、机具，还有一些营林机械。多长时间小保养，多长时间大保养，都按规定进行。机务队的每个班组都有工作日记，每天的工作都记得非常细致。这一天拖拉机用了多少油，多大的作业面积，平均一亩地耗油量是多少，都要记载清楚。用过之后保养好，加好油，保证下一站去哪儿翻地整地都没问题。当时机务队下作业区作业，每组三台拖拉机，每台拖拉机上四个人，一个机长、一个副机长、两个助手，分黑白两班。”董家仑说，“1968 年 4 月我在长腿泡子作业区当管理员，拖拉机过河塘时掉在沼泽里出不来了，越陷越深，时间不长整个拖拉机都没影了。怎样才能把它打捞上来？机务队调过来好几台拖拉机往外拖。可怎么拖啊？一时，把拖绳拴在拖拉机上成了难题。拖拉机已经淹没在了水下一米多深的地方了，早春时节塞罕坝上还很冷呢。我说，我是南方人会游泳，我下去挂拖绳。”说完董家仑一伸胳膊脱下了棉袄，一个猛子扎进水里，在机身上找寻挂钩。他在泥浆加冰碴的水下一阵摸索，强忍刺骨的冰冷，终于把挂钩找到，用了三台拖拉机才把陷进泥潭的家伙拽出来。

“那时的好人好事太多了，大家都比着做，没有一个人张嘴向组织邀功的，人的思想都很简单。”这种简单是那个时代的印记，是拼搏奉献不计个人得失的最简单的诠释!

董家仑至今难忘他和李应胜耕地时出现的安全事故。董家仑开拖拉机,李应胜操作大犁升降。拖拉机与大犁之间有一个传动装置,管着调节大犁高度,拐弯或停止作业时,通过推拉杠杆传导保险销子调节大犁。李应胜坐在副驾驶上,通过杠杆掌控平衡。他把保险绳套在手指上,升升降降,小心翼翼地工作着。偏巧翻地时遇到了一块大石头,大犁受阻后没有及时抬升,“砰”的一声,保险销子断裂,大犁停止了工作,可是拖拉机还在前行,绳子猛地拉紧,李应胜的手指被缠进了绳套儿里,只听“噔”的一声,李应胜惨叫起来。

董家仑赶紧停车,发现李应胜已经满手是血,赶紧把他扶下车,李应胜的右手食指被绳子勒断了,鲜血滴滴答答落在地上,李应胜疼得蹲在地上叫唤起来。

……

马蹄坑会战

“马蹄坑”位于总场以东5千米处,东西北三面环山,撅尾巴河在南边缓缓流过,当中近千亩的沃野,形如马蹄,因此得名。党委书记、总场场长挂帅出征,技术副场长张启恩任现场总指挥,参加会战的120多人都是精兵强将。他们在撅尾巴河北岸拉起一溜帐篷,运来了精良的装备和聊以果腹的给养,决定背水一战。这一仗只能打胜,不能失败,因为它是平息“下马”风波最关键的一搏,关系到林场的生存与发展!

1964年4月20日,精心挑选出来干部职工在这里集结。他们开来了拖拉机和植苗机,搬来了扩音设备,架起了高音喇叭。林场领导班子要在这里搞一次大会战。一时间,马蹄坑上搭起的马架子成了一场战斗的指挥所。

刘文仕至今还记得,那是一个风和日丽的好天气,阳光普照,微风吹拂，高音喇叭播送着《解放军进行曲》。大家精神抖擞，跃跃欲试。

林业部相关司局领导来了，林场的领导来了，植苗机厂家的技术员也来了。人头攒动中，拖拉机“突突突”响起，配套的植苗机、重耙、轻耙等相关设备带起。各个机组的投苗员准备停当，大会战拉开了架势。

每台植苗机上，12个人分成2组，人休机不休，轮番上阵。选苗的多是妇女，树苗按粗细分成等级，好的用机械造林，次些的甩出来搞人工造林。50株捆成一捆儿，拉到现场备用。树根全部沾上泥浆，保水保湿，以提高树苗的存活能力。

王尚海、刘文仕、王福明和张启恩等主要领导都参加植树，每人带领一个组。2个拖拉机驾驶员，6个投苗员，2个指挥员，2人负责检查，踩踏没有栽好的苗木。哨子吹过，造林开始了。几台植苗机一齐发动，“隆隆”的声响震撼着原野。指挥人员手举信号旗，频频摆动传达指令。

“注意车速！”

“苗木保水！”

“投苗深度，投苗深度！”

“镇压器！”

每株树苗都是精心挑选过的，栽植密度每亩333株。

东方红履带式拖拉机通过连接器牵引植苗机，一次完成造林516.2亩，8小时植苗200亩，相当于100人造林的工作量，效率高得令人惊讶。

吓人的“夏均魁抚育法”

会战结束后，从旁的林场和机务队临时抽来的人都回去了，抚育工作交给了千层板林场。领导决定，把机务队的夏均魁留下来负责记录、观测和管理这片造林地。

荒山秃岭，地势开阔，阳光照进马架子刺得人眼睛疼。几个人差不多都在这个时候苏醒过来，翻身爬起，抹把脸，做饭的开始做饭，巡视的按照分工到造林地里去巡视。人们踩着刚刚翻耕过的潮湿土地，闻着土腥味儿，按着林班、小班记录变化，观察长势。

坝上永远不缺风。尽管造林的时候检查过，对那些机械作业没有埋好的小苗做了扶正和踩实，但毕竟面积太大，遗漏在所难免，经风一吹，每天都会发现一些倒伏的或露了树根的小苗儿。问题反映到夏均魁这里，他要求按常规性措施给予补救，在树苗儿根部培土，目的是明确的，降低风蚀损失，确保苗木成活。

让他们高兴的是转天下了一场雨。下雨本是好事，可是下得太猛了。马蹄坑地势平坦，有些低洼地段甚至造成了沥涝，不少树苗根部存了水，倒伏了，更多的树苗被泥浆糊住了。

第二天巡查时问题反映上来，一些小落叶松树苗的顶梢儿出现了枯黄的迹象。没过两天，竟然死了不少。

“出事了！”几名社会工跑到夏均魁那里喊起来。夏均魁到地里一瞅，立时心里咯噔一下，二话没说，骑上马一溜烟儿地跑到总场汇报去了。

刘文仕正在办公室，听了夏均魁的汇报，豁的一下从椅子上站起来了。

“弄不好就是培土闹的！”

这念头在刘文仕心头一闪，他心里就扑腾开了，也没说什么，大步流星地来到王尚海的办公室。夏均魁大气不敢出，尾随而来。

刘文仕让夏均魁大概地说了一遍情况，王尚海也紧张起来，不由自主地嘟囔了一句：“可不能再出事啊，再有闪失可怎么交代呀！”说完，像打了寒战似的，身子哆嗦了一下。

“马上去现场！”王尚海一边起身一边对刘文仕说，“招呼上林业科的技术员。”话音未落，几个人便匆匆出屋，解了缰绳，跨上马背一溜烟儿来到了马蹄坑。

一行人蹲在那些蔫头耷脑的苗木前，想找出问题的原因。

张启恩剥开苗木周围的培土，一眼就看出问题来了:“培土惹的祸！落叶松小苗遇上下雨内涝，烂根了。”

话音刚落，人们的目光齐刷刷地盯着夏均魁。夏均魁的脸唰的一下红了，额头立时冒了汗。

周围的空气好像凝固了一般。谁也不吱声，生怕惹出麻烦。刘文仕是个脾气很大的人，刚才他在办公室听夏均魁汇报时就生气了，只是一直压着没发作。

偏偏这个时候夏均魁解释了一句:“谁知道下雨呀？”

刘文仕马上黑了脸，憋在心里的火气立时发泄出来:“你还把责任推给老天爷啊！”他瞪圆了两眼使劲儿地盯着夏均魁，好像要从他的脸上挖下一块肉似的。看了好一会儿，一句狠话从嘴里蹦了出来:“你这种抚育法吓死人！”

一看刘文仕翻脸了，张启恩忙着开导，说可以补救，好在出现这种情况的比例比较低。几个技术员也认可张启恩的观点，随着他的话头，说抓紧把培土剥离开或许能够挽救。

刘文仕不吱声。

冷场了，大家便转过脸看着王尚海，希望他能表态。王尚海深沉，自从来到马蹄坑他只是看，听旁人讲，自己一句话也没说。他是惊魂未定吗？还是在琢磨点子？

马蹄坑一时冷场，大家沉默着。

刘文仕还在气头上，黑着脸不言语。不过他听苗木还有救，悬着的一颗心落地了，脸色由阴转晴。

“马上安排人剥土。”还是刘文仕打破了僵局。

“把学校的学生喊来。”直到这个时候王尚海才说了一句话。

大家都松了一口气。人们看看夏均魁，他也缓过神儿来了。

夏均魁紧着喊了两名跟在身后的社会工，交代他们抓紧扒去培土。接下来大家忙了几天，天也放晴了，水汽蒸发，低洼地段的苗木有了缓过来的迹象。

最后统计损失，并不是特别严重。

为了补植死亡的苗木，林场从苗窖里挑选了一些假植在那里的粗壮苗子，把确认已经死了没法补救的拔出来重新栽上。

6 月底前后，夏均魁他们发现地里的树苗返青了。“哦！活了！”大伙儿好高兴啊！

进入 7 月上旬，地里的落叶松树苗们好像商量好了似的，一夜之间大面积地绿了，原有的叶子绿了，新的叶芽膨大了。

7 月底，夏均魁向领导汇报，王尚海、刘文仕、王福明、张启恩几个人非常兴奋，喊来生产科的技术员，又一次来马蹄坑。他们按着小班走了一遍，除个别苗子有些打蔫儿外，绝大多数都活了。艳阳似火，微风吹拂。此时的马蹄坑绿意朦胧，看着打心眼儿里舒服。

这次事故有惊无险。最后统计结果令人满意：516.2 亩落叶松，一个生长季过后生长量平均七八厘米，成活率 95%。面对绿生生的一片落叶松苗，刘文仕激动得号啕大哭，泪如雨下，一次次的失败已经让他提心吊胆得太久了。这次的成功说明在坝上营造针叶树林没问题，更坚定了大家办好林场的信心。

造林成功了，全场上下人心思定，林场出现前所未有的和谐场面。为壮大成果，林场召开了一次中层以上干部会，总结当前工作，对今后工作做出安排。会上气氛热烈，大家踊跃发言。第三乡林场的侯庆山是个大老粗，讨论时扯着嗓子喊开了：“谁个龟孙子说这鬼地方栽不活树？只要有干劲儿、讲科学，就没有办不成的事！”他的话立即引来一片掌声。掌声过后，他又接了一句：“干吧，伙计们！照这样干下去，用不了几年，我们的塞罕坝就会绿起来！”他的发言让在座的领导们点头称是，也给大家鼓足了劲头。

名从草木来

林场的山山水水都是处女地，连个名字都没有，很多地方都是第一次命名。造林的时候那边张义从马上摔下来过，就取名张义落马坡；这边王全翻过车，就叫王全翻车地；那条沟形状像汽车摇把，就叫摇把沟。

塞罕坝总场附近，原来有个叫“六一山”的地方，现在兴许没有多少人知道了。不过 20 世纪六七十年代那会儿，它可是一个热闹的地方。不为旁的，就因为林场人自己的孩子整天要到那里去读书。山本无名，因为学校和“六一”儿童节，就有了这名字。

“七星湖”其实就是七个连贯起来的水泡子。有文化的人据此起了名字，既形象又浪漫，就这样叫开了。后来塞罕坝建设森林公园，人们根据这片湿地上多有假鼠妇草的特点，又改称“七星湖假鼠妇草湿地公园”了。这个假鼠妇草很多人不知为何物，其实它就是一种喜欢长在山坡沟湿地边上的野草，甜茅属，华北地区常见。

这样的名字还有东坝梁、大脑袋山、大光顶子、撅尾巴河、一道河口、二道河口、三道河口等等，每个名称都有来历。

“亮兵台”和“将军泡子”，记录的是清廷“木兰秋狝”皇帝阅兵的历史；“一棵树”和“40 号苗圃”，则纯粹是新时代塞罕坝人在这片土地上耕耘播种的记录了。

凡是新垦地，名字多来自第一拨儿走进它的人。

塞罕坝人嘴上说得最多的是树和林子。他们看到一片小树林，会告诉你：“这片桦树林长得不赖。”看到一片落叶松会说：“这片林子前年发生过尺蠖，可严重呢！”

最让人觉得好玩儿的是，塞罕坝人在给男孩子起名字的时候爱用“树”“林”“森”等字，给女孩子起名则多用花花草草，读起来美丽芬芳。

男同志名字中有“树”和“森”字的有：林树国、林树田、王树林、马新树、马家树、李树明、张树堂、冯树森、李森……

名字里含有“林”字的最多：司铁林、郝书林、吴松林、鹿德林、吴德林、张林、杨国林、姜清林、李清林、张清林、李占林、孙占林、张玉林、刘庆林、谷庆林、孟庆林、窦宝林、李大林、孙建林、张建林、李凤林、刘小林、陆爱林、穆秀林、邵和林、孙有林、闫晓林、李振林、于瑞林、张晓林……

名字带“松”字的也不少：王雪松、吴松、韩雪松、肖劲松、李劲松、马新松……

女同志呢，有温丽花、张小花、司莉花、尹桂花、高红花、王桂芬、马丽芳、张林艳……

或许这是一种潜意识。一片树林，一汪绿色，一处营林区，名字里有花草树木，听着是那样亲切。大地、蓝天、花草树木和人名的组合让人感觉到心灵的安妥，他们的做法从骨子里透露出人类与自然关系的和谐与美好。从塞罕坝的地名和人名里，我们可以看到中国人固有的环境意识与生态理念。

第六章　渐入佳境

队伍集结到位，育苗成功。

接下来就是向着荒山秃岭进军，大规模造林了。

“矮胖子”和“大胡子”

张启恩早就了解了全光育苗技术，在吉林省江南苗圃学习时更是刻意地了解过它。他一直想在塞罕坝用这种方法育苗，只是条件不具备。现在有了这种想法，他就在林场召开的各种会议上讲全光育苗的好处，鼓励各林场实验。

“咱们搞点儿实验总可以吧！”李兴源和张启恩说了憋在心里

好久的话。

“好啊，你就大胆干吧，先弄一小块试试。”

于是，李兴源和社会工们就在一小块地上鼓捣开了。他们选用了落叶松种子，苗床设置不变，保湿措施不改，只在遮挡和覆盖方面进行了改进。不再用草帘、布帘、塑料布等覆盖，不再夹栅栏似的栽植灌木。同时，他们邀请机务队的技术员研究出了播种机，解决手工播种不均匀的问题。

采取这样的措施后播种下去的种子出苗了。大家像生儿育女似的盼着，像对待婴儿似的伺候这些小生命，施肥，浇水，就是不再遮阴了。工作难度不大，中心是让这些小家伙经风雨、见世面。

毕竟是一个互通信息的林场，大家也不保密，哪个林场在干啥犹如和尚脑袋上的斑点——明摆着。张启恩经常过来看，刘文仕经常过来看，王尚海也过来看，阴河林场的赵长盛、北曼甸林场的刘明睿等人也都在探索着。各个林场各自采用的办法不保密，同学们之间一吵吵，谁都知道个大概。过了一段时间总场还专门召开了育苗工作会议，让大家介绍做法，互相观摩，交流体会，取长补短。一时间，各个林场都先后搞起了全光育苗。

经过大家的多方摸索，全光育苗技术在塞罕坝成功了。林场召开全光育苗总结会，大家七嘴八舌，归纳总结出它与遮阴育苗的三点区别，名为“三不覆”：一是不再用塑料布等材料覆膜，二是不再用草帘等遮阴，三是不再设置防风障。

全光育苗的大致过程如下：第一道工序是雪藏。头一年冬天把种子、农药和雪拌在一起，埋放在室外，第二年春天从雪中扒出。第二道工序是化种。将种子放进六七十度的水里泡上两三个小时后捞出来，用沙土搅拌后晾晒催芽。第三道工序是播种上床。用人工播种器播种后用筛子实施覆土。技术上严格控制土的厚度，要点是不能太厚。之后要适时观察地表湿度，湿度不够时洒水保湿。

育苗技术成功了，但是对于机械造林来说还有不少问题亟待解决，比如落叶松上植苗机的时候最好去掉侧枝，苗床留苗过密的上植苗机容易折断等。为了满足机械造林对苗木的要求，提高苗木的抗旱能力，技术人员大胆尝试对一年生苗木用切根犁切断主根、再培育一年的技术措施，使苗木须根发达、增多，从而培育出了大量根部发达的“大胡子”和粗壮低矮的“矮胖子”苗木。

技术副场长张启恩一扫过去的满脸愁云，兴致勃勃地开始起草机械林场落叶松造林、育苗两种技术的实施细则。他从三年正反两方面的实践经验中，总结出了高寒地区造林育苗应该遵循的规律，并把每个生产环节和具体做法一一写入两个细则，铅印成册，全场职工人手一份。

1965 年，春季造林开始了。林场职工和数千名社会工在广袤的荒原上拉开了阵势，总场各科室全部锁门，从总场领导到林场领导，从科室干部到炊事员全部下地。领导、工人、社会工同吃一锅饭，同住马架子，白天一身泥、夜里一身霜地干开了。

五个林场几十处工地建起一排排工棚、马架子，炊烟四起，人声鼎沸，漫山遍野，机声隆隆。

从此，机械造林进入了一个全面推进的快速发展阶段。

造林就是“抢”

虽然塞罕坝完成的纯机械造林只有 10 万多亩，但是塞罕坝人依旧认为机械在塞罕坝功不可没。实际的情况是，凡是能用拖拉机整地的地方，都进行机械整地。经过重耙、轻耙，两次切碎草皮，一年时间的熟化处理，土地条件成熟后，来年再耕出“机犁沟”，实施人工植苗。也就是说，在大规模的人工造林中，机械仍然发挥了重要作用。

赵振宇来自承德农业专科学校，和几名同学一起被分配到了第三乡林场，场长侯庆山带着他们植树的故事他至今记忆犹新。

第三乡林场有职工 20 多名，荒山 19 万亩，最远的地方距离场部 20 千米路。在近处造林可以回到场部住，远了就得搭窝棚。那会儿造林是按照先近后远的顺序逐步推进的。近处造完了再到远处去，到远处造林晚上赶不回来，只好住在野外。造完一片，移动一回。每次移动都要把一周用的工具、吃穿用品带上。牛车拉，身背肩扛，像草原牧民一样到处“转场”。

在雨季、秋季造林没有成功以前，合适的造林时机只有“五一”前后半个月，每个林场每天造林 2000 亩才能确保完成全年的生产任务。为确保完成任务，只好多设组，多安排人。第三乡林场 10 个作业组一起整体推进，合计下来每个组每天要造林 200 亩。时间紧、任务重，造林就是“抢”。

紧紧张张，忙中出错。1965 年春天，他们的植树区选在了响水。赵振宇的作业组到了现场，归置好物品，临到做饭的时候才发现没有火柴。

“找抽烟的人，看看谁带着？”

“找不到还得下山，这可怎么办啊？”

抽烟的人翻兜儿：“怎么就忘带了啊？”

一时间，队伍里炸窝了！

大家七手八脚地翻行李。翻来翻去，还真在被窝边上发现了一根小火柴头儿。大家感觉找到救星了，可是冷静下来又泄气了：“没磷片还是打不了火啊！”

大伙儿放光的眼睛又暗淡了。

赵振宇急中生智，想到摩擦起火。他和几名社会工找来两把铁锹，把木柄卸下，一上一下，一推一拉，使劲儿地打磨锹杠。

嚓嚓嚓……嚓嚓嚓……

一下、两下、三下……锹杠蹭热了、蹭红了。早有人预备好了，在发烫的锹杠上一划，“哧”的一声，火柴点燃了。周围的人把预备好的桦树皮递过去，火苗蹿起来了。

“嗷——”大家大声欢呼起来，小心地捧着火种，放进灶膛，一点点引燃，点燃了树枝和劈柴。

大家松了一口气，接着开始做饭。

危机解除，没有因为没火柴跑回林场去。大伙儿一阵高兴，庆幸找着了那根火柴头儿。

救急结束，留存了火炭，放进炕洞子。白天干活儿时在火堆上放几块干牛粪，保存好火种，中午、晚上就有饭吃、有水喝了。

由于条件所限，有些作业组的男女工友晚上只能睡在一个马架子里。男的一边，女的一边，中间隔着草帘子，两头和衣而睡，咬牙、放屁、吧嗒嘴和说梦话的响声常常把人吵醒。不过，累是最好的安眠药，塞罕坝的年轻人啊，吃得饱，睡得着。

造林完成后总要进行防护。作为一名施工员，赵振宇每天都要到山上巡查，走几十千米的路。有时晚上回来，棉衣冻成了冰甲，棉鞋成了雪疙瘩，走起路来嘎嘎响。

“晚上是最难熬的，马架子四外漏风，被窝冰凉，怎么睡？有人就把石头扔到火堆里，烧一阵子，再放进被窝。”赵振宇说，“别说，这办法管用！”

雪水、雨水、汗水、泪水，育苗、整地、造林，种土豆、莜麦，塞罕坝上机声隆隆，寂寞的高原持续沸腾着。

隆冬时节塞罕坝的冻土层深达两米，“五一”前后下面的土壤开化了，地表还冻着。即使锹、镐并用，弯腰撅腚地刨坑，依旧要费九牛二虎之力。

造林季节太急促，作业班组刚搭好马架子，来不及把炕烧干就得住下，早上起来，铺下的草垫子还潮着。最受罪的是下雨天，雨淋透了窝棚，淋透了被褥，大家只能笼火烤一烤，等有太阳了晒一晒。

最初，造林的黄金时间仅有半个月，白天七八摄氏度，夜间要降到零度以下。为了完成任务，大家只好采取人歇机不歇的办法昼夜轮番作业。造林各个环节一条龙，从苗圃选苗、运到现场泥浆蘸苗、上机器后人工投苗，到机器植苗、检查踩实，五个步骤形成一个完整的作业链。全面推进阶段，从两季造林发展到三季造林。

但相比机械造林，人工植树更辛苦。山体陡峭，路途遥远，吃住在工地，去了就是一个生产季。但创业者们凭借着惊人的毅力，从 1964 年到 1983 年，年年苦干，按规划完成了造林任务。

1964 年以前共计造林 0.4 万亩。

1965 年造林 3 万亩。

1966 年造林 5 万亩。

1967 年造林 6 万亩。

1968 年造林 5 万亩。

1969 年造林 5 万亩。

1970 年造林 6 万亩。

到 1983 年，塞罕坝造林总面积达到 110 余万亩。

独创·坚守·奉献

森林是绿色的水库，平时将过多的雨水涵养起来，天旱的时候再输送出去。假如没有了这个水库，江河将会断流，湖泊将会干涸，良田将会变成沙漠。所以科学家依据地球上森林的面积，提出世界人口的警戒数字。我国是世界上人口最多的国家，而森林覆盖率却排在倒数位置。这一潜在的危险，林业工作者最清楚。

植树造林讲究立地条件。苦寒的坝上人的立地条件太差，但是林业是塞罕坝人的专业，他们懂得，无论条件多么恶劣，只要扎下根来，就能够存活，还可以活得更好。

塞罕坝人认准了要造林成功就必须走苗木自繁自育的路子。这项工作归张启恩主管，他自然是最操心的人，无论大会、小会，见机会就鼓动。在自己工作的范围内，他年年召开调度会，几个林场搞“比学赶帮超”。

李兴源1937年出生在辽宁抚顺的一个贫寒之家，没有念高中，自然也就没有按部就班地参加高考。1955年，正在念中专一年级的他按政策参加高考，竟考入了东北林学院。

1962年塞罕坝机械林场上马，学校把他同应届毕业生一块儿分配来。旁人大学念了四年，他前后七年才毕业。

李兴源到塞罕坝时直接被分配到40号苗圃，工作是育苗。他到那里一看就发现了问题。什么苗圃啊！就是一片河滩地。苗床高低不平，浇水时，这边撑破肚子，那边还张着嘴。白花花的碱地上一撮撮小苗像秃子头顶上的头发。苗床间的垄背上还种了大头菜，菜叶茂盛，遮了半个苗床。菜叶黑绿黑绿的，树苗却干黄干黄的，形成了鲜明的对比。原来，大家普遍认为高寒地区育不成苗，所用苗木都从外地购买，苗圃只不过是聋子的耳朵。李兴源一看就明白了，苗圃的经营太粗放。

接下来他又了解到，承德地区的林业育苗技术还停留在传统的遮阴育苗阶段。土办法，费力费料，效率又低。摸好了脉象，李兴源有了主张。结合自己所学的专业知识和在帽儿山的实践，他想出了一套自己的经营方案。

李兴源提出了改造40号苗圃的方案，第一招是改良土壤。还没实施，风言风语就出来了:“一个‘摘帽右派’，不自量力，瞎折腾什么。”当时阶级斗争的弦绷得很紧，万一出了差错，在别人是认识问题，轮到他就是立场问题。可偏偏李兴源是棒子骨脾气，他觉得劳动改造并没有什么不好，实践的机会更多了，对一名科技工作者来说不见得是坏事。他在东北林学院的帽儿山林场劳动改造的那两年里，亲手育苗种树，学问更充实了。他分析塞罕坝的河川地，水利条件好，盐碱是主要矛盾，就动手把旧苗圃开膛破肚，畅通排灌，浇水淋碱。他提出要把40厘米深的碱性土壤全都挖出来换上好土。虽说他是“右派”，但毕竟是技术员，他的话那些社会工都认可。

大家跟着他整地。第一项工作就是把苗畦抬高。原来是下凹式苗床，他要改成上凸式苗床。如同烙饼，中国是平底锅、凹底锅，印度是凸面锅，思维满拧。开始有人质疑，经李兴源解释，人们照着做了。结果苗畦表面面积增大，光热效果增强，苗床与苗床之间畅通排灌，浇水淋碱，效果就不一样了。在他的带领下，大家给老苗圃深翻土地，加厚耕作层，对 40 厘米深的苗床进行了这样的改造：最下面垫上一层细碎石头，石头之上铺上塑料布，塑料布上覆盖肥料、熟土，熟土上面播种育苗。

他还把原来的撒播改成了条播，每亩用种量由 28 斤减少到 15 斤，不仅降低了成本，产苗量也增加了，每亩由原来的 2 万株增加到了 12 万株。

更主要的是他工作非常用心。细心、精心、责任心，他一样不少。育苗时，李兴源摸索出控制温度、空气、水分三要素的方法。“只要是老天爷的东西你都不好控制。”李兴源这样说。

阳光太强、温度太高怎么办？用喷水降温的办法解决。

坝上的井水温度太凉怎么解决？改用河水。

河水什么时候最适合苗木生长？太阳即将落山的时候温度是最高的。

这些细致入微的技术要点是从哪里来的？在李兴源家里采访时，老人佝偻着身子，谈起这些事情依旧兴致勃勃，两眼放光。

“没有事业心和责任心，什么事也干不成！”一句掏心窝子的话，老人说得那样坚定。说完，他陷入深思，看着我，不再言语。当时我就想，他在想什么啊？是塞罕坝上的群山吗？还是他把半生精力都贡献给的 40 号苗圃？我感觉到了。老人意犹未尽，瞅着我，瞅着我，许久许久。

不止一次地听人说起过塞罕坝育苗的事情，说起大唤起，说起阴河，说起北曼甸。其实，任何事情的成功都不是孤立的，不可能离开前人的智慧和成果，不可能所有的成绩都属于一个人。不过也应该实事求是地承认，任何事情的成功，又总是与某些个人的独创、坚守、奉献有关。

育苗员就是树苗的保姆，而苗圃又堪称森林的摇篮。

在 40 号苗圃工作的日子里，为掌握地温的变化规律，探索新的育苗方法，李兴源就像保姆对待婴儿似的，一盏马灯、一把小锹，不分季节、不分昼夜地坚守、呵护，一面观察，一面记录，一面思考。两年，仅仅两年，李兴源就同他领导下的社会工们一起改良了 68 亩高标准的苗圃地。

地改造好了，在张启恩的统一部署下，着手探索改遮阴育苗为全光育苗。遮阴育苗是当地人根据坝上恶劣的自然环境摸索出来的育苗技术。强光、大风、寒冷等条件限制，迫使人们想法子呵护那些能够发芽的小苗。用塑料布遮风挡雨，减少水分过度蒸发，可谓用心良苦。但问题是明显的，采用这种技术培育的苗子因为缺少历练，出圃后又在非常短的季节被植上山，短短的几十天要完成一个生长过程，其难度可想而知。考虑到这些，李兴源和他的同事们决心不再遮阴，探索全光育苗，从一开始就让小苗适应坝上的高寒气候。

李兴源的第二个贡献是引进樟子松。塞罕坝的乡土树种主要是落叶松和云杉，属于浅根系，耐干旱能力较差，通常长在阴坡。面对阳坡造林没有合适的造林树种问题，李兴源想，大兴安岭一带的樟子松，适不适合塞罕坝？

这念头一出现他就憋不住了。1965 年春天，李兴源开始试验引进樟子松。他买来种子，把它们用雪拌在一起放在野外，5 月初播入苗圃，为了提高地力，找来大粪做底肥，结果成功了。“庄稼一枝花，全凭肥当家”，李兴源认准了大粪的好处，从此竟与大粪结缘了，出门一定要背个粪筐，路上见到马粪驴粪就拾起来，甚至连羊粪蛋蛋也扫进筐里。附近的厕所他经常光顾，不过他没有忘记讲卫生，让妻子宫丽云为他缝制了一套专门掏大粪的工作服，生产季节一直挂在门外，以备随时使用。

经过努力，樟子松育苗也在他手里鼓捣成功了。

看，刚刚出土的松芽多像婴儿的胎毛啊！李兴源高兴地抚摸着，就像抚摸自己孩子的脑袋。

全光育苗采取了先进的技术措施，但是新的问题还是出现了。人们发现，鸟儿非常喜欢吃这种松树的嫩芽，它们一拨拨地飞过来，站在畦埂上用喙一啄，一扬脖子，一棵苗子的嫩芽就吞下去了。

怎么办？安排社会工敲锣。“哐哐哐！”鸟儿吓跑了。

鸟儿似乎也有经验，过一会儿又飞回来了。怎么办？在苗圃四周用树枝和野草做假人吓唬，鸟儿不来了。

第二年秋后，树苗长到七八厘米高。

第三年春天，李兴源把它们植入大田，开始观察它们是否适应当地的气候条件。

他不放过任何机会，把大梨树沟的苗圃也改造了。功夫不负有心人，他们的樟子松育种面积发展到了 100 亩。

越是有理想的人，越会不断追求理想。当时，塞罕坝林场有三个苗圃，李兴源所在的 40 号苗圃每年出圃松苗 400 万株，占总场每年造林用苗的一半，为林场造林发挥了重要作用。

大规模造林以后，塞罕坝每年的用苗量达到 1000 万株以上，育苗任务更重了。张启恩和李兴源等科技人员多次开会研究，适时提出了大水、大肥促大苗的速生技术措施。只要有条件，每亩苗圃可以施用农家肥 5000 公斤，用大粪干儿做底肥，生长期再追施 1 到 2 袋化肥，在小苗蹲心时每 10 米苗床追肥 100 至 150 克，每周逐渐增加。进入 8 月份，为促进苗木木质化，开始喷洒磷肥、钾肥等，鼓励苗圃到鹿场起粪，到围场县城收购大粪干儿，到农村购买青蒿沤肥。通过这些措施，各个苗圃产苗数量倍增，林场造林有了充足的苗源。

不是野人胜过野人

调查队的重要工作是做规划。规划分为内业、外业。外业在山里跑，选点儿，测量；内业是对外业获得的信息进行数字和图表处理。

林调队和地质调查队的工作性质相似，野外作业辛苦异常，队员们总是蓬头垢面，衣衫褴褛，有一个顺口溜是这样说的：

> 远看像逃难的，近看像要饭的，走近一问啊，原来是林业站的。

林业站和林调队在外人眼里就是一拨儿人，整天爬山、蹚河、露宿野外。随时搭个简单的马架子，或是随山就势挖个地窨子，就是临时的家。

调查队员最怕下雨。真下起来，离临时住处近时可以跑回去；距离远了，跑回去也是一身湿，不如继续干活儿，省得跑来跑去白搭工夫。

1963年夏天，王焕忠带着几个技术员在东坝梁一带搞测量，突然下起大雨，没雨衣，没地方躲藏，只好硬挺着把活儿做完。晚上回到马架子，发现被褥都淋湿了。大家又冷又饿，只好找些枯枝败叶烤火。几个人光着身子，用棍子挑着衣服和被褥烤，不是野人胜过野人。折腾了大半夜，临近天亮打了个盹儿。

滕继高是石庙子作业区的一位施工员，妻子给作业区做饭。这天滕继高在石庙子的作业地块打好号儿，准备早点下山送两个女儿到15千米外的镇中心小学。因为着急就借了邮递员的摩托车，带上两个女儿去了学校。妻子叮嘱买的东西，还有给几个工友捎带的猪肉、芹菜、盐和烟等东西都在镇上买好后，回程时天已经黑了下来。他把摩托车还给邮递员，又检查一遍家里的门窗，把给大家捎带的东西前后各一袋扛在肩上，就顺着小路上山了。

天越来越黑，路很湿滑，因为走过无数遍，也就没在意。他一路哼着小曲，走着走着，感觉身后有“唰唰”的响声，不由自主地回头一看，立马头发就竖了起来。身后 50 米的地方正有一只恶狼盯着他，叉开前腿，眼睛闪着绿光。老滕吓得出了一身冷汗，他冷静一下，急中生智，明白了这条狼是因为闻见他背上的肉味来的。怎么办？丢下肉自己跑了？不行，绝对不能给它，这是大家明天要改善伙食的。他镇定片刻，决定走走停停，也许这样能甩掉这个家伙。这只狼似乎看出了他的心思，他停，狼也停；他走，狼也走。他出了一身冷汗，衣服都贴在身上了，但是信念提醒他不能停。他趁机从路旁捡起一根粗木棒，做好了和狼决斗的准备。然后还是走走停停，和狼打起了“持久战”。

半个小时的路程十分艰难，好像走了半天似的。他终于到了石庙子作业区。妻子见他不回来，提着马灯在外面等他。滕继高见了灯光就拼命大喊起来。这边妻子一接应，狼跑了。

和妻子说起经过，妻子抱着他呜呜地哭起来。

妻子哭起来没完没了，怎么哄也不行。滕继高灵机一动说：“怎么看那黑影里还有刚才那狼啊，没跑啊？”话音未落，妻子就不哭了，张皇失措地问：“哪儿呢？”说这话时，他感到妻子把他抱得更紧了，颤抖得更厉害了。

“没事了啊，兴许是看走眼了。”

妻子听他这样说，扬起脸瞅着他，判断着他是不是在吓唬自己。待她从他那脸上读出表情时，立马笑了，嗔怪地瞪了他一眼，砰地打了他一拳，之后俩人就手拉手地进屋去了。

克罗索夫植苗锹的故事

真正的“克罗索夫锹”塞罕坝林场只有一把，是张启恩从北京搬家的时候带到塞罕坝的。这种植苗锹来自苏联，傻大笨粗。

勇敢的塞罕坝人拿起它比画一下，龇牙咧嘴地喊着太重，说这跟普通人使关公大刀似的。拿它造林？得多费多少粮食啊！那时的粮食正金贵。

但大家的想法是一样的:“锹是好锹，就是不适合咱们使用，咱们改造改造它？”一群知识分子聚在一起琢磨开了，有学林的，有学机械的，七嘴八舌，翻过来调过去研究，给它相面，“三个臭皮匠赛过诸葛亮”，开始琢磨改进办法。

林场有机务队，有铁匠炉，孙秋烨是这群人里最上心的，他和同志们一起对克罗索夫锹进行改进试验。原来锹重 7 斤，改进后重 4.5 斤，锹体变窄，又增加了两个脚踏，轻便多了。程继起带人在韭菜沟试用，感到又省力入地又深。

同样改进的还有植苗技术。过去围场一带人工造林是“中心靠山植苗法”，工序复杂，费时，进度慢。他们摸索出了“三锹半人工缝隙植苗法”，口诀是“深送浅提，不漏红皮”，附之以“苗根蘸泥浆保水法”，塞罕坝人有了一整套成熟的造林技术。

“三锹半人工缝隙植苗法”的技术规程是：第一锹向内倾斜 45 度斜插底土开缝，重复前后摇晃，直到缝隙宽 5 至 8 厘米，深度达 25 厘米。顺着锹缝侧面抖动苗木投入穴中，深送浅提，以舒展根系，再脚踩定苗。离苗 5 厘米左右垂直下插第二锹，先拉后推，挤实根部防止吊苗，挤法同第一锹。第三锹，再距 5 厘米，操作同于第二锹，仍为挤实。最后半锹堵住锹缝，防止透风，以利于苗木的成活。最后是平整穴面，覆盖一层沙土以利保墒。“三锹半人工缝隙植苗法”是塞罕坝机械林场的独创，与行业通用的“中心靠山植苗法”比，造林功效提高一倍，同时能节省造林成本。

“深送浅提，不漏红皮”是提高小树苗成活率的有益经验，栽植深了浅了都不好。他们经过反复实践，发现在塞罕坝栽植落叶松只能埋到苗木根部的红皮位置。樟子松和云杉埋得不能超过第一轮针叶，过深或过浅都不容易成活。

“苗根蘸泥浆保水法”不是塞罕坝人首创，应用起来并不难，主要针对裸根苗造林，蘸上泥浆保水，有利于苗木成活。

围场这地方中华人民共和国成立初期就开始人工造林，多少年没人琢磨这档子事情。一群大学生来了，研制出了先进的植苗锹，又摸索出了有利于保水的造林技术。大大提高了造林功效，造林速度提高了三倍。

鹿皮夹克和一毛钱

穿了一夜鹿皮夹克，于春温暖了一辈子

1963 年 3 月 18 日，于春赶着牛车从第三乡林场响水营林区到 83 号送物资。

刚到地方就有人喊：“莫里莫着火了，赶快救火去呀！”

于春是营林员，没马。但是火警就是命令，是必须要去的。他“驾驾”“喔喔”地赶着牛车到现场的时候，山火已经扑灭了。

第三乡林场书记兼场长是侯庆山，他看见于春急急火火地来到现场很高兴，表扬了于春。之后他喊着：“都五六点钟了，山风下来了，天马上黑了，我们大部队撤离！不过山火虽然灭了，可火灾迹地还在冒烟，容易再次起火，需要两名同志留下，防止余火死灰复燃。谁愿意留下来？”

话音未落，外号叫“小大哥儿”的吴景昌和于春先后举起手来：

“我愿意留下！”

“我也愿意！”

侯庆山一看笑了，正准备领着大队人马下山，一回头发现于春穿的衣服太单薄。“你小子年轻臭美啊！”说着，他径直走到于春跟前，“要膘呢啊？夜里冻死你！”一扬胳膊，他脱下自己的鹿皮夹克，顺手给于春穿上了。

于春打小是个苦孩子，没有温暖的日子过惯了，这会儿猛地

有人关心他，而且是场长，从身上脱下热乎乎的衣服给自己穿上，一阵暖流立时涌进心窝，眼圈儿都红了。他系好皮夹克的纽扣，感到从未有过的温暖。他在内心对自己说，侯场长真是个好场长，跟着这样的领导干，再苦再累也值得。

眼前的火烧迹地一片狼藉，惨不忍睹：烧焦的树木横三竖四，山地成了黑乎乎的焦土，个别树墩子还冒着缕缕青烟。

太阳已经下山，山风吹过，气温一下子降到了零下十多度。于春虽然有了一件鹿皮夹克，可裤子依然单薄。山风呼呼地吹，冻得他浑身起了鸡皮疙瘩。吴景昌比于春大 8 岁，经验多些，他说:“不是有余火吗，有的树墩子里还有火炭呢，你多烤烤火吧。”于春看到这个老大哥这样关心自己，眼圈儿又一次红了，心里想着：可得好好工作，要不对得起谁呢!

后半夜天气更冷了，冻得于春和吴景昌浑身直打战。尽管天冷，但是看着那些冒烟的树墩子还是担心再次起火，于是他们想出了一个防火的方法：从曼甸背阴的山洼里运雪来。他们用脚猛力踹下冬天存下来的积雪，用手捧进帽子里，端着走进过火的林地，见哪个树墩儿冒烟就用雪覆盖住。一趟一趟，十多个树墩子端了大半宿，也不感觉冷了。

一会儿他俩听见远处的狼叫，嗷嗷的声音很瘆人。22 岁的于春吓坏了，吴景昌见他哆嗦的样子赶紧为他壮胆儿。他告诉于春：“你别怕，着火的地方狼不敢来。”于春这才摆脱了恐惧。

为了防寒，他俩留下了一个有火的树墩儿，围着烤火，挨过了漫漫长夜。就是那个晚上，于春记住了吴景昌说的“火烤身前暖，风吹背后寒”这句话，记了一辈子。

于春今年 80 多岁了，但他永远记住了侯庆山书记的这件鹿皮夹克，它一直温暖着于春从青年到中年再到老年的岁月，激励着他拼搏向上，与人为善。

难忘一毛钱饭费

1965 年，曾学奇在大唤起林场当食堂管理员。一天，张启恩场长来林场检查工作，正赶上吃午饭，就和职工一样排队买饭。一个馒头两分钱，一盘炒菜五分钱，一碗小米粥一分钱，张启恩坐下来同大家一起吃起来。或许是在别的地方马虎了，或许是急匆匆赶着回总场，总之他吃完饭没给饭钱就慌慌张张走出去了。曾学奇心想：怎么吃饭不给钱啊？心里一下就有了瞧不起张启恩的心思。那时候不实行待客，吃饭怎能不给饭钱？

正这样想着的工夫张启恩回来了，一边走到曾学奇对面一边抱歉地说着："你看我这记性，忘了交饭钱。"说着给了曾学奇一角钱："不用找了。"

看见他跨上马背往总场方向走去，曾学奇说，这件事不大，对他触动却不小，想到自己"以小人之心度君子之腹"就惭愧。

在塞罕坝机械林场，各级领导个顶个的清正廉洁，都有一颗金子般的心，道德品质高尚，处处以身作则，不搞特权，不多吃多占。

第七章　风冷人横

今天的塞罕坝山青水绿、鸟语花香，可多少人知道它过去的荒凉冷落？

也是在这片大森林里，曾有人语重心长地告诉我，塞罕坝可不是和风细雨的地方，更不是风平浪静的地方，它更多的是风冷人横，是直面艰难的打拼和斗争。

"革命不是请客吃饭，不是做文章，不是绘画绣花。"这句话在塞罕坝体现得淋漓尽致。

握枪的手抡起了植苗锹

塞罕坝集冷寒、高海拔、大风、沙化、少雨五种极端环境于一地，自然环境十分恶劣。高海拔造成这里气压低和氧气稀薄，同时也是塞罕坝偏远、闭塞的主要原因。

严格地说，坝上没有夏天。除七八月份没有强烈的大风外，西伯利亚的寒风不停地在这里施威。

坝头上下的人勇敢生猛，说话以“哏”著称。一方面幽默诙谐，语言天赋很高；一方面又倔强生硬，戾气较重，三言两语谈不拢就会捋胳膊挽袖子来一场恶斗。

荒漠变成绿洲容易吗？平凡创造传奇需要真刀真枪，改天换地要靠流血流汗。“风冷”在塞罕坝是不消说的，“人横”呢？外地人说，这里的人强悍、狡黠，与知识分子的温文尔雅格格不入。

塞罕坝机械林场是知识分子集中的地方，大家来自十几个省份，风俗与当地不同，但是总会近朱者赤、近墨者黑。况且不少大学生来自东北，天然相近的文化基因，使他们很快就被当地人同化了。

1965 年，张硕印在总场办公室当秘书，造林大忙的时候按规定要下到林场参加劳动，他被分到了第三乡林场。

场长侯庆山是个打过游击的“三八式”干部，优点是能干，工作雷厉风行、讲究效率；缺点是脾气大，时不时用话敲打人。不管谁到了他的手下都得低眉顺眼，俯首帖耳。造林的时候质量不过关他绝对不放过。曾经有一名共青团干部到他那里造林，刚去，老侯分配他赶大车。这名团干部说自己没赶过，意思是不想干这个活儿。

老侯当即瞪了眼：“赶不了？我教你，从头儿学！”

那名团干部立马蔫儿了，乖乖地顺下眼去，从老侯手里接过了鞭子。之后他学会了赶车，造林季结束时成了一名成熟的车把式。

这回轮到的是张硕印。他对老侯早有耳闻，见面时瞅瞅老侯，见他中等身材却长得虎背熊腰，面色黧黑，络腮胡子，眼睛不大却炯炯有神，有点儿像传说中的猛张飞。

不出所料，刚报到时老侯就给张硕印交代了任务：

“小张子，明天咱们一起上山。你是总场下来的，水平高，负责检查质量，无论是谁都不能含糊。所有造林的地方你都得跑过来，把眼睛给我瞪圆了！哪儿出了问题，咱们俩可是一根绳上的蚂蚱，谁也跑不了！”

老侯把关键问题点给了张硕印，年年造林结束的时候总场都要召开汇报会，造林数量、质量各个林场要排队。他明明白白告诉张硕印：“第三乡林场出了问题你有责任！”

听了这话张硕印险些尿裤子，只得唯唯诺诺：“好吧。”

“还有呢！”老侯又加码了，“除了检查造林，你还要给我栽三亩林子，做我们第三乡林场的样板林。你是总场秘书，我们大伙儿得看看你造的林子什么样！”

张硕印明白，这明显是在将他的军。

接着老侯又开了口：“检查成活率时你的这片林要和群众的比一比，如果比群众的林子成活率高，算你过关；如果不如群众的，你小心！”

张硕印明白，这家伙不好惹，常常让人下不来台，得罪他没有好果子吃。对老侯的怵，张硕印更加深了一层。

第二天一早，侯庆山就带上张硕印来到一片河滩地。他用手一比画，大致地划出一块地，之后狡黠地看着张硕印不说话。张硕印说：“场长，这就是要我栽树的那三亩地吧！”侯庆山咧嘴嘿嘿地笑了。人说这地方风冷人横，真是名不虚传啊！

张硕印只好老实地答应下来，领了任务。

那个造林季把张硕印累坏了，也锻炼出来了。他跟随大队人马上山造林，利用旁人休息的时间搞自己的“责任田”。

再苦也挺过来了

叉裤·毡袜·裹腿

林场创办初期，一项重要生产任务是经营次生林，直白地说就是有选择地采伐木材。大雪封山，高强度的劳动，保护条件很差。林场刚开始时给每人发一双劳保手套，后来增加了叉裤和裹腿。

现在的人都知道裤衩儿，叉裤为何物？山上荆棘丛生，伐树时难免划破衣服，这种叉裤就是做防护用的。它用厚帆布制成，有裤腿儿、挂钩，往腰带上一挂，兜在腰身前面，后面露着屁股，有利于采伐作业。毡袜保暖，那会儿经济条件有限，常常不发。没有毡袜，大家只好绑着裹腿光板穿鞋。山里积雪一尺多深，扛木头费劲，人们想出了拉着木头拖坡的主意。哧溜溜、哧溜溜，跟头趔趄，连滚带爬。

人们的鞋帮上全是冰，下工的时候就搁在炕上煲、放在炉火旁烤。烤一宿，第二天也不管干不干，热乎乎穿上，却越走越凉。走一程，靠自己的温度再慢慢暖和起来。

好处是书记场长带着大伙儿干，工人、大学生一样干，技术员和社会工一样干，领导和群众没区别。当时就是那种精神，大伙一起摽膀子。今天总结塞罕坝精神，很重要的一条是艰苦奋斗，艰苦奋斗的一个重要因素是领导群众一起干。没有这一条，山头是攻不下来的。

白雪皑皑，黑色心情

1962 年年底就要到了，林场领导体恤人心，早早地安排人们放假过春节。来自东北林学院的聂明升和崔淑媛已经确立恋爱关系，好些事情要和双方家长商量，盼望着回家都盼得眼红了。现在领导开恩，他俩甭提多高兴了。

出发的日子已定，他们做好了准备，单等一声令下就下坝回家。崔淑媛又小又瘦，聂明升怕她冻着，在她穿着的棉衣、棉鞋之外又加了一层羊皮袄、毡疙瘩，人整整大了一圈。这样一武装，崔淑媛走不动、蹲不下，几个同学费了九牛二虎之力硬把她抬上了汽车。

下坝那天，人们都聚在总场场部，大人孩子，吵吵嚷嚷，谁都怕车厢坐不下，事先赶过来就是盼望着在车斗里有个好位置。

轰隆隆，汽车发动了。人们栽葱一般挤在车厢里，一摇晃，汽油味儿出来，崔淑媛立马晕车，哇的一声一口酸水喷到同学赵长盛白茬羊皮袄的后背上了。一股难闻的味道弥漫开来，好在路上风急，很快就吹跑了。赵长盛看不见后背，后头看到的也顾不得说什么。汽车颠簸着，在坝上的一段还算顺利。

没想到临到坝头时一阵风起，天上飘起了鹅毛大雪。大家心里犯嘀咕，可别下大了啊。每个人都不愿意看到这种情况，抱着侥幸心思，坐在驾驶室里的人催促司机加快速度。有人心里祈祷着：老天爷呀，你可千万别下大了啊！可老天爷似乎没有听见，雪越下越大，走着走着，汽车停了。

那天开车的司机是张玉成，他见车窗外一片迷蒙，看不清路，于是跳下车来看。

见司机下车去了，坐在驾驶室里的、挨车帮近的人也一个个跳下来。原来场部那边雪小，坝头这边雪大，路面上的积雪竟有一米多深了。路是土路，哪里还能分得清路面与路边呢？张师傅其实早就在犯嘀咕，刚才是凭着经验走了一段，现在大雪覆盖了一切，山坡、石头都看不清了，一片眼花，只好停车——车斗里可是一群活人啊，万一有个闪失谁负责？

大家似乎看出了司机的心思，干脆把备用铁锹拿下来铲雪，车斗里的人也坐不住了，都跳下车来跺脚。

这会儿崔淑媛马上用手给赵长盛的后背清理秽物。哦！冷天也有好处，她吐了不少稀饭渣滓，一胡噜全掉了，好像没有吐过一样。

铲了好长时间，依旧看不出下坝的希望。张玉成流露出返回的心思，可大家谁也不愿意。说着说着，雪下得更大了，白帐子一样遮住视线。时间久了，眼睛刺成雪盲，谁也没了主意。好些女学生都哭了，呜呜呜，呜呜呜……她们在哭什么？谁能明白她们的心思呢？

下山的胃口已经吊起来了，怎么忍心回去？大伙儿就一个心思，赶快回家见父母！

雪越下越大，风越吹越紧。大家遥望着远方，远方一片茫然。

正当大家执拗着准备再等等的时候，王尚海书记骑马赶来了。他“吁”的一声勒住马缰，大声说：“所有人都跟我往回返！再待在这儿连回去的路也埋了，会冻死人啊！”

大家已经知道下山无望了，可谁都盼望着有一个好办法从天而降。然而事实摆在面前，没有办法。现在王书记来了，他的话掷地有声，还能说什么呢？

孟继芝截肢

塞罕坝有这样一位年轻人，他 19 岁上坝护林，遭遇暴雪冻坏双腿导致截肢，在轮椅上过了一生，这个人叫孟继芝。

1965 年，孟继芝和凌少起从张家口林业干部学校毕业后分到了塞罕坝的阴河林场护林。林场规定，防火期轮流值班，每班两个人。或许是由于两个青年毕业不久，或许是旁的原因，他们的护林班多安排了一个人——刘学文。他是一名复员军人，因为重婚罪在林场监外执行，也被安排到东坝梁，负责巡山和防火瞭望。

阴河林场有两万亩次生林，以灌木、白桦为主，防火任务十分艰巨。这里人烟稀少，狼群野兽不时出没，护林员白天巡山常常遇到狼群，住处的门外也经常发现狼屎。他们商量，出门一起走，上厕所一个人解手，另一个人手持棍子站在一旁，以防备野狼偷袭。

那年冬天雪少，积雪始终没有覆盖住地上的荒草，火警迟迟不能解除，直到 12 月中旬才降下一场大雪。那天早上天空阴沉，冷风飕飕，不多时天就昏暗起来，一场鹅毛大雪飘然而至。

下午时地面的积雪已经超过一尺了，三个人看到接班的人迟迟不来，就商量着早点儿下山，希望能够在半路遇见他们。于是他们戴上狗皮帽子，穿上羊皮大衣，穿好高腰毡疙瘩，把行李驮在马背上，大约下午三点钟锁上屋门出发了。

三人走到一个叫耷拉腰子的地方时还没有看见来值班的人，却意外发现了一匹马。他们认识这匹马，是接班的人骑的。

刘学文喊了一声："这匹马放鹰了，我去逮马，你俩先走！"说着就冲那马跑过去。

待到孟继芝和凌少起回头看时，刘学文已经朝着那匹马撵过去了，下半身已经陷进雪地里，使劲儿跋涉着。孟继芝和凌少起也顾不得多想，回应了一声，拽过马缰绳向着下山的方向走去。

他俩毕竟年轻，没多少经验，走着走着就迷失了方向，认不清该向哪里走了。雪越下越大，没过了马的肚皮，行动也困难了。他俩使劲儿喊着，用鞭子抽打着，马也变得急躁起来，喷着响鼻在雪地里挣扎，后半个身子都陷到雪里去了。人和马连滚带爬，不知道过了多久，估摸时间，再返回护林点已经不可能了。

他们看看来路，已经被雪埋没；看看前路，茫茫无边。他们就这样挣扎着，周围越来越安静了。

雪花变成了雪糁子，"唰唰唰""唰唰唰"，雪粒打在脸上，慢慢地，不觉得疼了。

但最可怕的是两个人走散了。他们互相喊着，却谁也听不见谁的声音。一个人的世界更恐怖，太阳已经落山，要不是有雪光映照，该是两眼一抹黑的时候了。

也不知道过了多久，凌少起幸运地摸到了坝下的白水台子村，敲开一户人家的大门时，已经说不出话来。那人立刻喊来邻居、生产队的马队长。马队长看到的凌少起全然是一个冰人的模样：头上的帽子下只露着两只眼睛，四周全被冰雪封死了。这会儿的凌少起已经不会说话，双手比画着，嗷嗷叫唤着。人们忙着为他解下帽子、脱下衣服，过了好一会儿他才恢复了平静。马队长他们弄明白了，他是阴河林场的护林员，山里还有一位伙伴情况不明、生死未卜。

马队长立时紧张起来，一边派人去阴河林场报信儿，一边带领村人上山营救，估摸时间，已是子夜时分。马队长等一行人提着马灯进山，一路吆喝，没有回应。

这会儿阴河林场也派人来了，同来的还有刘学文。原来他顺利地抓住了那匹放鹰的马，还在半路发现了一头被猎人套住的黄羊，一路打马下山，回到在阴河林场场部的家里。人们找他时，他正在家里煮肉。听说出事了，他披上大衣，跟着巡山的张效中几个人立刻上山。借着马灯的光亮，两队人马会合，喊了再喊，没有丁点儿发现。风还在刮、雪还在下，看看天色，有经验的马队长说：“咱们也赶紧下山吧，要不，连我们也麻烦。”于是一行人回到白水台子，大家撩开棉门帘子进屋，脱下老羊皮袄，发现羊毛里都是雪。马队长的妻子赶紧烧开水，给大家做了莜面汤。大家看看凌少起，他已经恢复了神智，脸上有了血色。几个人一起呼噜呼噜喝面汤，身子慢慢暖和起来。

天蒙蒙亮，一行人再次上山，这时候雪停了。凌少起、刘学文和大家一起，估摸走路的方向，一路呼喊着孟继芝的名字，声音消失在大山里。

天大亮了，有人在灌木棵子底下的雪里发现情况，跑过去，一下子把孟继芝掏了出来。此时的孟继芝身体已经发硬。大家一下子围拢过来，把他抬上马背，但他爬不住。马队长发话把所有的马缰绳接起来，拦腰拴住孟继芝，前面安排两个人拉，后面安排两个人护着，一行人就这样下了山，赶到白水台子村的马队长家里。马队长的妻子赶紧弄来凉水，大家七手八脚地剪开已经冻在孟继芝脚上的毡疙瘩鞋，将他的两条腿泡进冷水里。过了大约两个多小时，孟继芝的双腿脱下一层厚厚的冰壳。有人把村里的一位中医喊来了，他看看也没有好办法。双腿冻着的时候孟继芝没知觉，苏醒了知道疼痛了，高一声、低一声地呻吟着、号叫着。

山里没有好的解救办法，大家建议赶快送他下山。单位安排张效中等人护送，一行人火急火燎地赶到新波街，落脚在吴克俊的大车店里。那个时候的大车店提供屋子和火炕，不预备被褥。张效中到附近的卫生所求医，医生看过后表示爱莫能助。孟继芝一直疼得叫唤，痛苦不堪。张效中又跑到克山病防治所，医生仁义，却不懂冻伤，说可以给病人打点吗啡减缓疼痛。打过之后，孟继芝总算安稳下来。

周围的人都建议赶快去大医院，耽搁了会死人。张效中一听害怕了，急着去租车。整个新波街道就有一辆依发牌汽车。张效中要求租车，车主人却说已经预定出去了，问问谁预定了，说是区长蒋振民。张效中又马不停蹄地找到蒋振民，蒋振民不答应，预定拉人去开会，是改不了的事情。张孝中拉着他的手央求，说明原委，强行拉着蒋振民来到大车店。蒋振民一看被震住了，觉得救人要紧，马上跑到区公所要了围场县政府的电话，惊动了围场县县长王振兴，他安排运输站朱站长拦截了一辆到赤峰运送粮食的汽车。这样，他们一行人下午赶到了围场县医院。

吗啡过劲儿了，孟继芝依旧疼得呼天喊地，主治医生看了，大腿的皮肤发紫，没有血色，建议马上转天津医院。

天津的医生下了结论，必须马上截肢，两腿的组织已经坏死，会危及生命。

就这样，一个刚刚毕业的 19 岁青年，膝盖以下全被截掉了。

孟继芝的生命抢救过来了，安装假肢后他开始了漫长的轮椅生活。以后他再没回塞罕坝，组织上安排他在围场县林业局值守森林防火电话，直到退休。

暖心的蘑菇圈

“文化大革命”开始后，总场场长刘文仕被列为改造对象。

刘文仕的长相很有魅力：宽肩膀，高个头，浓眉大眼，一个典型的北方大汉，一瞅就带着威严。他青年时期就在村里担任民兵连长、党支部书记。1945 年入党，1947 年开始历任区委组织委员、区长、区委书记。23 岁时任共青团丰宁县委书记，28 岁任共青团承德地委书记，30 多岁就担任了承德行政公署林业局局长。他的特点是为人爽快，工作雷厉风行。

当时，他被派到木材加工厂去扛木头、锯木头。白天干了一整天，晚上还要加班刨板子。

有一年冬天，刘文仕被派到山上抚育修枝。零下 30 多摄氏度的严寒，他扛着四五米高的梯子上山。当他聚精会神地蹬在梯子顶端干活儿的时候，梯子突然倒了，脚下失去支撑的他成了自由落体。好在他机灵，慌乱中抱了一下树干，损耗了降落的加速度，才没有摔伤。不过他还是摔到了地上，脑袋磕蒙了，眼前金花飞舞，坐了好一会儿才爬起来。

1968 年夏天，刘文仕被安排在林间搞抚育作业。带班的人安排他扛木头，他二话没说就干起来。刘文仕不惜力，干活儿比年轻人还麻利。问题是每次都让他扛大头儿，这不是明摆着欺负人吗？起先他忍着，扛过了多少趟总这样他忍不住了，猛地跳起来发泄自己的愤怒，那本来就大的眼睛瞪得跟牛眼似的。刹那间空气紧张起来，虽说双方没动手，但是子弹已经上膛。一分钟、两分钟，互相都能听到对方喘气的声息了，但“好汉不吃眼前亏”的想法提醒了他，原本瞪圆的眼睛发射出来的怒火，起先如炬，后来如豆，最后竟慢慢熄灭了。他的目光顺下去，再顺下去，转身走进森林深处去了。

走了一会儿工夫，刘文仕眼前一亮，看见了蘑菇圈。他被眼前的美景陶醉了，扶着身旁的落叶松树干站了一会儿，忘记了刚才的不快，蹲下身子看起了蘑菇。

阳光照进林间，照着野草、野花和像花儿一样好看的那圈儿蘑菇。它们带着露水，娇嫩得如同孩子的皮肤，有口蘑、有白蘑，还有不少鸡腿蘑……

刘文仕知道，每年坝上坝下总有不少人到林子里来采蘑菇，还有人把它当作一种副业，一上来就要待上十天半月的。这些人知道大山的脾性，知道哪里爱长哪种蘑菇，哪个时段可能出现蘑菇圈，也能猜个八九不离十。为了多采些蘑菇，他们往往带上生活必备用品，白天到山里采蘑菇，夜晚生火做饭，支个简易帐篷过夜。这些人的营生很辛苦，不过也乐在其中，特别是碰见蘑菇圈的时候，会被认为交了好运，会让他们激动得心跳。夏季的雨天，一阵轰隆隆的雷声过后，林间草地上会立刻出现一个鲜明的圈圈儿，直径大小不等。蘑菇圈周围草的颜色一定和旁边的山草不同，能看出一个圈子的模样来。塞罕坝的蘑菇圈白蘑居多，让人打心眼儿里喜欢。

刘文仕慢慢地平复了心中的怨怼。蘑菇采不尽，来年它又生，何必与这群人一般见识呢！他采了一柄黄澄澄的蘑菇，鼻子嗅了一下，大步流星地走出林子。

回到工地上有人问他，怎么去了这么长时间，刘文仕很自然地开了个玩笑："这不都是前列腺闹的吗？"

在场的几个人你瞅瞅我，我看看你，都咧着嘴嘿嘿地笑起来。

大家的笑声一样，但心思却各不相同。

后来刘文仕调任国家三北防护林建设局副局长，在那里退休。接受采访的时候，他还是那样目光炯炯，还是那样有派头。

大唤起的钟声

“当——当——当——”

从大唤起传来一阵阵钟声，因为节奏慢，一下是一下的，声音显得沉重。这是被夺了权的总场副场长张启恩在打钟。

张启恩和张国秀两口子虽然不是高级干部，可在北京有自己温暖的小窝，工作在国家机关，享受着良好的生活待遇，吃喝用度都有供应，出门就有公交车，门口就有菜市场，平时愿意看电影就看电影，愿意听音乐会就听音乐会，时有朋友相会，不缺文化交流。轮到节假日，一家四口还可以到外地旅游。

然而，去北戴河度假的事竟给他们带来了一场劫难。那是张启恩在海边穿着一条游泳裤的照片，从北京来塞罕坝的时候放在镜框里没有扔，这会儿成了他生活糜烂的证据。

1967 年春季造林，他被安排到第三乡林场的作业区，在那里接受劳动改造。

造林现场里，“哐哐哐”的汽车没有停火，张启恩一个人从车斗里往下卸着树苗。本是平常的工作，也算不上太累。但正当他一个人从车斗里往下卸苗子时，汽车猛地蹿了出去，没有防备的他一个趔趄从车斗里掉了下来。

好半天他趴在地上起不来。“哎哟”“哎哟”的惨叫声里，人们围拢过来，撩开张启恩的裤腿儿，发现他的腿摔断了。

张启恩疼得在地上打滚儿，人们七手八脚把他弄到场部医治。眼看着左腿短了 10 厘米，卫生所的医生一阵忙活，止疼、消肿。过了几天，张启恩的大腿依旧疼痛。张国秀要求到县医院去看病，县医院检查完说摔伤的断裂处没接上，错位了。医生建议，这样的治疗需要重新把伤腿拉开。考虑到治疗上的难度，林场同意把他送到承德治疗。承德的医院里打派仗，无心管他，他在床上躺了 40 多天，被勒令出院。场医同情他，偷偷护送他到北京某大医院，尽管采取了措施，因为前期耽误了治疗，张启恩还是落下了两腿长短不一的后遗症。离开工作岗位时间够长了，张启恩想回塞罕坝，怕因为自己的身体，刚刚栽好的几十万亩幼林被耽误了。

张启恩拄着拐杖回来了。好长时间，他都没有离开拐杖。在骨伤没有痊愈的情况下，他又被安排了工作。

1969 年，张启恩全家被安排到大唤起林场 53 号营林区，他干起了打钟的差事。就这样，他一天三遍敲钟。

张启恩出生在唐山市郊，祖父是开滦煤矿的矿工，父亲先当仆人，后来凭聪明好学当上了中层职员。他从小就喜爱美术，认为绿色是最美的。一次郊游回来，他亲自在校园里栽了一棵树，离开学校以后，还常常去浇水。他各门功课优秀，但却出人意料地报考了北京大学林学院，中华人民共和国成立后被分配到华北人民政府工作。他感觉自己的用武之地在山里，在农村。上级号召支援冀鲁豫，他首先响应，在黄河故道搞起了沙地造林。后来他被调回林业部，由于精通业务，被称为部里的秀才，是有名的“张大刷子”。1958 年，他被评为部里先进工作者。

在塞罕坝，张启恩干劲儿十足，被称作“特号锅炉”。他亲手设计了林场 20 年发展规划，主持了一个又一个技术现场会，总结经验教训，编写了本场的《育苗技术细则》和《造林技术细则》。他苦口婆心，唤起了广大青年知识分子的热情，他们把他当老师，和他做朋友，无话不谈，形成了众星捧月般的科学技术网，推动了全场的绿化进程。

张启恩在 53 号营林区是地位最低的打钟人，他像山上的青松，霜打雪压，不弯不凋。有人说“特号锅炉”灭火了，可他心里的火还在熊熊燃烧，宁愿自己挨打受气，也不让科学受冷落。他常常趁人没起床的时候，拄着拐杖到苗圃偷偷查看树苗长势如何，有无病情，一天不见，心里就好像缺点什么。技术人员偷偷向他请教育苗时候出现的问题，他毫不保留地把自己多年积累的知识告诉他们:“落叶松在正常状态，开头像毛笔头，颜色不深不浅，发黄表示水分不足，发深表示水分过多。立枯病与日烁都倒伏，区别在根上，前者烂根，后者不烂。”好心人劝他:“人家不让你干，你就省点心吧，离开你地球就不转了?”他说:“离开我地球照样转，但离开科学，革命事业会受影响。”有一次苗圃出现小片死亡，技术员拉他去看，他查出是生了蛴螬，并告知了用药配方。技术员治虫心切，浓度配大了，苗木死亡得更多了。上边追查下来，别人把责任推到他身上。有人为他解释，他倒承担了下来。

“当——当——当——”

张启恩打钟，从来准时，半分不差。人们听到他的钟声，马上放下饭碗，扔掉扑克，就是闹情绪的人，也都抛开个人恩怨，踏着钟点出来干活儿。

那会儿葛清晨担任着木材综合加工厂的厂长，看到张启恩太艰难，就想帮帮他。有一回两人正好在撅尾巴河畔相遇了，张启恩便试探着小声与葛清晨说了自己和张国秀面临的难处。

“到我这儿来?”葛清晨询问他。

“要是国秀去，能安排干点儿啥呢?”

“我那儿干啥都是定额，包干儿。旋桦木芯，做线轴儿。”

“只要自己做自己的就好，别和旁人掺和。”

“那我和主任们说说?”

“行，拜托了。”

葛清晨和相关部门的人说了，等了一段时间，好像也没怎么费周折，张国秀就到木材综合加工厂上班了。木材厂的厂址在塌头甸子，三十几间厂房，五六台汽车，车间里尽是加工木材的各种机器，比野外造林条件要好些。张国秀来这里上班心里好高兴，天天旋桦木杆儿，干多干少一个人的事，收入多少与旁人不相干，工作相对稳定。

他终究挺直了脊梁

初上人生路，石怀义是一位阳光灿烂的文艺青年，爱写诗、爱唱歌，很多女孩子喜欢他，可他竟应了“人不能跟命争”那句俗话，本来争强好胜，结果却命运多舛。

建场初期，处处困难，林场干部超编。塞罕坝领导集体决定，分到场里的承德农业专科学校的53名毕业生按工人身份对待。同学们一时议论纷纷，都希望林场按技术干部身份对待他们，多次找林场和上级单位陈述意见。在这批“闹事”的人里浪漫的石怀义很活跃，他同十几名同学给上级有关部门写信，反映意见和要求。万万没想到，石怀义等五人被围场县法院定性为“反革命小集团”，在本地“管制劳动三年”。

石怀义虽然身心受到极大伤害，但依然满怀热情地工作。在劳动改造的日子里他常年住阴暗、潮湿的窝棚，早春在冷水中修水库，晚秋在冷水中选苗子。他本来只是一个管制对象，却有主人公心思，在苗圃兢兢业业，为了得到苗木生长的第一手资料常常夜间起来，到苗圃里观察苗木的生长情况，对于落叶松和樟子松从幼苗到成苗间的每个时期的发育生长情况，他都做了详细的观察记录。

除了这些，鲜为人知的伤害却来自爱情。上学的时候，他处过一个女朋友，那位姑娘和他一样爱好文学，两个人曾海誓山盟私订终身。后来由于他成了“反革命分子”，谈婚论嫁时到女方村里开证明遭到拒绝，婚事只能搁置起来。女友爱他，整天哭天抹泪，最初信誓旦旦，等了几年，感情慢慢淡化，最后在家人的强迫下还是和别人结婚了。爱情对石怀义的打击是致命的。从此石怀义心力交瘁，一个血气方刚的小伙子，被命运折腾成了一个木讷的小老头，灰头土脸、萎靡不振，头发花白了大半。33岁的时候，他在朋友的撮合下与当地一个农村姑娘结了婚。

十一届三中全会的阳光照耀到石怀义头上，石怀义被取消了管制。1983 年，石怀义加入了中国共产党，心里升起一轮朝阳，在经历了种种坎坷与磨难之后蜕变成了一个新人。他挺直了弯曲过久的脊梁，深深地呼了一口气。他先后担任三道河口林场场长、大唤起林场党支部书记和第三乡林场党支部书记，从此像换了个人似的，迸发出蓬勃的激情，这激情是淬炼过的激情。

从此，石怀义一心扑在了塞罕坝的建设事业上。在三道河口林场任场长、支部书记期间，他带领全场职工艰苦鏖战，让干旱的沙地披上了绿装。在兼任第三乡林场技术副场长期间，他提出并坚持科学造林，举办造林培训班，培训造林技术员，并先后撰写、编制了《塞罕坝地区育苗技术细则》《樟子松幼苗越冬技术管理》《第三乡林场常规林业生产调查、设计施工方案》《松杆造林新方法》等专业技术文章。

石怀义非常看重苗圃管理，每年上冻前都要把苗子起出来假植到地窖里，几个月不见阳光。这个过程要像照顾婴儿一样细心，他每天都要看几次，生怕出现闪失。

1992 年，石怀义的风湿病和胃病加重，1998 年已经累及全身关节，上下肢僵直，浑身贴满了膏药，但他还是一步一挪地坚持上班，有时从一楼走到二楼办公室，二十几级楼梯要走上半个多小时，每动一步，都要付出巨大的努力。领导和同事们看在眼里，疼在心上，多次劝他在家休息，他都不肯。后来，病情进一步加重，他被强行送到北京住院治疗，仍念念不忘林场的工作，病痛稍稍减轻一点就要求出院，在不到一个月的时间里连续四次要求办理出院手续，最后医生无奈只得同意。他的心还在塞罕坝啊！一回到林场，他立刻投入到工作中，即使拄着双拐也要上山，坐在地头上看着大家植树，心里感到充实。

石怀义十分看重植苗前的苗木蘸浆环节，造林时提着满桶泥浆为农民工做示范，一棵苗、一棵苗地蘸浆。超负荷的劳动严重毁坏了他的身体，风湿病加重，腿变形了，最后连出门都要拄拐杖，双腿出现绞痛，不能走路。总场领导考虑到他的身体状况和林场的气候条件，决定在围场县城给他三间房子，让他到县城去养病。可他坚决不肯，说自己还能坚持工作，一直到 2002 年不能下床，才离开了自己的工作岗位。

石怀义一家四口，只有他一个人挣工资，由于长期吃药，家里经济拮据。他妻子是个农民，跟着他二十多年，有多次转工的机会，都被他谢绝了。

因公出差时石怀义总是一个人单独吃饭，从不乱花公家一分钱，住旅店也常常跑到郊区住便宜的小旅店。直到 2005 年去世，他家中像样的家具只有一个使用了多年的大衣柜和一台老式电视机。

用世俗的眼光看，石怀义不是一个好丈夫，也不是一个好父亲，他为家里操劳得太少了。可他是一个坚强的战士，一个高尚的、有尊严的人，他把自己的一生都献给了塞罕坝。

石怀义的心里一直坚守着一个信念，人只要活着就要有一种精神：逆境中隐忍坚强，顺境中拼搏奉献。

第八章　沉甸甸的记忆

今天，当你登上 300 年前康熙皇帝点将的亮兵台，十几万亩的人工林尽收眼底，那是当年阴河林场领导宋志和、王学权等人的战绩。

当你登上 20 世纪 40 年代苏联红军的空降地——东坝梁时，那数万亩人工林，定然可以隐蔽数十万大军，那是当年第三乡林场侯庆山等人的战果。

当你登上海拔 1800 多米的梨树沟望火楼时，可以看到数十里长的梨树沟坡上坡下的落叶松、樟子松、云杉、油松交织相映，煞是好看，那是当年大唤起林场卢承亮、李兴源等人的杰作。

当你驱车穿行在地势平坦的千层板林区时，大片大片的绿云从眼前飘过，使人心旷神怡，那是当年千层板林场董海与机务队联合作战的成果。

距总场百里之遥的北曼甸，是全场最偏远、最荒凉的地方，如今十几万亩的人工林绵延数十里，像一道绿色长城耸立在河北与内蒙古两省的交界线上，那是当年北曼甸林场魏明文、徐广等人艰苦奋斗的结果。

狼　哭

相比机械造林，人工植树更辛苦。路途遥远，山坡陡峭，吃住在工地上，一般一去就是一个生产季。

第三乡林场东坝梁作业区施工员李化武，有一根硬木棒叫“狼哭”。为什么叫这样一个怪名字？狼见了会哭吗？不是。棍子太重，光溜溜的，又有打狼的经历，所以叫开了。

为什么要做这样一根棍棒呢？那会儿林区狼太多了，走着走着就能遇见一两只，冷不丁地出现，惊诧中，人会汗毛倒竖，胆战心惊。

除了防狼以外，“狼哭”的另一项重要功能是当尺子使。这根木棒胳膊一般粗细，1 米多长，30 厘米处有一道标记，1 米长的地方又有一道标记。两个标记之间的距离刚好是栽树穴面大小、树木株行距的标志。

一天，社会工鲍计峦去梁下铁匠炉钢镐，为壮胆儿，借了李化武的“狼哭”。下山途中，真的在灌木棵子里看到了狼脸，他心中一惊，两把镐头从肩膀滑落到地上，不由得双手握紧“狼哭”。此时，狼全身显现，鲍计峦来不及眨眼，那只恶狼已经向他扑来。鲍计峦马上迎面挥棒，慌乱之间已经和狼调换了位置。狼在坡下龇着牙，再次扑来，鲍计峦仍然迎面挥棒直击。这次，狼头部躲开，后半身挨了棍棒打击。回过身来，他和狼又互换了位置，但“狼哭”折了，大半截飞了出去。狼占了上坡，低着头阴森森地盯着他，口水流了老长。鲍计峦的心一下子凉了，绝望的一瞬间，他想起了那两把镐头。他一手拿着那小半截“狼哭”应对恶狼，在用眼睛紧盯对手的过程中迅速猫腰，扔掉半截“狼哭”，抓起那两把整地镐，猛烈敲击起来：“叮叮叮！”“当当当！”狼被这突如其来的金属撞击的声音弄蒙了，渐渐流露出退缩的样子，之后侧歪着身子跑了。

剑拔弩张的对峙就这样结束了，鲍计峦一下子瘫软在湿漉漉的山道上。

心惊胆战地回到工地，工友们看到他又背着两个没有钢过的旧镐回来了，大为不解。这个30多岁的年轻汉子一边说看着狼了，一边小声抽泣，说着说着竟大声哭起来：“呜呜呜，真倒霉啊，钢个镐也不顺当。呜呜呜……”

同伴儿们相劝，他竟来劲儿了：“我被狼吃了没啥，孩子老婆谁来养，白发老娘谁养……”悲从中来，哭声不止。

还是老社会工有经验，走过去劝道：“兄弟，知足吧，你还不感谢李化武，要不是有他的‘狼哭’，说不定你这条小命就没了。”

也有人打趣：“‘狼哭’有法力，要不你就完犊子啦。赶紧去给施工员再做一根吧！”

这话提醒了鲍计峦。他不哭了，走到李化武面前道歉，说打断了是万不得已，马上再做一根还给他。

李化武幽默地说：“‘狼哭’的法力就在棍子上那两道儿，可别做短了。”话音刚落，有人笑了。原来李化武是话中有话：嘴上说着打狼的事情，实际是在提醒人们，两道杠是检查树坑穴面和株行距的标准，不能含糊，要防止工程缩水。

呵呵的笑声里，大家散去了。

坝上女汉子

尹桂芝长得并不魁梧，可坝上人都管她叫“女汉子”。

“女汉子”的称谓并非毕业上坝那会儿就有，是后来在塞罕坝上慢慢叫起来的。由一名娇嫩的女学生变成了一个连大男人都认可的女汉子，这中间发生了什么呢?

9 月份，从围场县城到塞罕坝的路上，18 岁的尹桂芝和同学们坐在一辆解放牌大货车里，一想到马上就要到祖国最需要的地方去了，她心中非常兴奋。

路途颠簸，这支年轻的队伍一路欢歌。但在下车的那一瞬间，同学们都傻了眼：没有宿舍，到处是半人高的野蒿子，入眼的只有一座孤零零的小破屋，里面连张床都没有。

9 月末的塞罕坝已经进入冬季，温度急速下降，夹着雪花的“白毛风”直钻领口、裤管。尹桂芝和几名女工清理完房子抱来干草，在小破屋里搭了床铺，又赶紧糊上窗户。

尹桂芝到林场后的第一项工作是参加收秋。蓝天下的莜麦田一片橙黄，微风吹拂，麦田波浪一般滚动着。成熟的麦香扑进胸怀，深深地呼吸一口，香甜得让人陶醉。真想唱歌哟!

带班的领导站在地头上，揪下一支麦穗儿用手搓搓，吹去外皮，黄中带绿的麦粒儿聚拢在手掌心里，往嘴里一颠，慢慢咀嚼，神态很享受的样子。尹桂芝也学着样子，把麦粒儿颠进口腔，经过舌尖，一股奇特的麦香味儿攫住了她，她那大大咧咧的模样把在场的人都逗笑了。

领导这样做兴许是为了评判今年的收成，尹桂芝一个毛头丫头，新来乍到就如此见样学样，多少让人感觉这人做事太天真。

收莜麦的时候要戴风镜，稍有不慎麦芒刺破皮肤，倒刺留在皮肤上会疼痛好几天。尹桂芝大大咧咧，干活儿也毛糙，干累了就坐在地头儿一把一把地搓麦粒儿吃，全没有一个女孩子的矜持。

或许有几年没吃过饱饭了？吃相实在粗鲁。一回两回见多了，她豪爽有余、不拘小节的印象在人们心里就形成了。

冬天开始，千层板林场搞基建，尹桂芝和几个姐妹也参加了。五六间红砖旧房子戳在草地上，周围是湿地，乱草丛生。虽然盖了几间房，但没等完工就下雪了，寒冷逼着她们住进了“新房”。用莜麦地里的土和泥抹的墙湿着，没有几天莜麦苗子竟从墙壁上长了出来。火炕没烧干，只能凑合住。为了防潮，她们抱干草铺炕，干草上头再铺行李，趁着日头上来的时候用毛头纸糊窗户，算是隔开了与外面世界的温差。没办法解决的是屋子有门框没门，尹桂芝跑到车库，找来了一扇旧门，喊伙伴们搭把手。那扇又长又窄的门戳在门口，人们出来进去从两边钻。黑天去解手至少俩人一块儿去，解完手赶紧跑回来，害怕碰着狼。屋里没电，弄个小药瓶，用破棉花做捻子，到机务队要点儿煤油点起来。这些活儿总是尹桂芝带头张罗，她勇敢泼辣，人们对她的印象更深了。

后来，尹桂芝和几个女同志去林场苗圃工作。她们早上5点起床，做苗床、播种，出了苗拔草、浇水、施肥、打药，到10月份开始选苗子、分苗子，活计没完没了。分苗子的工作泥一把、水一把，要把树苗分出等级，50株一捆儿。她们穿着棉衣服，坐个小板凳，一干就是一天，再粗糙的手也会裂口子。寒风袭人，手冻肿了，像发面馒头。收工的时候腿都不听使唤，站不起来，腰也直不起来。整个人都僵住了，得活动一下才能走动。

最让姑娘们发怵的是起厕所。夏天掏大粪汤子，用粪勺子往外舀，培上一圈土，舀出来的大粪汤子放中间，让它发酵，准备给苗圃当基肥。冬天穿白茬大皮袄，脚蹬毡疙瘩，用特制的大粪镩子一下一下地镩。这些活计尹桂芝总是一马当先，不甘示弱，“女汉子”一词就是这个时候叫起来的。

冬天到了，林场安排了收集薪柴的任务。外面刮风下雪，屋里常常出现一层冰，气温直逼零下40摄氏度，烧着火炉子也丝毫没有暖和的感觉。“我们睡通铺的几个女工就蜷缩在一块儿，戴上皮帽子，把自己裹得尽量严实一些。”尹桂芝说，“有时，积雪足有一米厚，推不开门，大伙儿只能从后窗跳出去。”

雪太大了，有些地方齐腰深。马蹄坑附近有一溜儿没有院墙的小草房，周围长满了灌木杂草。十几个人住进去，女的住西边，屋子高度不足两米，挺窄的一铺炕，行李挨行李。东边是伙房，伙房一分为二，半截墙戳在中间，外头住满了男人，里头做饭。做饭的时候伙房热气腾腾，炕烧得烫人，没法子住人，就用木板子搪起来放行李。

到山里干活儿，女同志要事先打扮一番。不过这打扮不是擦粉描眉，而是做一套御寒的准备。先穿裹腿、毡袜，最后蹬上棉乌拉。一开始，新毕业来的学生谁也不会打裹腿，需要旁人教，尹桂芝学得最快。

为了节省时间，她们一天只吃两顿饭，渴了就把草叶上的雪扒拉扒拉，抓一把攥成团咬着吃。回来吃晚饭尹桂芝最能吃，赶上吃馒头，她一口气儿能吃五个，一点儿都不觉得撑得慌，男人看了眼晕，女的看了咋舌。

1965年尹桂芝结婚了，七八个朋友凑了五六块钱买个暖壶，其他朋友有的送毛主席语录，有的送脸盆，她和爱人各自把自己的行李搬到一处，大家一起吃过喜糖，婚就结了。他们婚后住一间半“干打垒”的房子，什么家具都没有，只有两双筷子、两个碗、两个盆，俩人在一个小破木箱子上面吃饭。

结婚后的日子更累，生了小孩儿之后尹桂芝只休了36天假。孩子找人带，她把每个月31.5元钱的工资拿出一半儿给带孩子的保姆。头生孩子是丫头，吃完早饭要送保姆家。那孩子机灵，尹桂芝一卷被子她就哭，抓着母亲的衣服不撒手。等送到人家家里去，只能硬扯开赶紧走。走出去很远了还能听到孩子哭，她只能自己抹眼泪。

她白天干一天活儿，晚上回来奶孩子、做饭。刚吃完饭，参加学习班的时间又到了。连学习带发言，她累得不行，回到家倒头就睡，半夜里孩子滚爬都不知道，就算知道孩子掉地上了连眼睛也不睁，全凭本能把孩子捡起来按到炕头上接着睡。

冬天特别冷，她们家条件好些了，买了火盆，从灶火膛扒拉些火炭取暖。

“记得有一次儿子在围场县医院做阑尾炎手术，三天时间我就安排他出院了，七天后我就上班了。”尹桂芝回忆，“不是不想多陪儿子，实在是说好的假期到了期限。傍晚离家前发现第二天还要打最后一针，老人不会打，怎么办？脑袋一热，两针一块儿给孩子打了。”

真不愧是女汉子，敢作敢为，不计后果。

把一生奉献给坝上

卢承亮从张家口林业干部学校毕业后被分配到围场县大唤起林场，造林的主战场在大梨树沟营林区。

深秋，山里的温度已经是零度以下了，卢承亮带领着社会工们依旧住在马架子里。卢承亮这人心善，夜里总是睡在马架子的最外面，把稍温暖的地方让给社会工。寒风穿梭而过，免不了还有恶狼光顾。他们吃的饭是全麸莜麦和野菜，赶上连莜面也断顿儿的时候，干脆盐水煮莜麦粒儿对付一顿。

卢承亮造林肯下力，能吃苦。经过多年的实践，他发现雨季造林成活率最高，能达到 100%。不用浇水，树坑好挖，能大大降低造林成本。问题是雨天造林危险多，轻了着凉感冒、拉肚子，严重了会碰上雷击伤人。可是哪里有两全其美的事情？卢成亮认定了雨天造林，只要来了“及时雨”立马组织人员上山，他们有的戴个草帽，有的披一块塑料布，在泥泞中加班加点地干，弄得一身泥水。

卢承亮常年忙得不可开交。妻子生了四个孩子，他只抱过大儿子半个小时，其他三个儿子几乎没抱过。

在三道河口林场任党支部书记时，卢承亮既抓造林又抓经营。林场的养殖业发展迅速，由于饲养技术不成熟，春季里死了不少牛羊。为了寻求解决办法，他独自骑马去内蒙古寻医，回来的路上过河时冰面崩塌，他和马一起掉进冰窟窿。自救中他将马缰绳捋顺到马鞍上，使出全身力气将马推上岸，自己却在冰水中挣扎了很长时间。过后，他一直腰酸腿疼，落下了终身不愈的风湿病。

好说、好笑、好动的卢承亮退休后第一年就得了脑血栓，为了治病不得不四处借债，卧床五年后就病故了。

家人把他埋在了塞罕坝，埋在了他亲手种下的松树旁。

六亲不认“丁克人”

十一届三中全会后，林场被错划的“反革命小集团”得到了改正。

丁克仁是“小集团”的主要成员。那一天，上面通知他去公安局送柴火，他赶着毛驴乐滋滋地去了，卸了车要算账，却被带进了审讯室。过了一夜，这个 20 岁、才结婚、刚刚踏上人生旅途的青年，就过上了用汗水洗心革面的生活。

丁克仁生在富农家庭，过去他相信“出身不由己，道路可选择”，而如今难道连道路也不让选择了吗？这个长期做学生干部、道理比一般青年懂得多的人，心里明白，也许要委屈一阵子，甚至要委屈一辈子，这也是对人生观的一种考验。他不把劳动看作惩罚、看作赎罪，而是看作一种义务、一种责任。

开始，丁克仁在 40 号苗圃劳动改造，一声不吭地单独干活儿，人们发现他干活细心卖力。修引水渠，他把水渠修成瀑布式的，加快流速；水车坏了，他利用午休时间把它修好。就是这样，还有人说太便宜了他，又派他去打铁。打铁的第二天，劲儿没使对，打飞了一块铁，碰掉了两颗门牙，流血不止。他爱人听说了，怕他咬不动玉米饼子，送来了一罐小米粥，被人训斥了一顿。小丁没有休息，又回到铁匠炉，而且明白打铁也需要学习技术。从此他眼看、心记、动手练，进步很快。打铁的师傅是个临时工，也欺负小丁，让他用公家的材料帮自己打火枪。丁克仁趁这个师傅抽烟的工夫把火枪烧化了，俩人吵了起来，那师傅撂挑子走了，小丁就自己掌钳。不会打掌儿，就拿牛蹄子比着打，渐渐地什么活儿都能摸索着干，连打铡刀这种难活儿也敢下手了。不久，小丁打铁的技术就在附近有了名气，周围农民纷纷前来加工。那时候，林场各单位都报亏损，而小丁的铁匠炉却每年上缴利润800元。

1976年，党委书记刘文仕破例任命丁克仁为53号营林区主任。这个爆炸性的消息使全场大吃一惊，上下议论纷纷。但是刘文仕态度坚决，他在牛棚里认识了这个年轻人，深知他的毅力和才干。

53号营林区是个烂摊子。营林区有两个自然村，贪图便宜的人没柴火上山砍，盖房缺托梁去林里挑。有的护林员睁一只眼闭一只眼，抽人家一支烟，喝人家一口酒，就敢把国家一两棵树送了人情。巡山的人回来，常常枪挑几只“猎物”，不是野味，而是母鸡。丁克仁上任之后，首先组织职工没收偷砍的树木，一车一车拉回住地，不等他们反应过来，他已经干净利索地干完了。有时他夜间守沟口，白天去巡山，发现一个被盗的伐根，就用白纸拓印下来，即使埋在沙地里，也会被他查出来。这一下捅了马蜂窝，村里手脚不干净的人一齐向他扑来，这个盖住井口不让职工吃水，那个套上犁杖要耕他们的院子。丁克仁不慌不忙地把村干部找来，晓以大义，亮出了奖罚条例。同时，组织社员给营林区搞抚育，柴火归社员，两全其美。群众都佩服这个年轻主任手段厉害，又通情达理。

一天晚上，丁克仁弟弟的一个亲戚请他吃饭，他没去。过了一会儿，那个亲戚又叫了一个队长，两个人死乞白赖地把他架过去，进门酒菜已经摆好，而且一再表白无事相求，只是认亲。丁克仁碍于面子，没有喝酒，只吃了几口菜。以后几天，那个人果然没有找他办事，他才放心了。过了几天，天下大雪，他一个人去巡山，走到很远的小西沟，忽然听得“咔嚓”一声，是放倒树的声音。他赶紧绕道到梁上，见一个家伙已经锯倒一棵树，正向第二棵树动手。他大喝一声，那人把锯都惊掉了。他仔细一看，那人正是前些日子请他吃饭的那个亲戚。丁克仁气得五官都挪位了，跳下梁夺了锯，命令他扛着赃物回村交代，任凭那人嬉皮笑脸也不改口，执意从重处罚。从此，丁克仁六亲不认的消息一下子传开了。有人在墙上写了“丁克人”。他说：“凡是损公利己的人，我就要狠克，抓住不放。”

乱砍滥伐被制止后，丁克仁全力以赴对营林区进行治理，他自己打了五年铁，深知打铁先要自身硬的道理。总场拨给 1000 元让改造三亩苗圃，他自己设计自己施工，起早贪黑抬大筐，结果改造了六亩。过去营林区专雇一辆马车解决职工冬天烧柴问题，他来后，下工以后自己从山上往下扛，大家也跟着扛，一冬天节约了 1000 元。他对社会工特别关心，自己背百十斤的苗木上山，下雨把雨衣让给他们，过中秋时也千方百计改善他们的生活，一块儿混熟了，走时难舍难分。他来之前，营林区每年亏损 4000 元，他上任当年就上缴利润 4000 元。他领导的营林区和苗圃一跃成了全场红旗单位，可是总场开表彰大会，受奖的却是别人，丁克仁头上毕竟还有一块“石板”压着。这样的事他早就习惯了，照样心安理得，照样每月工资 33.66 元。这个让人心酸的数字，丁克仁和他的大多数同学们一直从 1962 年拿到 1977 年。他们像坝上的松树，把叶子缩到最小，以珍藏每一滴水，而对大地的要求却很少。

待遇恢复后，丁克仁调到大梨树沟当营林区主任，三年改变了这里“老大难”的面貌。1982年春天，总场领导又把他调到北曼甸林场当副场长，由于干得很出色，一年之后他又被调到总场当副场长。人们说，他不论身处逆境还是顺境，干啥啥行，碰哪儿哪儿响，犹如从石板底下拱出来的一棵青松一样有生命力。

塞罕坝铁人

按照场部指示，1964年春天机务队到东坝梁去整地，为了赶进度，他们实行了人歇车不歇的作业方式。那个时候坝梁上没水没电，吃水都要用牛车到山下去拉，交通十分不便。

一个晴朗的夜晚，破旧的窝棚里，曾祥谦师傅和几位工人正在昏暗的煤油灯下谈笑着，一名晚班作业的机务工跑进窝棚，着急地说：“师傅，车坏了，你快去看看吧。”

曾祥谦二话没说，穿上衣服就急匆匆地跑往现场，发现是链轨车轴出了问题。为了不耽误时间，曾祥谦和身旁的助手一起用锤子往外敲击链轨销子。敲着敲着，突然，一节链轨销子从轴中飞出，猛地打在了曾祥谦的嘴上，当时就把他打晕了。

助手小王打开手电筒一看，发现倒在地上的曾详谦嘴唇瞬间肿起老高，鲜血顺着嘴角流出来。再仔细看，四颗门牙都掉了。小王害怕了，一边摇晃他一边高喊他的名字，曾祥谦渐渐清醒过来，脸色苍白，过了好久才恢复了神智。

“师傅，我们赶紧上医院吧！”

“不去。这深更半夜的去了又能怎样？”曾祥谦说话已经吐字模糊、口腔不能拢音了。

难道塞罕坝人不珍视自己的身体吗？显然不是！像曾祥谦这样出了事故，伤了身体，他们也疼、也痛，可是坝上就是这样的条件，他们这样选择，有无奈，但更多的是理性，是不忘初心的外化，是对当初自己选择的坚守。

“那也不能牙掉了都不管啊！”

强忍疼痛，曾祥谦摇了摇头，挥挥手，示意小王拿锤子。小王看着曾师傅满嘴是血，愣在那里不知所措，心疼地哀求他：“曾师傅咱们别干了，你看看你的伤，赶紧回场部卫生所去看看吧。”

曾祥谦擦了擦嘴角上的血，就像平时擦汗一样自然，同时伸手拿起铁锤：“不碍事，一会儿就好了。”

“曾师傅，你赶紧回去看看吧，身体要紧，这里还有我们呢！”小王紧紧攥住铁锤，焦急而担忧地望着自己一向不敢反驳的师傅。

“事故不大，修修就好了，不碍事的。”

徒弟两次劝他回总场医务室疗伤，他两次都没正面回应，一句又一句地说手头的工作，这就是第一代塞罕坝人。人们深深地感到了他的坚强勇敢，一个“塞罕坝铁人”的称谓叫开了。

曾祥谦坚持继续工作，链轨轴终于卸下来了。换上新的零件，链轨车又工作了。

回到场部，曾祥谦急着去了卫生所，处理后稍事休息，带上消炎药和止痛药又回到了工地。曾祥谦的嘴半个多月都不能正常吃饭，打掉的牙也永远地失去了。

爱较真的王文录

王文录毕业于承德农业专科学校，1962 年 9 月到塞罕坝机械林场工作。

1974 年前后，王文录在千层板林场担任营林区主任期间，发现人工整地费时、费力、速度慢，难以满足大面积造林的需要。经过探索试验，造林时他积极推广机犁沟整地法，大大提高了整地速度，而且成效十分显著。所谓“机犁沟”就是先用拖拉机把土地豁出一条沟，然后在沟里等距离地挖出树坑栽树。这种方法省时省力，大大加快了造林进度。

他整章建制，率先垂范，严抓细管，不徇私情，规范了全场造林程序，提高了造林质量，尤其是在三道河口林场主政期间做出了突出贡献。三道河口林场位于塞罕坝西部，与内蒙古浑善达克沙地隔河相望，地貌土质与那里相同，大部分是沙地和沙丘，造林难度大，成活、保存都很困难。

总场对三道河口地区造林十分重视，为了加快该地区的造林治沙进程，先后引进、栽种过杨树、榆树、油松等树种，但收效甚微。随后几年，仅杨树他们就试种了30多个品种，还搞了柠条、沙枣、沙棘等7种灌木直播，除沙棘外无一存活。“一年绿，二年黄，三年见阎王”，这句顺口溜流传在不少林区，在三道河口更常听到。王文录来到这里，通过观察认识到，三道河口造林的最大困难就是干旱。他多次实验，通过加深、加宽机犁沟，对越冬苗木在秋季进行埋土防风，在树苗的迎风面垒起小土堆，用容器桶造林等方法，为苗木储存了更多的水分，使三道河口林场的森林覆盖率从不足14%提高到72%。他们的经验被林场推广，广泛应用到了全场的攻坚造林活动。

王文录对工作严肃认真，原则性和责任心都很强。在三道河口检查造林时，人家在前面造，他在后面拔，如果十棵拔出一棵来，他脸上会露出难得的笑容，如果拔出五棵以上（挤压不实），技术副场长、技术员、营林区主任、施工员都要遭到严厉训斥并被要求立刻返工。

他在食堂吃饭，一看见拉苗车往山上运苗，就放下饭碗出来检查苗子浇水、保湿等情况。有一回他发现一车苗木不合格，一生气饭也不吃了，立刻通知停止用苗。平时拉着他检查造林的司机最辛苦，甭想在林场待着休息，总是不停地开车在山上转，比旁的司机辛苦很多。

王文录不仅和下边的人较真，也和总场较真。在越冬苗木压盖防寒土时，由于这项技术在全场第一次使用，多数人认识不足，总场对此项生产任务没有进行专项投资。他一方面严格要求三道河口林场盖好防寒土，另一方面和总场积极申请，据理力争，最终为林场争取到了该项投资。通过实践检验，此项作业被列为林场造林的常规作业项目，得到了固定投资。

林海里有他们跋涉的足迹

社会工部落

在塞罕坝野外施工作业时，林场的技术干部负责技术指导和监督，具体操作主要由周边地区的农民完成。他们干的是最苦最累的重体力活，但林场干部职工花名册中却没有他们，立功受奖名单上更找不到他们。他们有一个固定的名字叫社会工和家属工。

林场初创时，没有劳动保护，家里条件好的社会工和家属工会带上被褥、胶鞋和皮帽子，条件差的干脆空手来。跟随机械作业的社会工大多实行两班倒，每天两个班，一周换一次，每个班连续工作 12 个小时，常年风雨无阻，年年干在一线。他们对自己的调侃是“傻干”，旁人对他们的评价是“奉献”。

“开始时林场是通过周围各社队的队长们组织村民上山植树的。当时，我所在的营林区一年要造林一万亩，林场一般安排两名施工员为一组，组织带领村民植树。所有营林区住的都是临时搭建的窝棚和马架子，晚上村民睡里面，施工员睡在门口，用被子或雨衣一裹就是一宿。俗话说‘饱了不好吃，饿了甜如蜜’，累的时候人躺在哪里都能睡香甜。”北曼甸林场退休职工刘唤儒回忆说。

如果把 369 名第一代有编制的干部职工看作塞罕坝上留鸟儿的话，那么年年来这里参加造林的上千名社会工和家属工就是飞来飞去的候鸟了。这些人里除了周边的农民，也有少数外地人，只要和林场的施工员能扯上关系，林场有活儿干，多远他们也会飞过来。

围绕林场周边的村子，林场在每个大队都会物色、选拔一名护林员（实际上也是施工员的联络员）。为调动他们为林场服务的积极性，林场每年都给他们发一双跑山鞋，按月发给 5 元钱补助金。护林员既为林场服务，又代表社会工的利益。

护林员都是当地有威望的人，他们了解社情民意，职责中还有一项任务是确保老百姓不糟蹋林木。他们所在村庄的基本情况，有多少痴茶呆傻的人，林场都要通过他们摸清楚。甚至谁家有病人，什么时候老百姓家里缺少柴火，护林员也都了如指掌。到了造林、育苗用工时，林场直接同他们联系，讲好任务、报酬等，很快他们就会把人带过来，保证用工需要。

林场刚建时只在春天造林，后来经摸索发现雨季、夏季、秋季三个季节都能造而且效果很好，用工越来越多。除了造林，育苗、整地、养殖、种植也都需要人。这些季节上坝下坝的山路上总是人来人往，络绎不绝。

塞罕坝林场面积 150 多万亩，360 名职工干部分散开来根本看不见人，更不用说干活儿了。实事求是地说，绝大部分的工作靠的都是社会工。

每个林场每年需要三四百人，组织好这些来自不同地方、不同脾气的人按照标准施工、把树栽好不容易。护林员牵头承担任务，再联络社会工，林场技术人员负责监督，按事先讲好的条款结算工钱。

男工日工资 1.57 元，女工日工资 1.26 元。从 5 月一直干到 10 月，农民工们都是集体住帐篷，吃住在工地，常常几个月不回家。

人工造林最通常的劳动方式是大包干，这样做既省力又高效，双方都满意。大包干后人的积极性是无穷的。

工地上都是男人。夏天男人们干得兴起时只穿一只裤头儿，省得洗衣裳，省得买衣裳，雨天干脆光着身子挖树坑。能干的青壮劳力一天能完成 7 亩地的挖坑指标。

53 号大队高迎峰是护林员中的先进典型，干工作雷厉风行，在老百姓中有威望，在林场有地位。他负责该村与林场周边的护林，在河没完全开化、水里还有冰碴儿的时候就光脚过河，天天在山林里巡视。

总场政工科的葛清晨每年造林季都要到各林场参加造林，和农民工同吃同住同劳动。葛清晨说：“我永远忘不了一个社会工，我不知道他的名字，只知道他姓李，他的乐观主义精神一直鼓舞着我。在工地上挖树坑的时候，他总是一边挖一边哼着小曲儿，累了挺挺腰，从腰带下抻出毛巾擦一把汗，之后接着干起来。”

葛清晨说：“我喜欢和老李聊天，问他苦不苦，他总是笑，笑得豁牙子都会露出来：‘命中注定我就是干活儿的命啊，吃这点苦算啥？来坝上务工的又不是我一个！再说了，我既能挣工钱，又能为塞罕坝林业建设出力，苦啥呀！’”

葛清晨说，农民工不仅为塞罕坝造林，也从一个方面教育了他们这些大学生。那么多来自城市的大学生能够留下来，其中有一个原因，是他们知道还有比他们更苦的人啊！

这些林场的候鸟们来的时候背着极少的行李：一被、一褥、一碗、一筷，剩下的就是自己的一把子力气了。背回去的东西往往会增加不少，除了工钱，还有采自山间的蘑菇和野菜。

林场的干部职工再艰苦也有属于自己的固定的窝，或干打垒，或土坯房。而社会工们有马架子就知足，挖地窨子也觉得天经地义。他们的家在山外，从来就没有奢望过这里有属于自己的固定住所。

1962 年从东北林学院毕业的刘滨告诉我他亲身经历的一件事：他负责在大阁苗圃育苗时，有一天下起了暴雨加冰雹，为了保护苗木，林场职工带着社会工顶着恶劣天气用草帘子遮盖小苗。暴雨急促引发洪水，人们搬开一块块大石头进行紧急疏通，有个叫刘广兰的年仅 13 岁的小姑娘在下冰雹时把身上的小褂衫脱下来盖在小苗上。

“多冷啊，你别冻着！”

“为了保苗圃，我可以献出一切。”

“这个小姑娘的这句话我 50 多年了也忘不了。”刘滨说。

像刘广兰这样我们知道名字的人是凤毛麟角，还有太多奉献者，我们只知道他们叫农民工。他们同林场正式的干部职工一样，用自己的汗水乃至生命参与了塞罕坝的建设。

你问他们今天在哪里？

望望塞罕坝的山，瞅瞅塞罕坝的水。

有山有水的地方就有他们。

挂职群体

在三道河口林场，我们有幸结识了国家林业局森林资源管理司林权处的冯树清。他 1984 年曾经在这里挂职担任场长助理，这次是挤时间专程“回娘家”来的。

夜里，林场的新老职工和我们围坐在一起，大家欢声笑语，如同过节一样。听说冯树清来了，袁文山老人特意制作了蒙古风味的血肠，伙房里准备了手抓羊肉，他们要用最好的酒菜款待久别的亲人。

欢愉的气氛让人激动，激动的时候让人怀旧。几杯醇香的白酒下肚，兄弟们便情不自禁地讲起了与冯树清有关的故事。

那是 1984 年冬天一个极其寒冷的午夜，林场的职工差不多都入睡了。突然袁文山听见了喊声：“着火了，着火了！”出去一看他立刻明白了，失火的是林场的草料场。他急火火地敲响了大钟。人们听见钟声，马上知道一定是发生了大事。冯树清年轻力壮，他看了一眼草料场的火势，愤怒地骂了一声，随即高喊：“弟兄们，跟我来！”说完便抄起水桶，跑到河边，砸开冰层取水，再飞奔回火场。在他的带领下，全场职工挑水的挑水、搬运的搬运，经过一个多小时的战斗，一场大火被扑灭了，草场上 30 万立方米的饲料保住了。抚今追昔，冯树清动情地说：“尽管我在三道河口林场只干了一年，可得到的锻炼却让我受用不尽。”

同冯树清一样曾经在塞罕坝挂职锻炼的人数不清。

与挂职锻炼的人一样，塞罕坝还接待过同样数不清的知青队伍。来林场“插场”的人，有围场县城镇社会青年，有围场县中学的高中毕业生。有的人干几年走了，而大部分人转为林业工人，成了塞罕坝的永久居民。

执拗上坝的新闻人

1982 年，河北省高筑黄金台，征招天下才。《光明日报》登出启事，响应者成千上万。西安来了个大小伙子，三十五六岁，土头土脑，一口陕西话。他既非硕士也不是博士，只有中专学历。只见他不慌不忙递上一个土布包袱，抖搂开来，是他发表的一些作品和获奖证书，还都是大报名刊。李锋副省长当即拍板：自学成才，破格录用。就这样，范德元到河北省林业厅工作了。范德元到河北工作后的第一件事就是参与创办《河北林业》杂志。工作中他潜心研究河北林业的发展历史，从查阅到的一些文字资料中发现，在河北省承德地区的坝上，有一个康熙皇帝当年的练兵场，如今已经发展成了一个大型现代化的机械林场。这块被人赞誉为“绿宝石”的地方，古今闻名，美丽如画，而它却藏在深山人未识，从未被很好地挖掘和深度报道过。

1983 年元旦过后，范德元就向领导提出了到塞罕坝林场采访的要求。领导来自塞罕坝，知道那里最艰苦，最能够反映河北林业的成就，但是这个季节大雪封山，寒冷异常，就善意地告诉他，那里现在的气温在零下 40 摄氏度，去那里太危险。可范德元竟是一个不服输的主儿，一听说大雪、冰山，倒认为正是能够拍出好照片的时候，恨不得立刻就飞到那里去。他态度坚决，最终说服了领导。他告诉了妻子，妻子马上为他准备了厚厚的棉衣。第二天范德元就从石家庄出发了。

塞罕坝 1962 年建场，这会儿造林规划还没有完成，因此只有少量零星的报道。但是范德元发现了这块新大陆，判断这是一座宣传报道的金矿，便下决心要在这里挖掘出有价值的新闻来。

迎接范德元的是皑皑白雪和漫天呼啸的白毛风，是林间野兽的吼叫。但范德元不管这些，这个和山里人一样有倔脾气的“牛犊子”倒是让塞罕坝人感动了。不过，他们瞅瞅他那一身所谓的厚棉衣摇头了，按照当地的习惯为他武装了一番：从上往下，皮帽子、皮衣、毛毡袜、棉乌拉。在工人们的带领下，他走进了茫茫的林海雪原。

冬季正是伐木运输的季节，尤其是运输落叶松原木的旺季。漫天飞雪中，面对育闭成林的树木，范德元马不停蹄地跑遍了个个林场。坑坑洼洼、山山岭岭，到处留下了他的足迹。迷路、挨饿、受冻，他几次滑进雪窝子，白毛风刮起来睁不开眼睛，脸上如小刀切割般疼痛。危难时刻他竟想起了爷爷说过的话:“陷进泥坑的时候站着不如躺下。”爷爷不是哲学家，可他的话富有哲理，范德元深深地记住了。他走路的时候抱着相机，拍照时便以卧姿为主。环境千难万险，倒有别处看不到的美景。范德元在采伐区和林场采访了十多天，亲身体验了务林人住窝棚、吃雪团的生活，喝下了老炊事员为他烫好的老酒，阅读着林业工人无私奉献的感人事迹。就像对照着一面镜子，他的思想一次次被触动，灵魂一次次地得到净化。他的境界升华了，拍出来的照片便不再仅仅是景致，而是多了一层感情。他这个出身陕西的“老西儿”，多了一层对河北这个第二故乡的热爱。他深深地感到来塞罕坝是值得的，因为这里不仅有严酷的冰天雪地，不仅有郁郁葱葱的森林，更有塞罕坝人艰苦奋斗的奉献精神。

范德元在记录塞罕坝人艰苦创业历程的同时，也用一幅幅图片把自己拍摄进了塞罕坝。此后，他拍摄的照片除被《河北林业》杂志采用外，还被《人民画报》《林业画报》《中国青年》等报刊采用。其中,《今日塞罕坝》获得了中国林学会林业科普创作奖。

1984年植树节，《人民日报》发表了他拍摄的画刊《塞罕坝，美丽的坝》，《人民画报》介绍了这个现代化的机械林场。

塞罕坝机械林场从此名扬天下。

第九章　锅碗瓢盆交响曲

一路走来，风风雨雨。

塞罕坝人有苦难和心酸，更多的却是互助和友爱，是人性味儿十足的家长里短。

林场户口和“老丈人村”

“塞罕坝真荒凉，又有兔子又有狼，就是没有大姑娘。”

从各个地方分配来的大中专毕业生除个别人已经结婚外，很多男生找不到女朋友，原因是资源缺乏。

面对这种既涉及个人幸福又关乎林场稳定的问题，林场领导班子多次开会研究，琢磨办法。

“我们找找围场县，每年给咱们林场一些商品粮指标，农村户口的女子和林场大中专学生结婚，解决商品粮户口。”

“那敢情好。跑跑去！”

“商品粮户口围场县一年才多少？恐怕不行。”

“不行也得找找去，不找一点希望也没有！”

会后，王尚海、刘文仕出动了，他们上坝前都是承德地区的领导干部，想当面找现任领导争取些商品粮指标。一些中层干部也跑到周边村庄，动员护林员牵线搭桥，给大龄青年介绍对象。

但闭塞的荒原，林场艰苦的工作环境，在女青年心里都不占优势。一百多名大学生的个人问题一时成了塞罕坝的难题，成了围场县的热点。

热到一定程度，竟出现了转机。

吵吵嚷嚷，领导群众，坝上坝下，不知道多少人议论这件事，多少人出主意想办法。最后林场集思广益，出台了一项在当时来讲非常创新的政策：塞罕坝机械林场自己出台了“林场户口”政策，凡是上坝与大学生结婚的女子作为家属工安排工作，在林场内部与商品粮户口一样待遇。粮食自己种，油料、副食等协调围场县解决。

这事很快在坝上坝下传开了，家里有大姑娘的父母有的动心了。那年头围场县能有几个大学生？还是林业部直属单位。塞罕坝年轻男子成家难的问题有了转机。

从坝上到县城的路上，车把式老冯为了解闷儿与押车运送物资的小伙子尹富逗开了闷子：

“小尹，处对象了没有啊？”

“没有。”

“都这么大了，还不知道女人啥滋味儿？”说完老汉哈哈哈地大笑起来。

尹富脸红了。坐在前头的老冯回过头看了一眼尹富，看他一脸窘相，老人又眯缝着眼睛笑了。原本耷拉在车辕下头的两条腿还翘了起来，之后又盘坐起来。这会儿，他把那裹在身上的白茬皮袄的袄襟解开，马车跑得更快了，老冯那顶狗皮帽子的挡耳一个劲儿地呼扇，马蹄声和笑声在山路上飞扬起来。

“驾！”

“啪！”

老冯用力甩了一下鞭子，马车颠儿颠儿地跑得更欢了。

车过棋盘山，老冯又开口了：“小尹，我在棋盘山给你介绍个对象要不要？”

“多大岁数啊？”尹富腼腆地问了一句。

“嗬！看你急的！还多大岁数。我知道多大岁数？她还在他爹的腿肚子里转筋呢。”

“那你？”显然，尹富被这个老冯的话弄蒙了。

可能这位老车把式感觉尹富这小伙子不错，或许是感觉自己和这个涉世未深的年轻人开玩笑过了头，或许是他真有姑娘待嫁的信息。没过几天，冯老汉果真把棋盘山村的一位女孩儿介绍给了尹富。

在老人的引荐下尹富处了对象，爱人上坝转了社会工，和尹富一起在千层板林场工作。之后结婚生子，一家人很幸福。可尹富命苦，1967 年春天，他搭了一辆装了不少汽油桶的卡车到围场县城办事，因为道路颠簸，车斗里的油桶乱滚乱撞，不巧挤坏了他的内脏。车斗里就他一个人，也没人发现。等到了围场县城，司机喊他下车的时候才发现他已经停止了呼吸，鼻子、口腔鲜血直流。

坝下这个古镇棋盘山是华北地区有名的大牲畜集散地，是一个人流、物流、信息流集中的地方，也是距离塞罕坝最近的一个集镇。塞罕坝人到这里买东西的多，村里人到林场做社会工的也多。随着尹富结婚成家，镇上的人们一嚷嚷，一传俩、俩传仨，又互相介绍，便有不少年轻人开始交往，谈起恋爱来。

尹富、吴景昌、周方、陈木东、梁玉山、李兴源……都成了棋盘山的姑爷。一时间，塞罕坝不少新人喊着去棋盘山看老丈人，人们风趣地管棋盘山叫“老丈人村”。

没过两年，孩子陆续出生，棋盘山又成了“姥爷村”。

集镇毕竟是农村，藤蔓相连，亲戚套亲戚。一个孩子出生，管很多人叫姥爷：大姥爷、二姥爷、三姥爷……一声姥爷，满街筒子应答。

张淑言在棋盘山村当教师。学校里与外界联系广，她是较早和塞罕坝大学生谈恋爱的，处的对象是外号叫“小大哥儿”的吴景昌。婚后夫妻俩多年分居，吴景昌经常吃住在工地和林场。由于路远，一两个月也难得回家一次。

孩子幼小，丈夫不在家，也没有老人帮忙照顾。张淑言上班时便把孩子放炕上，为防万一，经常用绳子捆住孩子的腰，锁上门去上班。好几次，孩子把绳子缠在脖子上，她发现的时候总是一身冷汗，再晚回来，孩子就勒死了。

一天，张淑言下班回家，发现3岁的大儿子正站在门外等她，神秘兮兮地对她说:“妈妈，咱家来了一个人，我不认识。”

“谁呀!”张淑言三步并作两步推开门，一看，竟是丈夫。

“傻孩子，这不是你爹嘛!”

儿子腼腆地一头扎到母亲怀里，过了好一会儿才歪着脑袋往外看。吴景昌招手喊他，他还是不离开母亲，生怕被这个陌生人拐走。

这样的经历可不光张淑言一个人有啊!

“驴粪蛋儿”和“三大王”

三十里的莜面，四十里的糕，二十里的荞面饿断腰。

——坝上俗语

莜面是莜麦打磨成的面粉，它富含八种氨基酸、多种微量元素、丰富的亚油酸，其高膳食纤维等含量为五谷之首，在减肥、降血脂、降血糖等方面具有很好的保健作用。如今人们的生活水平提高了，患“三高”症的人越来越多，莜面逐步提高了身价，摆在城镇超市里，价格不菲，成了城里人的香饽饽。不少大城市，特别是北方的一些城市里都有莜面馆。

现在它身价提高了，可在20世纪60年代那个没有油水的年代，它可没这么金贵。

坝上人吃莜面最简单的法子是做粥，麦粒儿磨面打成糊糊熬了吃。

最常见的吃法是做“苦累”：把豆角、包菜或者榆钱、扫帚苗洗净切碎，放在箅子上，再撒上莜面拌匀，蒸熟，拌上香油、醋，做出来后外表呈块状，黑乎乎的，俗称“驴粪蛋儿”。

由于加工粗糙，面粉里免不了存着麦皮和毛刺儿，嚼起来扎嘴。如果赶上哪口咽得不对付了呛嗓子，“咳咳咳，咳咳咳”，憋得人脸红脖子粗，像下蛋的母鸡。

最讲究的吃法是压饸饹，用开水和面，用饸饹床子压成面条，煮熟了加卤拌食。最有名气的当属莜面窝窝儿、莜面鱼儿。温水和面，不硬不软，用拇指或者大鱼际搓成细条儿，煮熟配上羊肉或蘑菇卤，是上等的食物。

坝上气候不适宜种植小麦、玉米等粮食作物，西红柿、茄子等蔬菜和苹果、梨、桃等水果更是难得一见。当地有一俗语“坝上的庄稼——山药蛋”，说的是这里只适合种土豆。

坝上人有吃土豆的本事，和西北部地区的人们有一拼，做法花样百出。最省事的是烀土豆：新收获的土豆背回林场厨房，洗吧洗吧上锅蒸，刚出锅的分外好吃，只是吃多了嘴麻酥酥的。

“可不能多吃啊！”每次烀土豆的时候，场长看着崔淑媛狼吞虎咽的样子总是这样提醒她，“生长期太短啊，有毒性。”

“小气鬼！”崔淑媛心里这样想着，不管场长怎么啰唆，还是自顾自地吃个够，“相比驴粪蛋儿和苦累，新鲜土豆好下咽。”

“也有改善伙食的时候，围场人管用白面蒸的馍馍叫‘大大王’，管掺和黑莜面的叫‘二大王’，管三种面混合蒸的馍馍叫‘三大王’。”崔淑媛忘不了，“这样的饭不能敞开吃，有定量。”

塞罕坝林场有个农牧队，主要种植莜麦和土豆，油料作物有胡麻，蔬菜只有圆白菜、大葱和苤蓝。日照不够白菜不长心，长个干瘪棵子腌酸菜。

第三乡林场一个星期吃上一顿黑面馒头就算改善生活了。家里来了客人也没有什么好吃的，食堂有啥吃啥，没有特殊照顾。冬天根本吃不着绿叶菜，只能吃酸菜、咸菜、冻白菜。林场半个月左右搞一次会餐，也只有熬土豆和酸菜。想吃炒土豆丝、土豆片？美得你！

在坝上地区行走，如果你留意，会发现一个又一个小土包，上面盖着一块块石板。问当地人，回答是土豆窖。秋后收完土豆，储存进去防冻，随吃随取，可以吃一年。

农牧队养牛养羊，养鹿不多却叫鹿场，过年过节总要杀牛宰羊分给职工，象征性地收点儿钱。市场价五六毛钱，往往一毛钱分给职工。或多或少，各个林场自己决定。

10 月以后大雪封山，林场基本上断绝了与外界的联系。大家闲得慌，轮流请客，大碗喝酒，大块吃肉，吃得嘴角流油，喝得山摇地晃。

总场自己发电，照明的问题解决了，却也只是定点儿供应。“突突突”，发电机一响，“来电了，来电了！”家属院里孩子大人一阵欢呼。

“快吃、快吃，再磨蹭就停电了！”

“快洗、快洗，耽误会儿就没电了！”

总场人比林场人幸福，虽是这么说，也要天天瞅着钟点儿过日子，催孩子写作业，催大人洗脚，催早早睡觉。因为限时供电，人们心里从来没有消停过。

各个林场还没通电，近路也有百八十里，虽然电线、电线杆有计划地扩充数量，但远水难解近渴。住瓦房的和住干打垒的都使用煤油灯，没电催着，反倒感觉踏实。

作业区都是地窨子和马架子，早晨有日头照明，夜晚有月亮取亮儿。冬天夜长，夜生活就是凑在一起瞎“哨”，讲故事，讲困了就睡觉，睡到自然醒。

工棚里的哨谱儿

塞罕坝这地方有特点，它不但长树，还长文化，长哨谱儿。

啥叫哨谱儿？它近似胡咧咧，更像侃大山，基因在东北，塞罕坝人在引进樟子松的同时把它也带过来了。

坝上九月即飞雪，冰天雪地过营生。猫在工棚里的人无事做了就聚在一起瞎哨谱儿，内容有点儿轻喜剧的味道。

哨谱儿是用嘴皮子打擂，是不动手的较量。两个人或两个阵营运用艺术性的语言，用谐音和歇后语拐弯抹角地占便宜，通过调侃比高低、决胜负。

哨谱儿的过程有来有往，有点儿像南方少数民族对歌的性质，却带有北方人粗犷野性的特点。哨的过程中可以帮腔，允许起哄，水平高下全看围观人的掌声，一阵阵哄笑是最好的评判。

哨谱儿最终比的是文字功底和应变能力，特点是无黄不哨，好处是黄而不脏。哨谱儿也有规则，只要文斗不能武斗。常用的是歇后语，最好能合辙押韵。

比较常见的哨谱儿是用民间的歇后语打擂：

甲：猪八戒的耙子——远点儿搂着

乙：猪八戒的扇子——远点儿扇着

这样“哨”上三五个回合，一方没词儿的时候，承认败北，打蔫溜边儿。

实际上，“哨”和哨谱儿是两个概念，互相哨的语言才是哨谱儿，它跟歌谱、曲谱、食谱类似。只是人们说得久了，约定俗成地把这种活动本身叫哨谱儿了。

创业之初，第一代创业者住的是地窨子和马架子，吃的是黑莜面，乏味单调的生活造就了哨谱儿在这里成长的土壤。造林季节，大家按照国家规划和林场生产计划组织造林，干部带队，技术员督导监工，雇来大批季节工挖坑栽树。为了省时省力，人们一般在近水平坦的地方搭起马架子，生活、劳动全部在野外。马架子里都是对面炕，晚饭后人们坐在屋里闲聊，聊着聊着就打起嘴仗来。

北炕上的职工小张挑起事端：“哎呀，是要下雨呀还是炕太烫啊！我咋看老李的后背湿了？”夏天出汗本来正常，可这话从小张嘴里说出来就变味儿了，暗示老李是王八。

南炕上的老李听了立即回应：“老太太脱鞋——你脚（觉）出来了？”意思是你自己都感觉湿了，你才是王八呢。

北炕另一个小伙子接茬儿：“你是光腚推磨——转圈儿丢人！”

南炕也有人出头：“你蝎虎鲁子拍巴掌——小打小闹！”

正所谓“能说的站在人上头，不会说的站在人下头”。就这样北炕南炕、南炕北炕地对决，直到一方卡壳了、结巴了，对家便轻松而又仗义地说一句：“穿开裆裤的毛小子跟我哨？你还嫩点儿！”败阵的一方虽说灰不溜丢却不忘还嘴：“十坛醋泡一根黄瓜——你自己在那儿酸吧！”于是一场哨谱儿结束了。

哨谱儿在塞罕坝机械林场之所以兴盛，一是因为这里的职工中有不少青年学子来自东北，即使临时雇来的“季节工”也是沿坝的本地人，他们有这种语言基因。二是因为这里一年有一多半时间天寒地冻、昼短夜长，一些精力过剩的人闲得慌了便找碴儿开“哨”，用诙谐幽默的语言排解内心的寂寞。哨谱儿类似曲谱，被一些有心人收集起来装订成册，大都藏在身上秘不示人，只在阴天下雨或晚上偷偷拿出来温习一下，烂熟于心，应对起来才会脱口而出。

塞罕坝哨谱儿都是在男人中进行的，比思维敏捷，比脑子里储存的信息量，比记忆力，当然也比谁的段子更“哏儿”，能荤话素说，说得更形象。

哨谱儿往往招来一些人围观，人越多哨谱儿的人越来劲。一个哨谱儿能人不仅在自己的营林区被人看重，还会声名远播。在林场，哨谱儿高手是有威望的。

在那个“交通基本靠走，治安基本靠狗，通讯基本靠吼”的高寒冻土荒原上，那个缺乏娱乐活动的年代里，塞罕坝人在植树造林的同时，为改变匮乏的生存环境，结合木兰围场特有的民俗文化创造了颇具特色的哨谱儿，丰富了人们的文化生活。它是那个年代里塞罕坝人交流思想情感的一种润滑剂，是务林人精神世界里一道独特的风景。

即使在今天，塞罕坝人身上依然保留着哨谱儿的基因，不信你去那里看看，听听他们说话，幽默着呢！

坝上孩子

“咔咔！咔咔！”

两个十来岁的小学生在自家门前挥舞着斧头劈劈柴。虽是各干各的，看他们那忙碌的身影，听那“咔咔”的清脆声音，倒像在比赛。一堆原木薪柴，放在矮凳上锯成一段一段的，磕唧磕唧地掉在地上，竟长短相同。之后他们便半蹲着身子，咔咔地劈成四瓣柈子，最后直起腰来捧起它们，均匀地码在门口的墙根儿，这一项山里孩子要做的“作业”就结束了。路过的人，看看茬口，拃拃尺寸，笑着说些肯定的话，赞许一番才走开。

林区的人通晓木性，孩子们打小儿耳濡目染，跟大人见样学样，也多半知道了劈劈柴的门道。他们都知道，经冻的木材趁着冻碴儿砍更脆，顺着木纹砍更利索。一斧子砍下去，势如破竹，又快又好又不累。

扒桦皮也是林场里大人孩子的一项特殊劳作。桦树皮是上等的引火材料，肥厚的红色内瓤儿晒干后可当柴烧，是林场人的最爱。每当木材加工厂有新鲜桦树圆木拉来的时候，家属院里的老老少少就会奔过去扒桦皮，煞是热闹。

夏秋是坝上孩子最美好的季节。塞罕坝山花遍地，野果满枝，鸿雁高飞，林中的狍子、黄羊满山跑，是坝上孩子认识各种动植物最直观的时候，远比城里孩子只从书本得来的自然知识更丰富、更生动。孩子们跑到机务队的仓库里，在乌尔苏斯机车、康拜因里捉迷藏，在高高的羊草垛上唱着“听妈妈讲那过去的事情”，美得没边儿没沿儿。他们到山地里摘托盘儿、蒡酸姜、捡蘑菇、挖地羊，冬日里到湖面上滑冰，在街道上撞拐、滚铁圈，忙得不亦乐乎，大人多少次喊吃饭都不见他们的踪影。

“快给这野马驹子套上笼头吧！”

“秋天就送他上学！”

父母亲的最大心愿是把他们送到学校去。

林场有一所学校，全名塞罕坝机械林场子弟小学，第一位教师叫孙强，他回忆说：“说是学校，连一间教室也没有。腾了一间带炕的单身宿舍，11 个孩子，从 7 岁到 11 岁，一共分成四个年级，搞复式教学。没黑板，现从食堂找来记账用的板子，用墨汁儿刷两遍挂上，晾晾就写字了。”

“那时候我正要毕业，坝上的领导到学校要人来了。他们走进教室瞅着我们一班人看了一会儿，兴许是看着我顺眼，与老师耳语一阵，也没征求我的意见，老师当着全班同学的面喊我：‘孙强，你去教书吧。’”

“我是从御道口牧场来塞罕坝林场的。老师一句话，我就到坝上办学来了。”

说这话的时候，孙强瞅着我笑起来。他在笑什么？我想是在笑那有些滑稽的经历吧！

那是一个人才短缺的时代！稀缺的东西往往珍贵。

“一年后，北京光华木材厂支援了我们 12 套桌凳，还有一个破旧的脚踏钢琴，学校有了设备。”

孙强是围场人，适应环境很快。为了让孩子们喜欢上学，他最早教给孩子们唱《东方红》和《我爱北京天安门》。

合唱一遍，之后男生唱一遍，女生唱一遍，一遍一遍又一遍。

奶声奶气的歌声飘荡在山谷，飘荡在工地上。千层板林场的职工家长们听见自己的孩子会唱歌了，都高兴得不得了。这个时候，他们会停下手里的活计，向着学校的方向张望。张望过后，便起劲干起活儿来。

在人们心目中，学校办成了。

山里的孩子们野惯了，最喜欢体育课。孙老师经常带领学生到学校后身的山上藏宝、找宝。那里有什么宝贝可寻？说来好笑：上这样的课之前孙强总是事先安排年龄大的孩子把一块块橡皮和小刀等学习用具藏在草窝里，或压在石头下。上课后就布置孩子们去找。小孩子们呼喊着、奔跑着，你从草棵里找到一块橡皮，他从石板下发现一支铅笔，个个眼睛发亮、兴趣高涨。“啊，上学真好。”

后来，这座山就被人们叫作“六一山”了。

就是冬天，孩子们也爱上体育课。下雪天堆雪人，打雪仗；大风天出门太冷，老师就关紧门窗，在教室里让孩子们排队走圈儿，边走边拍手跺脚。使劲拍，狠劲跺，跺得气喘吁吁，满头冒汗，跺得学生笑，老师跟着笑。

20 世纪 70 年代以后学生多了，有二三百人，老师也增到十多个了。根据需要，学校成了独门独院儿的小单位。后来小学“戴帽儿”，增办了初中班。

坝上孩子也有被林场安排劳动的时候，劳动项目天然地与林业有关。他们跟着大人在苗圃里选苗子，在植苗机后面检查苗子栽植得是否合乎要求，没有栽好的重新栽，跑风漏气的要踩实，在储木场或楞场清理树枝树杈。要说语文、算数、理化的水平，塞罕坝的孩子不敢和城市里的孩子比，可自然、森林方面的知识这里的孩子有特长。

我接触塞罕坝的人不少，他们说得最多的话是对不起孩子。刘滨和王友兰在坝上林场工作 20 多年，在林场间调动了 9 次工作，搬了 12 次家，孩子哪能安生地上学呢？女孩儿没能适龄上学，男孩儿在总场上学，住在总场邹焕章主任家，得到了他的同学李信、高瑞霞、葛清晨、宋玉范、李芳文、李雅珍、陈国干、刘为芬等人的关照，才勉强完成了学业。

大家对自己的遭遇感到无奈的同时，也为耽误了自己的孩子而耿耿于怀。

俗话说“穷人的孩子早当家”。艰苦的生活条件使坝上的孩子天然地懂得大自然的冷酷无情，深深懂得父母生存的艰难，在闭塞的环境下更崇拜山外来的老师。家长们觉得自己在坝上工作不利于孩子的教育，因此格外重视孩子的学习，格外尊重老师。老师知道坝上孩子学习条件差、底子薄，都满腔热情地投入工作，把自己的知识倾其所有教给孩子们。教师的水平虽然算不得一流，教学态度却是一流的，这促成了塞罕坝子弟学校良好的校风。

李雅珍是跟随丈夫李芳文来塞罕坝教书的，在子弟学校带过几个班级。现在，这些孩子四五十岁了，还念念不忘老师的哺育之恩。这里，我们选择了一名叫张树燕的学生写给李雅珍老师的一封信和日记：

想念的李老师：

您好！自从那次与您通话后，我一直想给您写封信，几次提笔都因心情太激动而写不下去。就在今天，我也无法静下心来，把积存了30多年的话一一写到纸上，只好先把一篇日记抄下来，让您从中体会我的心情吧。

李老师，抄那篇日记时，我尽量把字写整齐，希望您在看它时，就像当年您给我批改作文一样，我永远都是您的学生啊！

也许真像书中说的，童年只有在回忆中才能成就那份完美，我固执地把坝上认作我的故乡，并深深地思恋着她，思恋着童年的一切！

李老师，我这里只有小燕子（李雅珍的女儿）儿时的照片，多想看看您现在的模样啊！那天我们聚会时，庄学军说我们要一起去看您，或者开车把您接来，不知道哪一天能实现这个愿望。在您不忙的时候，能给我寄两张您及家人的照片吗？幽燕和劲松他们长大后是什么模样？

春节快要到了，祝您全家春节愉快！愿您保重身体，盼着我们相聚的那一天！

您永远的学生 张林燕

2002 年 1 月 16 日

张林燕日记摘抄：

2001 年 9 月 10 日　星期六　教师节

说什么也想不到，今生今世，我还能与教师节产生联系。然而恰恰是今天，在今年的教师节这一天，当千千万万如女儿那般花样年华的学生们把精心准备的贺卡送给自己老师的时候，我，一个走出校门 20 年、近 40 岁的妇人，竟在这一天实现了在心中积存了 30 年的愿望，与我的启蒙老师李雅珍联系上了。当小云告诉我李老师的电话后，我马上给她打了过去。真的不能再等了，30 年啊！我等了 30 年啊！

电话打通的那一刻，我的心激动地跳个不停，在等待老师接听的那一段时间里，我的眼泪在眼睛里打转。就要听到老师的声音了，我想念的李老师，您现在会是什么样呢？还会记得我吗？

终于，电话那端响起了一个熟悉的声音，虽然它已变得有些苍老，甚至有些超乎我的想象，但那实实在在是李老师的声音，是那 30 年记忆中重复过无数遍的亲切、平静、优雅的声音。我激动地向老师祝贺节日，然后报上我的名字。听得出老师也很惊喜，很激动。这么多年来，教过我的老师很多，但最让我难以忘怀的就是我的李老师，她在我的心中永远是年轻的、美丽的、优雅的、圣洁的，是我从小就崇拜的偶像。她教给我知识，也教会了我如何做人，以至于我后来没有考上大学都觉得最对不起的是她，最辜负的也是她。可我的老师，至今仍在夸我，仍在为我骄傲，就像一位母亲，永远不会嫌弃她丑陋的孩子。

放下电话，任泪水尽情地流了下来。在这个教师节里，我不知道您收到了多少份问候，但我很欣慰，在这个特殊的日子，终于把我的问候、我的祝福送给了我最尊敬的李老师！

这一切都应该感谢小云，她那天突然给我打来电话，这个儿时最好的朋友，终于在30年后又听到声音的伙伴，让我激动！让我兴奋！那一夜我失眠了，满脑子都是儿时的事情，我的坝上、我的老师、我的伙伴、我的梦……

更像野战医院

建场最初的十多年里塞罕坝林场只有一个卫生室。卫生室里只有两名医生，三间干打垒的旧房子，里头有一些简单的设备。不能手术，只能打针吃药和进行简单的伤口包扎。两名医生一位姓孙，毕业于承德医学专科学校；另一位是来自小机械林场的退伍军人，名叫房滴拉。他们手艺不高，不过能判断大致的病情，能治疗的治，不能治疗的不耽误，稍严重的病症就送到坝下的围场县城。

房滴拉的医术不说，人们记得更多的是他的妻子贾玉琴。贾玉琴年轻的时候曾跟随母亲为人接生，小有这种手艺，在塞罕坝跟丈夫做家属工时，常常听到这个干部家属怀孕了，那个职工妻子要生了，就主动上门接生。手法自然是土法，和那时候的农村一样，连个药箱都没有，预备下毛巾和热水，就在自家的土炕上进行。孩子落地哇哇哭了，贾玉琴帮忙剪断脐带就算是接生了，之后用事先预备的小被子一裹，招呼家人进屋抱孩子，自己洗洗手，擦把汗就走了。

侯青山曾被赞誉为塞外林场的“赤脚医生”。他1959年来到小机械林场，先在大唤起鹿场上班，在那里做管理员，干杂活儿。鹿场没有医生，老侯就跟附近村庄一个叫宋文志的学中医。鹿场晚上没有灯，有月光的时候他就在月亮地里阅读医书。经过不懈努力，老侯终于能给当地社员们看病了，后来又做了林场的医生。凡到围场县城进药他总是搭车，从小锥子山到大唤起中间有几道河，河上没有桥，来回都是蹚着走。冬天进药更受罪，每次都坐林场的敞篷车，脚上套一双毡疙瘩，身上穿着白茬大皮袄，头上戴着皮帽子。

春秋造林季节，很多人住在一个窝棚，拉肚子和发烧感冒等病多发，医生只能跟着到工地治病，常常夜间出诊。

有一年冬天，北曼甸石庙子营林区打来电话叫医生，老侯和另外一个同事连夜出发。路上积雪太深，汽车难行，只好一路走一路挖雪，整整走了一夜。还有一次也是北曼甸有病人，老侯和同事开了一夜车才到地方。一看病人病情太重，随身携带的医疗包里没有对症的药，果断决定送围场。老侯和同事随车前往，两天一夜没合眼。

1976 年塞罕坝卫生所扩大规模，医生增加到了八个人。虽然人多了，但医疗水平没有多大提高，依旧没有救护车，做不了手术，遇到急病还是用解放大卡车往围场县医院送。

李芳文来坝上时已经结婚，爱人李雅珍在沈阳市某中学教书。为了解决夫妻分居问题，他动员爱人调到了塞罕坝。1966 年 4 月，他们的儿子李铁军出生了，因为断奶，孩子哭闹不止，接着出现了抽搐症状。李芳文急坏了，抱起孩子去找医生。卫生室里的医生给孩子吃了几次药，打了三针，仍不见好转，要命的是查不出病因。医生建议马上转院。冰天雪地，一个不满周岁的孩子能瞎折腾？李芳文看着孩子难受的样子，心如刀绞，也就顾不上那么多了，抱上孩子跨上马就跑起来。

他一口气跑了几里地，冷静下来的时候猛地感觉孩子没声了。

解开背包看看，孩子身子软绵绵的，用手探探鼻息，竟断气了。

1965年夏天千层板一名工人得了急症，肚子疼得直打滚儿，嗷嗷叫着头拱地。卫生所的医生束手无策，只好安排一辆解放牌大卡车往坝下送。司机心急火燎，汽车叮叮咣咣，车斗里的病人吱哇乱叫，十万火急地到了医院。

到医院后让人哭笑不得的事情发生了：从车斗里下来的病人虽然脸色苍白、浑身乏力，但是站在医生面前说他不疼了。随行的人不放心，让医生好好瞧瞧，别回去了半路再闹起来可要命。医生攥着听诊器听听前胸、听听后背，让他平躺在床上按按肚子，回答是哪儿哪儿都不疼了。

医生进一步问诊："昨天晚上吃了啥东西？"

"也就一斤上下苦累嘛！"

"肠梗阻！"医生笑了，笑得前仰后合，"一路颠簸已经顺下去了，没事了，回去吧！"

回去的路上司机乏了，他连夜下坝，猛踩油门儿，最终却是虚惊一场，紧张的感觉消失后，他如释重负，疲劳感一下子袭了上来。

随行的人也像泄气的皮球一样无精打采。

病症没了，从此这人却多了一个"肠梗阻"的外号，在林场里叫了好多年。

魔幻二龙泉

承德人爱酒，酒文化深厚，在它的地面儿上，能喝酒被认为是一种荣耀。你听：

"东走的，西行的，喝不过丰宁的。"

"南来的，北往的，喝不过围场的。"

"坝上的，坝下的，喝不过塞罕坝的。"

"有酒没菜，不算慢待。"请客的时候，在餐桌上总能听到这样的话。不过这话不能随便说，主人不好说，客人不会说，说话的往往是那些陪酒的人，算得上谦辞，替主人放风。往往话音未落，主客之间的气氛立马活跃起来。

林场初创那会儿坝上的畅销酒是二龙泉，曾经红极一时。它用白薯干子酿造，不好，却便宜。加之酒厂在坝上，方便购买，要喝酒了便跑过去，拎回几棒子，咬开瓶盖，咚咚咚地往碗里一倒就喝起来。

菜不多，总会有肉。肉从哪儿来？一是来自自家的猪圈，二是来自吐力根河北岸的大草原。冬天突降大雪，内蒙古牧区里的牛羊免不了被冻死，三三两两埋在雪堆里。牧人们愁眉苦脸，买下酒菜的人却兴高采烈，骑着马赶着牛车过来买。讨价还价过后，两元一只羊、三元一头牛，牧民们差不多给钱就卖。塞罕坝人把这些冻得邦邦硬的牛羊弄回来，扔在院子背阴处用木板盖一下，吃的时候砍下一块，添水加盐，放些花椒大料煮一锅，下酒菜就有了。

平原上人们说的各种炒菜这里很少。有的只是土豆，偶见胡萝卜，都是从围场县城买来的。

坝上人冬天惯吃两顿饭。如果有酒，常常上顿接下顿，早上连着中午，中午连着晚上，迷糊一天。人们在聊天中喝酒，在喝酒中聊天，聊得起兴了，干脆来一场哨谱儿。

上坝的大学生们刚开始还保留着自己的生活方式，唱唱歌，跳跳舞，闲暇的时候看看书。待他们沉下身来，常驻在营林区以后，慢慢地就被当地人同化了。那时候实行“打成一片”！

“感情深，一口闷，啥也别说，造了！”

被当地人邀请喝酒对于大学生来说是一种荣耀。

“给面儿，得给面儿！”但凡有这样的邀请，大学生们都会颠儿颠儿地赴邀。酒场上得有眼色，按规矩坐在应该坐的地方，该喝不喝是傻子，不该喝逞强是疯子。

大学生豪爽地一仰脖子把一大杯酒干了，会马上引来肯定的话语："嗯，够意思！你归队了！"言外之意，你成了我们自己的人。

偶尔遇到先喝一瓶好酒，喝完了要换成二龙泉那种次酒的场合，酒鬼最容易暴露出来，刚开场便迫不及待地攥着酒瓶子不撒手："我看这样，我先打一圈儿！"

他眼疾手快地给自己的酒碗倒满，之后再给旁人轮着倒，越倒越少，到最后总会剩一些。之后他眯缝着眼睛看一眼酒瓶里不多的酒，不失时机地来一句："也不值得再分了，干脆我造了得啦！"说完，就举起酒瓶一饮而尽。

看不惯的人便愤愤然，可看着酒已倒完，剩的也被喝光了，憋得脸红也只能搓手，这边占了便宜的家伙心花怒放。还能怎样呢？于是大家会识趣儿地举碗，叮叮咣咣之后复归平静。这样的场合最容易醉酒。憋着火气喝，能不醉吗？

热乎乎的火炕，马灯的火头已经拧到最亮。上一盘手把羊肉，用牙磕开"二龙泉"酒瓶子，酒桌周围是一圈儿红扑扑的脸。"喝吧！不造个昏天黑地还叫喝酒？"

一口一杯，一圈儿一瓶。能喝的站在人上头，不能喝的站在人下头。谁脸红了谁是好汉，谁会说话谁有本事。

一般阴天下雨干不了活儿的时候，大雪封山出不去屋的时候，多有这种场合。酒场嘛，地窨子、马架子、干打垒、帐篷，物以类聚，人以群分……

第十章　坝上伉俪

塞罕坝缺少大姑娘，但不缺爱情，它是那样丰富多彩、绚烂多姿。

仅仅在 1962 年从东北林学院毕业来塞罕坝的大学生中，就有六对喜结良缘。他们是：刘明睿和刘敏、刘滨和王友兰、葛清晨和宋玉凡、聂明升和崔淑媛、胡永贵和高瑶琴、刘宝林和关丽珍。

同年，从承德农业专科学校毕业来塞罕坝的学生中也有四对夫妻。他们是：郭玉德和周秀珍、丁克仁和朱艳生、赵振宇和白文娟、张志华和马玉琴。

只有白城林业机械化学校的毕业生中没有一对结婚，可他们在机务队工作让人羡慕，“六女”中就有一半的姑娘做了他们的新娘。

坝上伉俪，比翼齐飞，把靓影永远地留在了这片绿色的高原。

双双上坝，同年入党

刘明睿和刘敏两口子 1964 年双双加入了中国共产党，他们俨然是林场冉冉升起的明星，白天跟着太阳转，不到天黑不停歇；晚上恩恩爱爱，永结同心。甭说山下来的社会工了，就是同学们之间也是羡慕得不得了。由于工作出色，这年夏天组织上把他俩从阴河林场调到了北曼甸。

通知下达，北曼甸林场很重视，专门派了牛车接他们。

小两口不忘和领导道别，和同学们道别，和在这里熟识的每一位朋友道别。之后，他们便坐上牛车上路了。赶车的人是一位爱唠叨的老人，健康矍铄，待人和善。其实他是提前赶到的，本本分分地和阴河林场这边说明来意，被安顿下来就自己休息去了。这边刘明睿和刘敏二人虽说没啥贵重东西，毕竟安家久了，有一些要收拾的行李，他们反复想的是有没有欠下旁人的东西和钱款。待到差不多都想到了、归还了，便去林场办公室完成了交割，这时候赶车老人已经张罗着为他们拿行李了。林场里的熟人来送行，大家一哄而上，帮忙拿东西。虽说是牛车，但是相比现在，或许不比专车接送的待遇低呢！

行进在山间的林道上，结婚不足一年的一对新人坐在车上，幸福地用眼神表达爱意，车上的行李成了他们的靠垫。赶车的人坐在车帮上头，偶尔喊一声老牛。车轴吱吱叫着，更显出山里的静谧。牛车晃晃悠悠，小两口无事可做，就欣赏起道路两旁的风景来。从阴河林场到北曼甸林场全是山路，两边的山坡上偶有落叶松和白桦林出现，树下没有丁点儿土色，山坡上尽是各种颜色的小花小草，又是绿，又是红，又是黄，五颜六色。

这种牛车是当时主要的交通工具，木制的轱辘，上面等距离地箍着铁钉。只是车轴容易松动，走起来吱吱扭扭的。要是有烦心事，或许感觉它是噪音，而对于心情愉悦的人来说，它无异于最好的催眠曲。走不多远刘敏就有了睡意，蒙眬中贴在刘明睿的胸怀里了。赶车人起先不说话，待感觉到两个年轻人沉默的时候，便和他们说起话来。刘明睿和刘敏都喜欢听，便和老人聊天。林场里有多少人，几个大师傅，压的莜面饸饹有多好吃，老人家都不紧不慢地告诉了他们。小两口知道了林场在三义号公社所在地，有学校，有医院，街里还有一口不知道年份的老井，等等，越说越兴奋起来。

走着走着，刘明睿喊了一声："你们看！"

刘敏和赶车老人冲着他指的方向看去，山坡上正有一群黄羊，有的低头吃草，有的摇着尾巴，有的抬头观望。黄羊好像发现了他们，一律警觉地抬起头来。过了一会儿，它们又恢复了刚才的散漫，慢悠悠地越过山梁去了。

这对小夫妻开始了在北曼甸林场的新生活，完成了一次人生的蜕变。刘明睿在北曼甸林场干了八年，绿化了机械林场最高的地方。刘敏在苗圃育苗，在建立种子园的工作中日夜操劳。他们生活上互相照顾，事业上比翼齐飞，学会了喝酒，学会了骑马，成了地道的坝上人。

火车上的憧憬

这应该是到塞罕坝来的大学生中最漂亮的一对，女的叫王友兰，细眉大眼，白净苗条；男的叫刘滨，留分头，面庞英俊。两人都是吉林市人，在大学里都是学生会干部，毕业前又一起入了党。起初，大家传说坝上的生活很艰苦，让很多人畏难。为了稳定学生情绪，组织上决定树一个“以坝上为家”的典型。老师们考虑了一下，感觉刘滨最合适，便找他谈话。老师的栽培令刘滨感动，他的理想主义就像火苗一样在心中燃烧起来。他带头宣誓：“不建好塞罕坝，决不回家！”

老师已经知道了刘滨和王友兰的恋爱关系，便有意识地把两个人分到了一起。方向已经定了，他们通报家里，两家人考虑还是出发前结婚为好。这样，他们在 1962 年 9 月 30 日，即将去林场报到前登记结婚了。

那会儿提倡节俭，没有陪送和嫁妆，更谈不上婚礼和宴席，只是两家人聚在一起吃了一顿饭，席间亲戚们喜庆话没多说，净嘱咐他俩出门在外保重身体。第二天，他俩就乘火车奔向了承德。亲人和朋友到火车站送行，说的都是叮嘱的话。

就在他们要登车的时候，母亲给了刘滨一个纸包，之后就目送着火车离开了吉林站。两人扒在窗前挥手致意，心情久久不能平静。

漫长的旅途开始了。一对新人坐在一起，慢慢地不再想刚才分别的那一幕了。火车差不多见站就停，旅客上上下下，傍晚时车厢里显得空落落的。

刘滨还能回忆起当年两人的谈话内容：

我俩打开了纸包，里面是大枣、糖块、花生和瓜子。我俩不仅有了零嘴儿吃，还有了议论的话题，它给我们带来了不少的轻松和快乐。我俩一边吃，一边异想天开地在这包小小的礼物上做开了文章，有说有笑。

我比她大，见过的事多点儿，我问她这些东西你知道是什么意思吗？她回答，怕咱们想家，让咱们在车上吃的零嘴儿呗。我说不光是这些，还有其他的意思，糖块是让咱俩在一块儿甜甜蜜蜜，大枣是早生贵子，花生是让咱们生孩子有男有女不单一。

她说我是编的，我说是老人说的，我在别人结婚时经常见的。她又问那瓜子呢？我说吃饱了不想家，我俩对笑着结束了这场讨论。

火车在奔驰，我俩又说起悄悄话来，突然说起要生了孩子怎么起名，我说生男孩乳名叫小柳树，像柳树似的好栽好活，不管什么环境都能适应。她说那就把小柳树改成“小柳”。她问那大名叫什么，我说叫天林、天才、天放、天广。她说咱们还是叫有纪念意义的好，我说了哈吉、哈林、哈承、哈野几个让她选择，告诉她是为纪念母校和工作地，最后她说干脆叫“哈塞”，纪念母校哈尔滨是我俩学习林业知识的摇篮。咱们到第二故乡塞罕坝，不忘那个“用武之地”，名字里就有了“塞”字。我们又讨论了一阵生女儿的名字……最后突出了主题——怎样立志干好工作。

在全部旅程中我们议论的都是充满快乐的美好前景，克服困难、服从需要、努力奋斗为国家做贡献的远大目标，一点升官发财的想法都没有。

旅途遥远，到承德火车站的时候，迎接他们的已经是朝阳如火了。

波澜起伏爱情剧

这是一个每位当事人都不讳谈的故事，这是一出波澜起伏的爱情剧。主角是陈彦娴，配角分别是陈木东、曾祥谦和董加仑。

他们先后出场，不是三角恋爱，却比三角恋爱更精彩。

陈彦娴：1945 年生，承德人，“六女上坝”的带头人，1964 年上坝，先后在粮店、苗圃、学校等单位工作。

陈木东：1941 年生，湖北武汉人，毕业于白城林业机械化学校，工作单位是林场机务队。

曾祥谦：1940 年生，湖北人，爱好文艺，是一个能说会唱、多才多艺的浪漫青年，工作单位也是林场机务队。

董加仑：1942 年生，山东人，毕业于白城林业机械化学校，工作单位还是林场机务队。

那是 1964 年，塞罕坝有几百人处于谈婚论嫁的年龄，却苦于男多女少，资源短缺。

“塞罕坝是个宝，男的多女的少。来个寡妇跑不了，孙贵媳妇郑大嫂。”这句顺口溜讲的是一个叫郑恒国的医生和原配夫人离婚后又结婚了，法院判决他每月支付给孩子生活费。郑恒国给得不及时，郑大嫂就上坝来找，与前夫闹得很不愉快。这会儿场办公室邹焕章等人就给郑大嫂做工作：“郑医生也有难处，你不如往前走一步。”结果，郑大嫂听话嫁给了孙贵。为此，有人编了这顺口溜，一时传为笑谈。在小伙子们眼里，姑娘们个个如鲜花，引得蜂飞蝶舞。尤其是带着神秘光环的“六女”出现的时候，简直就是仙女下凡。

这出爱情剧抢先出场的是陈木东。上坝后他被分到机务队当拖拉机手，穿着崭新的工作服，戴着近视镜，白白净净，文质彬彬。不久领导又为他调整了工作，安排在粮站担任管理员。

六女上坝后，漂亮姑娘陈彦娴不久到粮站来当售货员。这两个年纪相当的年轻人整天接触，在夏天的傍晚、周末的日子一起散步畅谈理想，一起交流读书的心得体会，慢慢地就碰撞出了感情的火花。明眼人私下说，这小陈交了桃花运。他俩成了最好的异性朋友。

陈木东很幸运，毛病是太老实，羞怯有余，主动不够。他知道陈彦娴和自己都有那层意思，却不主动去捅破那层窗户纸，最要命的是自己有爱不直接表白，偏要拐个弯儿托同学曾祥谦从旁递话。

曾祥谦和陈木东都来自白城林业机械化学校，被分配到了一个单位，此时正在机务三队当副队长。他和很多小伙子一样在暗恋陈彦娴，只是苦于没有表达的机会。这下好了，有了替陈木东送书信做由头，他就和陈彦娴说上话了。更巧的事情发生了，这会儿林场安排他俩进了文艺宣传队，排《红灯记》，陈彦娴饰演李铁梅，曾祥谦扮演李玉和。两个人常常在一起吊嗓子，对台词。自此曾祥谦主动出击，感情发展很快，最后两个人确定了关系。老实的陈木东根本没发觉这些，还一次次地托付自己最信任的老同学传递消息呢。

1967 年初，陈彦娴突然宣布与曾祥谦结婚。粮店和机务队里一些知道些底细的人都为陈木东惋惜，可又能怎样呢？只能说陈木东太老实，曾祥谦很机灵。说说也就是说说，事实摆在那儿，任谁也难以扭转乾坤。

林场为陈彦娴和曾祥谦安排了一间婚房，两个人把行李搬在一起，同事们你凑几毛我凑几毛地买了脸盆和暖壶等礼物，贴上喜字，请领导、好友和同学们吃一顿饭，就算结婚了。

谁来庆贺两个人就给人家剥糖倒水。伙伴们特别是来自白城林业机械化学校的同学们都来了，唯独没有陈木东。有咬耳朵嘀咕的，咬过之后也就风平浪静了。

爱情是自私的，这话千真万确。陈木东恍然大悟，可是已经无可挽回。思来想去陈木东认了，他一会儿怪别人，一会儿怨自己，心都碎了，一个人躲在窝棚里抹眼泪。

林场里不少人知道陈木东委屈，替他抱不平，四处给他张罗对象，物色到棋盘山一个老三届的学生。陈木东与她见了面，确定了恋爱关系，还经常去姑娘家里送礼物。1968 年 5 月，失恋的陈木东成了棋盘山老丈人村里的一名姑爷。只是结婚的时候太简单，一支钢笔、一本毛主席著作、20 斤白面就算是聘礼了。

他们结婚的洞房是王尚海书记的办公室。那会儿书记“靠边站”了，办公室闲着。他们把两套行李往一块儿一搬，在总场大食堂请大伙儿吃了一顿饭。陈木东的分管领导王福明送来了暖瓶，张启恩副场长送来两个搪瓷茶缸，很多同学、同事前来祝贺，婚礼很热闹。

陈彦娴和曾祥谦两口子这会儿都有了孩子，想来想去觉得该去贺喜，就抱着女儿来了。刚见面挺惭愧的，贺喜的话语一出口，三个人也就前嫌尽释了。

董加仑人生坎坷，命运安排他最后出场，是因为他和陈彦娴的黄昏恋。

董加仑老家在济南，祖上曾经发达，加之父亲有“历史问题”，运动中全家被赶回乡下。这样的家境无疑是惨淡的，不过毕竟是故乡，总有些朋友亲戚替他操心，给他介绍了一个远房亲戚处对象。后来董家仑到外地求学，女方商量结婚，希望他调回老家。怎奈事情难办，两人分手了。

折腾了好多年，1970 年董家仑还是在济南成家了。妻子左桂芬是一名工人，希望过平稳的生活，不愿意来冰天雪地的塞罕坝。董加仑托人在围场县找过接收部门，都没有合适的单位。后来，他们有了自己的女儿，老婆、孩子多次来塞罕坝看望他，双方总在谋求调到一起，但由于各种因素羁绊一直没办成。时间一久，他们的想法淡了，干脆不再想，两人过起了分居的日子。左桂芬带着女儿在济南忙忙碌碌，董加仑倒也自由，在塞罕坝一个人吃饱了全家不饿。虽是“劳燕分飞”，倒也相安无事。

“幸福的家庭都是一样的幸福，不幸的家庭各有各的不幸。”1996 年左桂芬病逝，董家仑匆匆赶回济南，为妻子举行了一场隆重的葬礼。站在妻子的遗像前，他“呜呜”哭了，哭得昏天黑地，死去活来。

妻子和他，都是苦命人。

话说陈彦娴和丈夫曾祥谦在各自的岗位上努力工作，事业、家庭蒸蒸日上。不幸的是曾祥谦1994年去世了，风光一时的六女带头人陈彦娴成了孤苦伶仃的一个人。她用跳广场舞排解苦闷，整天和老姐妹们乐乐呵呵，可是一回到家里，面对空空落落的屋子总感觉心酸。

这时候董加仑出场了，他径直向她表明了自己的心迹。不用介绍，陈彦娴了解他，都了解几十年了。感觉靠谱儿，可她还是没吐口儿。

世上没有不透风的墙，多少好心人来劝陈彦娴了。

“都啥时候了？得找个伴儿啊。”

“孩子们不同意？真是那样我找他们。”

一来二去，陈彦娴的心思活动了。

1997年，这场黄昏恋有了结果，他们俩手挽着手走进了婚姻的殿堂，梅开二度了。

“一晃我俩都结合二十多年了，陈彦娴对我很好。”董加仑告诉我。

“有摩擦也都抹平了！”陈彦娴笑着说。

两个人你一句我一句地对话，满满的恩爱和幸福。

“学霸”的追求

2005年，付立华考上了中国林科院的研究生，而她当时的男朋友、河北农业大学的同班同学于士涛来到了塞罕坝机械林场。

初来塞罕坝，在营林区里住平房睡火炕，没有冲水厕所，洗不上热水澡，还要到结了冰的河里挑水喝，不知摔了多少跤。于士涛多少次通过电话向远在北京的恋人付立华倾诉这里的种种不适，付立华则劝解他，工作和恋爱是一个道理：遇到挫折，比如像异地恋，要想办法解决而不是匆忙分手。

付立华站在旁处这样说很轻松，但是到了2006年夏天，她第一次来塞罕坝的时候，看到于士涛的样子还是忍不住抽泣起来：他黑得出奇，牙齿被衬得特别白。

从此，她每个月都会抽出一个周末从北京赶到塞罕坝来。虽然男朋友也常去北京看她，但她还在读书，休息时间多，不像男朋友那么忙，她便更多地奔波在这条爱情之路上。

行程是：周五晚上9时，她要准时搭乘从北京开出的火车，周六凌晨4时在围场县的四合永火车站下车，然后乘坐班车，在5时30分赶到围场县城，之后迅速换乘开往塞罕坝的班车。这样两个人可以在坝上待上不到一天的时间。之后，她又要重复来时走过的路线，赶在周日晚上11时30分到达北京，不耽误周一的事情。她这样一往一返，三年间竟没有中断过。

2008年，付立华和于士涛结婚，婚后谁投奔谁的问题，婚前他们就一再讨论，现在还在折腾着他们。

在很多人眼中，这是一段“爱情至上”的传奇。如今在塞罕坝机械林场科研所工作的付立华却说：“如果不是喜欢这里，我不会来，来了也会走。”

三年后，从中国林科院毕业的付立华终于结束“北漂”生涯，追随丈夫来到了塞罕坝。

可不要以为塞罕坝好进哦！事业单位“逢进必考”，在参加考试前于士涛给妻子提了一个要求：要考就考第一！付立华这个“学霸”做到了。

现在，付立华不但成了塞罕坝机械林场的一员，有了自己的家，还生了一个虎头虎脑的胖儿子。

第十一章　把一棵树的事做到极致

林子造起来了。长得怎么样？哪片需要修枝了？哪儿发生了病虫害？哪儿需要建设一处望火楼？自然保护区存在哪些问题？森林公园该在哪儿建设景点？间伐林木该在哪儿建设贮木场？人们说，三分造，七分管。一个“管”字，覆盖了所有的可持续发展问题。

务林人心里装着多少事：采种、育苗、造林、营林、采伐、加工……说起来没完，归纳起来很简单：一个字是木，两个木是林，数不清的木就是森了。

自然，林业工作看似简单实际上很复杂。甭说树木，仅仅藤类就有几百种，林间的蘑菇几百种，林缘的野草几百种，林间的鸟儿几百种，林下的动物几百种。飞的，跑的，肉眼看不见的……一言以蔽之，林业似乎又是一棵树的事。

一棵树就是一个世界：种子、苗子、林子……上到国家林业局，下到乡镇林业站、林场的营林区，成千上万的人管着五花八门的事。各个大专院校、科研机构那么多专家学者，研究来研究去，说白了也是围绕着一棵树做学问：树叶、树枝、树根，防火、防盗、防病虫害，宏观规划、微观计划，成本核算、国际交流、引进外资……说来说去，删繁就简，还是一棵树的事！

“活地图”和样板林

林子里有啥事？顾殿江知道

1976 年，通过招工，顾殿江成了塞罕坝机械林场的一名技术员，刚工作时当采伐工。一个农村孩子知道端铁饭碗不容易，满脑子都想着好好干，用心揣摩采伐木材的窍门，慢慢地摸透了不同树木的脾气秉性。后来他在林场生产股当技术员，有关林业生产的一系列活计，包括整地、造林、佑圃、割灌、修枝、间伐等，他处处留心，练就了一身好本领。

顾殿江打小喜欢大自然，喜欢花草树木，现在在林场工作，每天不去山场转转就感觉生活索然无味。一进林子，他立马精神。翻山越岭走在林间，他总是随身揣上一个笔记本，每到一片林地都认真记下这片林木的名称、林相、面积、特色标志等，本子上画满了各种独特的标记和符号。在林间对照着记，回家捧在手里记，时间长了，慢慢地他就不用看笔记本了，心里就像安装了一部精密的计算机，哪块山川、哪片林地、哪些特殊的林木信息都输进去了，只要需要，随时可以调出，一清二楚，准确无误。他这个本事在职工中一传十、十传百，他成了林场公认的“活地图”。

有一次，他带领社会工到山里打药，由于路途远、任务重，收工的时候天黑了。很多工人心里胆怯，害怕迷失在这一望无际的丛林里，担心走错了在林子里中毒。顾殿江安抚大家，安置好每个人必须保持的距离，嘱咐大家既不能远离，又不能跟得太近，跟着他撤离森林。他走在前头，不停警示后来人路径情况和注意事项，一个传一个，没用多久就顺利地走出了密匝匝又伸手不见五指的山林。这事奇了，社会工们佩服得直伸大拇指，感慨这家伙真有两把刷子。

林场工作繁重辛苦，年复一年、日复一日地跑山，常常要求人起早空腹而行，带着干粮随时吃，忙起来或许一口也吃不上，下山时都饿透了。顾殿江说，跑山跑得满身汗，口渴了再喝凉水保准闹肚子。再就是山里的水太凉，即便夏天也是拔凉拔凉的，喝水解渴，坏处是害牙。“年轻的时候不理会，岁数大时受了罪。你看我刚五十出头，牙已经一颗不剩了。”说着，他露出了满口的假牙，憨憨地笑了。

塞罕坝的林子长啥样？“尚海林”是样板

塞罕坝上的150多万亩山林，是一个典型的生物基因库。据统计，塞罕坝有各种菌类79种，植物659种，陆生动物261种，水生动物32种，昆虫600余种。高山、丘陵、湿地，针叶林、阔叶林……种类多得数不清。

主要树种有落叶松、樟子松、云杉、桦树、柳树、山杨等几十种，即使了解个大概也要半年吧。

历史遗迹有点将台、将军泡子、塞北佛石庙、乾隆殪虎洞、翠花宫、扣垦坟……

塞罕坝的林子长啥样？为省时省事，就让我们看看千层板林场的“尚海林”吧！

马蹄坑会战后留下的这片落叶松纯林，高大挺拔，郁郁葱葱。

它们经历了怎样的生长过程，才由毛笔头一样的小苗变成了今天的大树？让我们来一个慢镜头，回放一下它们生长的经过吧：

婴儿胎毛一样的小树苗成活了。春风吹拂，它们醒来了，放叶儿了；进入夏天，它们伸枝，挺了一截腰身；秋天来了，它们紧着积蓄能量，把嫩枝长结实、木质化；寒风来袭，它们勇敢地脱掉树叶儿，停止生长；在大雪覆盖之际它们安心地迎接考验，用一年来储备的能量应对风雪。一春又一春、一秋又一秋，小树苗慢慢长大、长高。人们是这些小树苗的保姆，盼望着它们快快长大，发现周围的山草欺负小树苗了，便拿起镰刀“割灌”。他们会仔细观察小树苗有没有生病，有没有长害虫，一旦发现了，就会适时防治。这一片小树苗真幸福，它们高过了山草，超过了灌木，它们长大了。

1985年，它们20岁了，林业工人叔叔阿姨们有计划地对它们进行了第一次修枝作业。经过清理林下，修枝，打杈，人们眼里的“少年”一下子变成了大小伙子。

又过了两年，工人叔叔和阿姨们又来了，他们发现这个班集体有掉队的，生长量比大家差，就采取措施，进行了第一次抚育间伐。它们这个“团队”共有 760 亩，25 万个小伙伴。叔叔阿姨们按照胸径 9 厘米、树高 8.5 米的要求重新安排它们。现在，它们更整齐了。它们长大了，草本植物再也不能欺负它们了。

1991 年、1996 年、2000 年“尚海林”经过三次抚育间伐，到 2008 年林分为每亩 43 株，平均胸径 21 厘米，树高 17.1 米，木材蓄积量达 11.3 立方米。

同年，这片落叶松被确定为试行《河北省商品林经营技术规程》的实验示范林后，科技人员再次对它进行了大强度采伐作业，每亩保留 30 株。

至目前，这片森林的树木平均胸径已经达到 23.2 厘米，树高 18.4 米，亩木材蓄积量 8.8 立方米，林分蓄积量达 6688 立方米。该林分经过五次抚育，累计采伐木材蓄积量为 5294.8 立方米，以静态折算，每亩木材蓄积量已达 15.8 立方米。该林分已实现直接经济收入 260 余万元。

现在，“尚海林”的林分质量、景观品位和三大效能显著提高，生物多样性日趋丰富，林内草本和灌木茁壮生长，忍冬、稠李、野玫瑰、碱草、薹草、地榆等植物种类达到 30 多种，保留木生长加快，林内天然更新幼苗逐年增加且长势良好，形成了乔、灌、草、地衣苔藓相结合的、优良的立体资源结构。

雨凇和旱灾

雨凇是什么样？简单说就是寒冷的天气降水，导致所有植物的枝叶上挂满冰溜子。

1977 年 10 月 26 日至 29 日，塞罕坝机械林场遭受了一次罕见的雨凇灾害。26 日一早，天阴沉沉的，后来下起了密密麻麻的小雨，再后来天气越来越冷，雨越下越急。深夜，塞罕坝的林木全被厚厚的冰凌包裹了，冰层厚达三四厘米。满树玻璃样的冰挂，树木经受不住沉重的压力，“喊里咔嚓”，树干、树枝折断声此起彼伏，犹如枪战，很多人惊恐万分。第二天看到山上的林子，人们惊讶得目瞪口呆，好多老职工和女职工都哭了。小树被压弯伏倒在地，大树被拦腰折断或树冠被劈开，景象十分凄惨。

调查显示，这次雨凇损害人工林 37 万亩、天然次生林 20 多万亩，损坏电话线路 260 千米，折断木制和水泥电线杆 666 根。据抽样测算，树高 3 米、10 年生的落叶松每株挂冰 100 多千克。地面茅草状如锋利的刀剑，看着晶莹剔透，却无处落脚。几天之内，塞罕坝人艰难营造的绿色成果，被无情地糟蹋了一半。

李兴源说：“雨凇太吓人了，大树的树枝都断了，小树差不多都倒了，灌木和山草的茎干都变成了冰棍，亮晶晶的。森林里不时传来‘嘎嘎’的响声，特别瘆人……”

雨凇过后的傍晚，森林一片寂静。“吱吱吱”的微小声息、“嘎巴嘎巴”的巨大声响偶尔传来，粗大的树干在断裂，细小的树枝在挣扎。

当时刘文仕刚刚恢复工作，很想大干一场，不曾想祸从天降。他发疯似的跑到林子里。早晨，红彤彤的阳光照耀着森林，地上白雪映照，云杉树好青翠，白桦树好窈窕。只是，它们中间有那么多的撕裂、倒伏，树皮劈脱，像白骨暴露，缺胳膊断腿的大树触目惊心。刘文仕的心像被人攥着一样疼痛，他痛苦地蹲下去，伤心地抽泣起来。

这是塞罕坝地区有记录以来最大的一次冰雪灾害。

总场当即成立了救灾指挥部，场领导身先士卒，一线指挥。林科所和气象站人员全部出动，现场调查研究，很快制定了落叶松人工林救灾措施。针对稀疏林分比密林受灾严重的情况，为防止再度受灾，他们提出了疏伐强度要适当的意见。场领导与科技人员现场研究，各林场分头行动，首先从“匕剑丛”一样的林地入手，破冰开路，人工敲击挂在幼树上的冰凌，一棵棵扶直。对折断的树干进行疏伐，把救灾和采伐生产作业结合起来，既正视受灾的实际情况，又保留树木在换头情况下的林分。接下来，总场制订同步计划，连续抢救三年，挽回了雨凇造成的损失。

为了清理损坏的树木，防止发生山火和病虫害，更为了残存林木的正常生长，塞罕坝人忍着巨大的悲痛进行了一场艰难的生产自救。

党和政府永远是塞罕坝的靠山。为了支援抗灾，河北省政府一次性调拨给塞罕坝机械林场汽车100辆，并批准一次性招收林业工人500名。千余名塞罕坝人动用这批汽车清理倒伏死亡的树木，整整干了三年。

1980年5月到7月，塞罕坝又遭遇了一场持续的干旱。刚开始大家还没有足够的警觉，春夏之交，发现几乎没有降水，树木叶子都打蔫儿了。大家盼着下雨，但盼来的却是春旱连着夏旱，夏旱接上伏旱。落叶松人工林大面积受害，一下子旱死了十多万亩，尤其西部流沙地带的三道河口林场和千层板林场受灾最重。眼睁睁地看着落叶松由绿变黄、由黄变枯，人们束手无策。

塞罕坝人十分痛心，他们心一横，喊出了“旱死了再造”的口号。第二年，总场调整了主要造林树种，选择耐旱的樟子松为绿化树种，造林成活率提高了。

为防止死树发生病虫害，他们把旱死的树木清理出来，开始在迹地补植树木。同时，为克服干旱造成的成活率低的困难，他们在典型的沙荒地采用机犁沟整地的方式，成功栽植樟子松。到1982年，林场超额完成了建场时林业部批复的《塞罕坝机械林场总体规划设计》规定的各项指标。从此，塞罕坝机械林场的发展步入了森林经营的新阶段。

白云深处人家

两只鹰一前一后，在大光顶子山上盘旋。

大光顶子山海拔 1936 米，是整个塞罕坝的制高点。

如今，大光顶子山不光了，山尖上加了一座二层楼，远远望去，像是给大山安了一根避雷针。这是林场的望火楼，是大森林警觉的眼睛。

望火楼上住着一户人家，一对夫妻，两个孩子。丈夫叫王兴亚，33 岁，初中毕业，有一对明亮的大眼睛，是 1978 年招工来的。他媳妇姜玉贤，28 岁，有一张和善的面孔。她原本在家务农，听说丈夫一个人住在山尖尖上，怕他孤单，想家分心，耽误工作，便带着两个孩子从平泉乡下来看他。营林区安排她做了临时工，共同负责望火楼。一头沉的问题解决了，两个人心里都踏实了，工作也有了保障。

说起望火楼的工作，确实关系重大。森林长起来了最怕火灾。春秋两季草干风大，稍有疏忽，一个火星落地引起来大火，四级风时，四个小时就能把辛辛苦苦营造二十年的森林烧个精光。所以，火是森林的头号敌人，许多人为此戒了烟，把一根火柴看作大梁一样粗的惊叹号。

早期，塞罕坝只有三个望火楼，成鼎足之势。大光顶子山这个望火楼，视野之内有 50 万亩森林。小王两口子一架望远镜，轮流在二楼值班瞭望，目光像探照灯一样在无边的林海不停地搜寻。他们锻炼精神集中，锻炼 5 分钟、10 分钟不眨眼睛。他们把偌大的林区划分成若干个小区，找出标志，命上名字，发现情况，立刻抄起电话向总场指挥部报告。由于管护得力，全场没有发生过一次大火灾。人们说，望火楼的成绩就是它多少年来没有望到一次火。

刚从外地来的人，看到这白云深处的一户人家，会觉得是多么富有诗意。可他们哪里知道，生活在山尖尖上，有你想象不到的困难。首先是气候严寒，年平均气温零下七八摄氏度，冬天低到零下 43 摄氏度。室内生着火，温度还常常在零下左右。墙上挂冰溜，玻璃窗成了一块冰疙瘩，人就像住在水晶宫里。这里常年刮着七级以上的大风，晾出去的被子一时不见就放了风筝。晾晒衣服埋个三尺深的木桩，一阵风就被吹得无影无踪。再就是生活条件差，下山拉一趟水，单程 4 千米。买一次粮食，往返 30 千米。夏天接雨水，冬天吃雪水。一年到头吃不上新鲜蔬菜，全靠夏秋积存的一些野菜、蘑菇之类。但最难受的不是生活条件差，而是寂寞。大雪封山以后两三个月不见一个人影，只有打电话时才听到人的声音。大人孩子常年不闹病，全凭身子硬，万一有个病灾，只能硬挺着。

夫妻俩过惯了，也不觉得苦，不觉得寂寞。他们说，一看到这些攒动的树木，就觉得是个十分活跃的大家庭。一听到阵阵林涛，就像听到娓娓动听的絮语。他们还说，有时候望着望着，就像看到了彩霞满天、长虹万里，祖国就沉浸在绿色的世界里。

夫妻俩还有不少苦中取乐的名堂。院子里有猪有鸡，墙上有笛有琴，桌子上还有小说和诗集。问他们是否喜欢文学？丈夫微微一笑，妻子马上说：“我可要限制他，怕他看入迷了，影响工作。再是怕他看多了费眼，我们是全凭一双眼睛工作的。我们的眼睛不属于自己，是属于全林场、属于森林的。”

在小楼的一角，有几个簸箕大小的铁叶片子。问他们是干什么用的，王兴亚说想利用山顶风大的自然条件，鼓捣一个风力发电机，叶片做好了，也借来了一台电滚子，只差一个电瓶，以后这云彩里的小楼电灯就亮了。大家十分赞赏小伙子这种胸怀，虽然现在电灯还没有亮，可他那双大眼睛早已经亮了。

听说前几天，他丈母娘想念闺女、女婿、外孙子，从老家来看望他们。女婿牵一匹马把老人家从山下驮到山上。闺女把小楼里里外外收拾得干干净净，还用野韭菜包了饺子，炒了鲜蘑菇给老人吃。老人家在山上住了几天，放心地回去了，也把孩子们神话一般的生活故事带回家乡去了。

第十二章　开拓创新

塞罕坝机械林场走过了半个世纪的光辉历程，从第一任领导集体到现在的领导集体，三代务林人先后接力，克服重重困难，使这片曾经的宝地死而复生，实现了森林植被从无到有的逆转，奏响的是一曲艰苦奋斗、开拓创新的时代强音。

大施工员

旁人都是施工员，只有邓宝珠被人叫作“大施工员”，因为什么呢？

依我们普通人的想法，按设计要求把树苗栽下去就算完成任务了，如果以后发现有的苗木死了再行补植，这也是再正常不过的事情。可在塞罕坝这种地方，这种正常竟会有人看出不正常。在营林区主任邓宝珠眼里，造林后再补植，苗木要重新运，树坑要重新挖，无形中会增加不少造林成本。可死苗这种事又不可避免，怎么办？他想出了一个简单的办法，在造林时每隔十行提前栽下一行备补苗，过一段时间发现造林地上有的苗木死了便就近移栽。实践证明，这样做既省工又省力。他把想法说出来要求大家这样做，效果很好。总场为此推广他们的做法，旁的分场和营林区都这样做了，降低了造林成本，提高了工作效率。这样做还有一个好处，一块地上造林和补植的苗木来自同一个苗圃的同一批次，补植苗木能赶上先前树苗的生长速度，以后这片树林的长势会很均衡。邓宝珠的同事夸赞他是个爱琢磨事儿的人，其实这哪里是爱琢磨事儿这么简单呢？能把栽树这样的事情做到这样极致的地步，他的责任心和事业心该有多么强啊！

邓宝珠是塞罕坝林场的工人技师，1973 年参加工作，先后任第三乡林场营林区施工员、营林区主任，现任第三乡林场北岔营林区主任。30 多年只干过两个岗位：施工员和营林区主任。

他 19 岁参加工作，很快掌握了整地、造林、抚育、低质林改造、间伐、皆伐、三项作业调查等造林营林工作的全部技术要领。在第三乡，他各个方面都叫得响、过得硬。

一块地有多大面积？邓宝珠用眼睛一扫就能估计个八九不离十。按设计要求确定人工林采伐株数和保留密度，一样的面积，别人三天干完，他一天就能干完，而且绝对符合设计要求。调查每亩保留树木的株数，他拿眼睛一看就知道个大概。

“大施工员”的绰号就是这样叫起来的。

有人说林学不是精致专业，或许说的有道理。不过同样的专业，有的人能够精益求精，有的人却糊里糊涂。

由于成绩出众，1995 年初邓宝珠被第三乡林场任命为莫里莫营林区主任。

邓宝珠常常挂在嘴边的一句话是“不管什么事，要么就不干，要干就干好”。负责营林区的全面工作后，邓宝珠的责任意识更强烈了，用他自己的话说就像上瘾了一样。在哪儿看见空地了，他马上会想到造林，准备树苗栽上。

这的确是一个有趣的现象：那些有责任心的管水人走到哪儿都会看到水，管环保的人会非常在意垃圾和污染，而我们务林人，眼里总是那么多的树，那么多茁壮繁茂的森林，那么多该种上树的空白地。这难道不是职业特点决定的吗？毫无疑问，它是一种干啥吆喝啥的责任感和使命感。只要有这种自觉，无论做什么都会成为一个优秀的人。

为了最大限度地扩大造林面积，即使周边的石质山地他也不放过。不造则已，造就造好，他负责的造林地成活率全部在 90 % 以上。2000 年、2001 年连续两年大旱，邓宝珠的营林区发现 620 多亩造林地的树苗面临危机。他开会，让大家集思广益，决定人工浇水。为此他们买了四个旧汽油桶运水，用小拖拉机拉到山上，经过 13 天的奋战，终于保住了这片林子。

林场布置的生产任务，他不但要求做，而且强调必须做好。事后他总会抽时间到别人的营林区去看一看，比较一下，分析人家的长处，在下次作业时改进。

邓宝珠善于创新，因时、因地采取措施，从不生搬硬套。2000 年夏季大旱，全场山地杂草和树木旱得打蔫儿。生产科按常规下达了割灌任务，邓宝珠分析形势后并没有急着布置任务，而是提出本场暂不割灌的安排，让总场的一些人有看法。可是等到 8 月初的时候，他一声令下，集中人力突击割灌，效果很好。

对于整地工作邓宝珠也有独到的见解。有的造林地块只有薄薄的一层土，底下全部是砾石，整地后土层被破坏，有限的回填土不利于苗木成活，造林成活率很低。针对这种情况，他提出了不整地直接造林的意见，试验后成活率明显提高，人们把这种方法总结为“干插缝造林法”。

在石质荒山上造林，由于立地条件恶劣，很难保证造林横成行、竖成线，他便尝试哪里条件好就在哪里栽。后来发现，抚育时找不到苗木很容易误伤，便又改进为行距相等、株距不等的造林方法，造林时拉起绳子做参照，之后沿着绳子挖坑植树，既提高了造林速度，又提高了造林成活率。

飞吧，啄木鸟

随着夜色渐渐消退，那盏马灯的火焰流化在一片晨曦里。

马灯旁边的一根“树桩”，忽然晃动了一下，抖落得霜雪纷纷落下。原来是一个人，手持一把明晃晃的钢锹，眉毛上的白霜衬得他那双熬了多时的眼睛血红血红的。他伸了一下懒腰，打了一个哈欠，用手抹去眉毛胡子上的霜雪，原来是一个血气方刚的小伙子。

他叫韩国义，20 多岁，是千层板分场的技术员。前几天樟子松幼林成片死亡，树枝上不见害虫，树根被咬断了。有经验的人估计是“瞎地羊”干的，因为樟子松在春天树根萌动时会散发出一种香甜的气味，引起这些鬼东西的食欲，在底下干出坏事。小韩恨得咬牙切齿，用镐刨，刨了半亩大一块地却没出来一个。以后又磨快了钢锹，悄没声地等它活动。在料峭春寒里，小韩都冻僵了，这狡猾的东西还是不露头。

小韩垂头丧气地回到家里，正好碰上邮递员进门，他托人从北京买的书邮到了。他忘了吃饭，一本一本翻阅起来，终于找到了有关记载。瞎地羊学名鼢鼠，视力微弱，听觉和嗅觉特别灵敏，怕风怕光，稍有响动，它镰刀状的前脚扒土比人还快。除治鼢鼠，非用药物不可。

小韩满怀信心地来到樟子松林，小心翼翼地挖了一个鼠洞，放进去药饵。第二天一看，洞又被堵死了，药饵被拱出地面。小韩猜想可能是鼠洞透风透光，瞎地羊闻风回避了。他就在洞的两头深挖下饵，用的是胡麻油拌土豆、洋葱和磷化锌，然后把两头洞口堵死，改为中间开口。瞎地羊感到中间洞口有风有光，马上把它堵死，回头正好碰上封闭在洞里的药饵。试验成功以后，小韩领导了一个 18 人的灭鼠小组，18 天治鼠 6000 亩，保住了这一片樟子松林。

韩国义 1974 年从河北林业专科学校毕业，在生活道路上，他有过挫折和失误，有过痛苦和彷徨，但当他呼吸到了森林的新鲜空气，被那纯洁的绿色感染时，一颗沉郁的心又开始振作起来，理想又一次展开了青春的翅膀。他深为没能赶上建场初期那种艰苦创业的机会而遗憾，决心不做乘凉的后人，想为塞罕坝做出自己的贡献。在森林这个神秘的王国里，潜藏着无数种害虫，它们充分利用生存条件，繁衍子孙后代，随时随地都能酿成灾害。韩国义要使自己成为一名森林医生、一只勤劳的啄木鸟，从这片林飞到那片林，从这棵树落到那棵树，他理想的彩翼在森林的世界里翱翔。

1978年夏天，他发现了一种无名害虫，专吃落叶松针叶，几天就把一棵树吃光了。那些可恶的小虫，好像咬他的心肺。他来到十间房病区，一个人爬到树上，详细观察害虫的生态和习性。这种害虫的老熟幼虫长四五厘米，脑袋黑绿，额头发亮，成虫为中小型蛾，暗灰色，翅展三四厘米，早晚比较活跃。这种虫子书本上也查不出，形体像落叶松卷叶蛾，颜色像油松球螟，他就暂时将其命名为落叶松卷叶螟。开始，工人们每亩用10斤5%的敌百虫和六六六溶液，喷药后树冠就变成白的了。小韩认为这样树木容易积量中毒，发生根痘病，而且伤害天敌，污染水系。他试验每亩减少到5斤，在早晚风静时用，结果杀虫效果在95%以上。

从1980年开始，韩国义领导一个小分队对林区的主要虫种和病害做全面调查。他们背起50多斤的行李、药品和工具，朝行夜宿，捉虫子，制标本。有时像猴子一样爬树登高，没几天，鞋磨穿了底，裤子蹭破了裆；有时像马鹿一样跑起来追一只蝴蝶，一口气追出大老远，抓住蝴蝶才发现脚脖子上缠着一条毒蛇；有时彻夜守在漫天野地的诱虫灯下，人被蚊子咬出满身大包，饿了啃几口干馒头，渴了喝几口“撅尾巴茶”。两年内，他们把28个营林区、150万亩森林草原普查了两遍，制作标本741类、2000多件，基本掌握了常见病虫害的规律，为林场办了一件大事。

去年搞飞机防治，韩国义虽然身为副总指挥，可是总带领一支小分队深入作业点，搞虫口调查，为飞防划区域、树标志，搞立木不同部位、不同风速、不同高度的药效数据。

那一天，塞罕坝林场群山叠翠，万木葱茏。灿烂的阳光下，一架运－5型农用机慢慢掠过林海的浪谷、群山的峰峦，撒下银丝缕缕。韩国义和他的伙伴们手挥小旗，仰望天空，他的一颗心早已跳出胸膛，飞向天空。

飞吧，飞吧！森林的医生，勤劳的啄木鸟。

不忘初心

20世纪90年代阴河林场还没有通电，一台柴油发电机每天晚上7点会为职工送电照明，10点定时关机。刘海莹那时候担任着阴河林场副场长，场长是他的入党介绍人王凤鸣。两个人很谈得来，工作上互相支持，生活上互相帮助。王凤鸣的妻子时常带着女儿丽丽来林场看丈夫，刘海莹总爱到他们家里聊天，逗小丽丽玩儿，小丽丽很喜欢他。有一天，刘海莹又和小丽丽玩耍，偏巧停电了，屋里的电灯突然灭了，四周漆黑一片。这时候小丽丽喊起来："怎么不用关灯就灭了？"还没等小丽丽的父亲回答，刘海莹哈哈笑着逗她说："你爸爸没告诉过你呀？我们这儿从来不用自己拉灯。"

事情就这样过去了，可是小丽丽对刘海莹的这句玩笑话却当真了，回去后逢人便说："我爸爸的林场可好呢！睡觉的时候还有人拉灯呢！"

如今，这个玩笑成了刘海莹流传最广的段子。在林场人看来，这是一种吃过苦的人才会懂的幽默。

1984年，河北林业专科学校毕业生、19岁的刘海莹来到塞罕坝，成了基层林场的一名技术员。

刘海莹出生在河北秦皇岛，那里的自然条件和经济条件很好，"刚到这里时感觉很荒凉，冬季寒冷，和我的老家差别很大。"最初他有些难以适应。住工棚、喝雪水、啃咸菜、吃冷饭，在艰苦的环境中，"老坝上"的榜样力量和手把手传帮带使他坚持了下来。

"我们上大学是国家免费培养的，毕业时国家包分配，听从组织安排是应该的。"在刘海莹看来，他们那一代大学生去哪里工作个人没有任何挑选的理由，服从分配很自然。

刘海莹刚来时，塞罕坝已经完成了建场时下达的造林任务，上百万亩人工林已经初具规模。塞罕坝变了，过去那种风沙弥漫、草木稀疏的自然环境有了明显改善，但生产生活条件仍然艰苦。到营林区去，大多数时候要靠步行，能坐上马车、牛车算是幸福了。填饱肚子不成问题，可新鲜蔬菜稀缺，一年到头难得吃上几顿像样的饭。有一次，刘海莹和技术人员一起背着仪器和工具上山进行森林抚育作业设计，不小心随身带的烧饼滚下山，很难找回来，只好空着肚子完成了全天工作。“这些真算不了什么，比起第一代塞罕坝人，我们的条件好多了。”刘海莹满足地说。担任基层林场技术员时，他每天工作在生产施工第一线，迅速成长为一名技术骨干。

刘海莹大学时学的是林业学专业，他也一直把自己当作一个技术工作者。20 世纪 90 年代，塞罕坝集中全场力量，启动三道河口林场攻坚造林行动。他凭着突出的工作业绩被任命为三道河口林场副场长，主管造林工作。攻坚造林行动中他们遇到了这样一个难题：樟子松造林第一年苗木都放叶成活了，可挺过严冬之后，第二年会有一些苗木死亡。通过细致观察，刘海莹和他的工友们发现，这些树苗不是冻死的而是旱死的。干旱其实分为两种，一种情况是沙质土壤里水分太少，另一种情况是春天土地还冻着，苗木的上半部分已经返绿，风一吹水分蒸发，根部不能及时输送水分，导致树苗旱死。

针对难题，刘海莹与总场林业科人员共同实施在秋季给小树苗加盖防风土的实验：在小树苗的根部垫一些土，加一层防护，躲过来年 4 月底的几场大风后，5 月初再将防风土撤掉。有了防风土的保护，一棵棵小树苗挺过了生理干旱这一生存难关，实验取得成功并在全场推广，塞罕坝樟子松造林成活率大大提高。

刘海莹心中的榜样很多，其中就有他刚刚入职时的师傅王凤鸣。2005 年，一位工人清理水井时遇到险情生死不明，大家不知道井下发生了什么，急得慌张无措。王凤鸣勇敢地下井救人，竟也失去了和地面的联系。人们猜测是井下有毒气，赶紧采取措施抢救，把先后下去的两个人救了上来，但因为中毒时间太长，他们不幸罹难。

这件事情对刘海莹触动很大，他明白，哪个时代都有牺牲和奉献的人。只要拼搏奉献就会有牺牲，只是各个时期的表现形式不同。履行好自己的职责，就要不忘初心，牢记使命，把远大理想和本职工作结合起来，一步一个脚印地往前冲。

现在，刘海莹已经是塞罕坝林场的党委书记、场长。谈及往事，他反复强调:“不忘初心就是不忘本，这对塞罕坝人很重要。”

“无论时代如何变迁，发扬艰苦奋斗精神永远是我们前进的动力，生态文明始终是林场发展的基石。”刘海莹深情地说。近些年，塞罕坝的生产生活条件大大改善，道路硬化了，职工们也搬入了围场县城的新居，生活质量明显提高，但塞罕坝人的斗志没有减，他们仍在想尽办法让塞罕坝变得更绿、更好。

2011 年以来，林场把石质阳坡作为绿化重点，启动攻坚造林工程。整地时先把石块挖出，大穴深坑整地，再人工客土回填。树苗选用大规格樟子松良种容器苗，种好后覆盖地膜保墒。干这些工作，没有人喊苦喊累。刘海莹说，在新的历史时期，塞罕坝人坚定信念，无私奉献，传承、发扬着塞罕坝精神。

从 2012 年开始，林场“自断一臂”，将以往每年的正常木材砍伐量从 15 万立方米调减至 9.4 万立方米，木材产业收入占营林收入的比重从 66.3% 降到 40%。“我们要吸收利用现代科技成果和经营理念，让林场的森林资源得以永续利用。”刘海莹说。

森警在行动

抓获非法盗猎者

1993 年 10 月末的一天，塞罕坝分局接到群众报案：北曼甸林区小光顶山一带发现非法狩猎者。刑警队队长武连丰和治安股股长赵振鹏迅速出警，前往北曼甸林区进行搜查。

此时的塞罕坝银装素裹，高大的云杉林枝丫开张，覆盖着白雪；笔直的落叶松，树干接地的部分由下往上紧箍着冰雪。下午的阳光穿透了树林，红彤彤地映照在林间。为了不暴露自己，两人把马匹拴在了林缘的两棵大树上，徒步向前方摸索。进入密林深处，突然听到几声撕心裂肺的咆哮，他们明白，是有人在猎杀野生动物。那声音时远时近，时大时小。他们循着声音走过去，发现了两个扛枪的人。他们迅速蹲下来，寻摸着下手的机会。两人交换了一下眼色，一个包抄方案迅速实施。当武连丰把一个大个子扑倒、赵振鹏将那个小个子按住的时候，两名犯罪嫌疑人好像在做梦似的，震惊地叫唤起来。民警迅速缴获了他们自制的半自动步枪。

经过盘问，森警们掌握了犯罪嫌疑人的具体情况：他俩是亲兄弟，姓裴，冬闲进山狩猎来了。他们承认已经捕杀了三只马鹿，都剥了皮，分割了鹿肉，装进蛇皮袋子埋在雪里了。

“埋在哪里了？”

哥俩儿你瞅瞅我，我看看你，支支吾吾。

两位森警看天色已晚，又缺少交通工具，感觉这件事不好再往下推进。黑灯瞎火地逼着哥俩儿找埋藏起来的鹿皮鹿肉，很可能刺激嫌疑人，增加事件的不确定性。只见武连丰平和地对犯罪嫌疑人说：“没什么大事，今天不找了，我们先回派出所吧。”

裴氏兄弟面带难色，看看两个森警，年岁都比他俩年轻，枪和子弹又都被收缴了，也只好依着警察，怀了侥幸心思跟着走出了密林。

第二天，派出所增加了警力，押解着裴氏兄弟到山里指认现场，提取物证。不巧天又下雪了，雪花漫天飞舞，北风像刀子割肉。他们牵着马，在茫茫雪原上一路跌跌撞撞，缓缓地在这片银白的世界里行进。饿了，啃些带来的干粮；渴了，就地抓一把雪送进嘴里。经过近一天的搜寻，最终找到了犯罪嫌疑人掩埋在雪里的五袋鹿皮和鹿肉。

案件顺利告破，犯罪嫌疑人灰头土脸，森警笑逐颜开。走到林缘，进山的一匹老马趴在了地上，再怎么拉它也不起来，最后脑袋一歪死去了。森警们明白，是长时间的负重劳累要了这匹老马的命。

森林卫士

谢云刚就任三道河口派出所所长，就听说这里不安宁，突出问题是周边大唤起乡几个村的村民不经批准任意到山里采集野生药材。这件事看似不大，却有着不少隐患。村民频繁进山，乱采滥挖，植被保护和森林防火都面临挑战。经过巡逻发现，内蔡木山周边采挖药材现象最为严重，不抓就等同于放纵。谢云想好了，现在不立下规矩，以后工作就没法开展了。

这天一大早检查员报告说，发现有四辆摩托车进入辖区，断定是进山采挖药材的。

谢云一听脸就黑了："立即通知派出所全体民警上山巡查。"

过了不久，谢云的手机响了。

"所长，我们在二道河口发现了摩托车！"

跟在他身后的森警也喊了一嗓子："所长，蛇皮袋子！"

谢云定了定神，开始了排兵布阵。他安排一名民警同自己在这片林间蹲守监视，另一名民警与刚刚报告的人会合，去寻找进山的摩托车。

下午 3 点，非法采药的人进入了谢云的视野。靠近、再靠近，蹲守的民警迅速出击，把这拨采药人围拢起来。

"知道为什么抓你们吗？"

"不知道。"

"我们已经在你们村口张贴了禁止到指定林区采药的明白纸，你们没看见？"

被抓的人无语，沉默着。

……

森警不同于刑警。面对杀人放火的歹徒，刑警敢于动刀动枪，保护国家和人民的利益绝不手软；而森警面对的大多并不是歹徒，而是一些危害国家利益的群众。对待这样的案件，森林警察只能用教育为主、处罚为辅的原则来处理，耐心地指出违法者错在哪里，为什么受罚，教育他们不要在自然保护区采挖药材，更不能破坏森林资源。

保护森林是森林卫士的职责所在，他们除了要查处各类涉林违法犯罪，更多的是做一些宣传工作，通过悬挂条幅、发放宣传单、走访群众等方式向林场周边的群众宣传《森林法》及相关的法律法规，为守护森林资源尽职尽责。

新官上任三把火，谢云刚刚到任就抓来一屋子的人。可是一屋子的人完全没有惧怕他的念头，吵吵嚷嚷，一个小小的森林派出所，成了这一片大山里最热闹的地方。

热闹的地方最后慢慢地安静了。变安静的原因不是手铐和刑具，而是森林警察运用的熟悉的武器——说服教育。

无论是上了年纪的大爷大娘，还是花枝招展的漂亮媳妇，到森林派出所你得先坐下来，听森警给你念《森林法》，念《森林防火条例》，念《野生植物保护条例》，念上一段又一段。

走不行，你得听。

听完了，你得表态。

有的森警与那些总和他们“藏猫猫”的人混熟了，也会不咸不淡地和他们拉呱：“我拿着工资陪着你，看谁耗得过谁！”笑话，也是实话。识趣儿的农民慢慢地就不再那么理直气壮，不再那么一根筋。

经历过到森林派出所“过堂”的人大都明白了一个道理：我们就生活在林场周围，我们才是林场发展最大的受益者。林场兴，大家兴；林场好，大家好；大家跟林场过不去是傻瓜。慢慢地，森警和周边的农民关系越来越融洽。谢云在三道河口派出所所长的位置上干了好几年，和周边好多人都成了朋友。

巧　斗

1977 年，塞罕坝机械林场遭受了大面积雨凇灾害，场领导决定在全场进行清理间伐。由于采伐量大，很多木材不得不堆放在靠近村庄的路边，木材的看护难度随之增加。在这样的背景下，为维护林场利益，检查员刘广上演了一幕巧斗偷木贼的喜剧。

寒冬腊月的一个夜晚，刘广一个人在北曼甸庙子沟检查站值班，10 点左右，刚上床准备休息，就听到了一阵牛车压在雪地上发出的“吱吱”声。富有经验的刘广一下子意识到可能是周边村民要去偷运木材，急忙起床，走出检查站，发现几辆牛车正向临时楞场方向赶去，便悄悄尾随。果不其然，牛车到达楞场后，村民便开始大摇大摆地装木头。“把木头放下！”刘广大吼一声。偷木贼先是一惊，当看到只有刘广一个人时，便镇定了下来。刘广上前盘问，这些偷木贼说是给林场整理楞场的。“哪有三更半夜出来干活儿的！”刘广追问道。偷木贼支支吾吾，破绽百出，但就是一副“能奈我何”的架势。刘广心想对方人多势众，单凭自己硬来无济于事，便灵机一动说：“你们先忙着，我回去穿件衣服！”刘广从检查站找来一瓶墨水，返回楞场时，偷木贼仍目中无人地搬运着木头。趁着夜色，刘广用墨水在每头牛身上做了记号，然后悄然离开了临时楞场。

第二天，刘广起早骑马来到场部，将昨晚发生的情况进行了汇报。根据刘广做的记号，场领导组织森林警察轻松地找到了偷盗者，挽回了木材损失。

守　夜

大年初二，王景春负责看护的片区丢失了不少树。看到白茬口的树墩子，老王非常痛心。他分析，偷木贼会利用春节放假的空闲时间再次作案，便下了蹲坑值守的决心，一定要抓住偷木贼。

大年初三过去了，偷木贼没有出动。

初四过去了，偷木贼还没出动。

这会儿，和他一起蹲坑的年轻人王金龙支持不住了，小王对老王说起了风凉话："这可真是'守株待兔'！前天砍了树，指定还要来？"

大过年山下热热闹闹的，山上又冷又寂寞，年轻人谁受得了？

听到小王闹情绪，老王看看他没吱声。

小王看到老王不理他，百般不乐意，可也没处撒气。再想想人家老王都能坚持，自己年纪轻轻却牢骚满腹，说起来也够惭愧的。

他俩谁也没说话，却坚定了继续蹲守的决心。

大年初五，林子里气温陡降，漫天飞雪。老王心里有种预感：偷木贼要出动。他对小王说："我觉得越是这样的天气偷树贼越有可能出来。别怕刮风，别管过不过初五，咱俩今夜早点儿起来，你看行不？"

小王毕竟是小王，得尊重老王的意见，他愉快地答应了。

两人经过分析，决定潜伏在他们认为偷木贼必走的山路边的石砬子后头，这里背风，视野开阔，是一个容易发现旁人、旁人不会太在意的地方。

山风越刮越大，老王和小王背靠背地互相取暖。

老王对小王说："你歇会儿眼睛，我盯着就行。"

小王说："我年轻，眼睛好，还是咱俩一起盯着吧。"

老王瞅了一眼小王，心想，这小伙子还行，有啥话直说，到关键时候还真顶得住，护林工作就需要这样的人。

蹲守这活儿难做。夏天难的是蚊虫叮咬，冬天难的是天寒地冻。要和盗贼斗智斗勇，仅仅靠不怕苦不行，还得学点心理学，摸准偷木贼的心思，站在居高临下的位置，还得有一双火眼金睛，有猎犬一样的嗅觉。

蹲守的时间太长，太寂寞。老的护林员都有自己对抗困意的办法，就是用手拧自己。

老王对小王说：“拧一下，一疼就精神会儿。”

小王就使劲儿地抻自己的耳朵，一下，再一下，抻着抻着就不困了。

东方的天际开始放亮，铅灰色的云彩稍稍裂了一些口子，鱼肚白出现了。太阳还没有升起来，已经有了淡红色的天象。老王、小王正在想着是不是又白等了一宿的时候，突然林子边上有了动静，一个黑影在林子边晃了一下。大约过了 5 分钟的光景，那人扛着一根木头晃晃荡荡地出来了。老王寻思，怎么没有砍树的声音呢？仔细一想他明白了，树是前几天砍的，今天来扛了。眯起眼睛看时，感觉就是村东头的小六子，由于天还没亮，有点拿不准，于是老王给小王使了个手势，小王一瞧就明白了，先别惊动他，悄悄地跟在后面。跟到离村子 300 米的时候，看着黑影扛着木头进了小六子家，老王断定偷树的就是小六子。

老王和小王紧追不舍，听见小六子媳妇在门口喊快点。当他们敲开院门时，来开门的小六子媳妇一脸不乐意，嚷嚷着这么早来他家干什么，小六子正猫腰扫院子，此时也抬头怒目而视。

小王抢着说：“我们来肯定有原因，什么原因你应该比我更清楚。”他们也不管小六子两口子愿意不愿意，就在房前屋后仔细寻找，结果竟然没发现小六子刚从山里扛回来的木头。小王鼻尖儿上冒了汗，找不到木头，可怎么走出小六子的家呀。

小六子一看没找着，立马嘚瑟起来。他不瞅小王，只把目光对着老王说：“这大正月里一早你和小王来我这瞎转悠，找啥来了？我老婆本来还没起床呢，你俩就来骚扰，你不说清楚我还就不干了！”

老王毕竟是老王，很端得住架子，稳得住情绪：“你在院里扫雪，让你没起床的媳妇开门？”

说着，老王由院子走进屋子，他瞄了一眼炕上的被子，发现被子不是纵向地铺在炕上，而是在紧靠窗台的地方摊着，鼓鼓的，不正常。“不会是把木头藏在被窝里了吧？”没多想，老王就扑过去，伸手掀开了被子，一根木头露了出来。

此时的老王又是气又是乐。气的是两口子做贼偷木头，乐的是两口子自作聪明，居然把木头藏在了被窝里。

这会儿，老王瞅着小六子说：“咱俩岁数差不多，你本事可比我大多了。看见过老娘们在被窝里生丫头生小子，还没看见过你家老娘们能在被窝里生木头，够能耐啊！”

小六子顿时脸红了，赶紧给老王作揖认错。

老王看小六子两口子认了错，他家也确实困难，决定给他一个台阶下，既教育他又不能让他耍赖。批评教育后，责令他写了检查，撂下了听候处理的话，撤出了小六子的家。

过后，通过村干部通知小六子来林场接受处罚，小六子一路上战战兢兢，想不清最后得罚多少钱。他没有想到老王竟安排了一块没有修枝的林地，由他承包抚育。结果把小六子乐坏了，因为这活儿既有工钱，又解决了他家烧火柴的问题。

有一天，小六子见了老王，正好老王的胳膊肘上套了一个写着“护林员”的袖标。小六子眼睛盯着，手就摸过去了。老王笑着说：“喜欢啊？”

小六子说：“敢情！”

“那过几天我去总场了给你要一个。”老王推开了小六子的手。

“何必呢，先把这个给我得了，去总场的时候领来你自己再戴吧。”小六子说完就笑嘻嘻地把老王的袖标撸下来，之后紧走几步，和老王拉开了距离。

老王哭笑不得，也就不再追，任他去了。

这片森林的一部分和小六子的利益挂了钩，再加上他真有写着“护林员”的袖标，就到处显摆起来，逢人便说老王的好处。

虎威威

“虎威威”是河北省森林防火的标志物，自然也是塞罕坝森林防火的标志物了。一只头戴防火帽、身穿消防服的小老虎虎视眈眈，瞪着一双大眼睛，时刻望着前方。虎威威在瞭望什么？

森林！塞罕坝的森林啊！不同寻常的森林，它是首都上风上水的绿色屏障。

黑色记忆

塞罕坝机械林场第一次火灾发生在 1962 年。风干物燥的 5 月里，两名拖拉机手在如意河翻地，操作不当喷火引燃了野草，旷野风大，草地立时成了火海。机手没有思想准备，面对一下子蹿出老远的火苗子目瞪口呆。两人徒手救火，泼洒了仅有的一桶水之后再无能为力，结果眼看着大火蔓延起来。两个人惊慌失措，一个人跑回林场寻求救援，另一个人守着拖拉机避免集体财产受到损失。

当林场职工坐车赶来的时候，大伙看见过火的草地已经黑乎乎一片了，火头正向四处蔓延，已经烧到了附近的次生林了。没有犹豫，人们拿着铁锹、树枝子就扑进了火场。烈火在林间肆虐，树干树枝宛如一具具火把熊熊燃烧，噼啪作响。过火的地方浓烟滚滚，火苗闪烁，走在上面烫脚。男同志四处追赶，力争掐断火头，控制蔓延范围，飞蹿的火苗把好多女职工头发都烧焦了。烟熏火燎，人们咳嗽、流泪，扑打了好几个小时，总算扑灭了山火。最后核查，这次过火面积达 16 万亩，其中有林面积 6060 亩。

第二次山火发生在 1971 年春天，两名职工熏獾子导致山火蔓延，千层板分场沙河套一带的山林失火了。好在这次火情很快被发现并迅速扑灭，核查过火的山林面积，万幸损失不大，定性是一次火警。

繁忙的检查站

烟子窑防火检查站是围场县城通往内蒙古方向的必经之地，眼下一派繁忙。拦截过往车辆的起降杆儿抬起又放下，放下又抬起。经过这里的每位汽车司机都要下车登记，扣留火种，登记车辆，领取宣传单。

检查员拉开抽屉，满满的全是打火机。

森林火灾的成因大致有两种：一种是人为火，一种是雷击火。

人为火灾虽然大多数属于意外，但它的比例高。防火期里的塞罕坝草木干燥，差不多就是一个积木场。如果不注意，从车窗随意扔出一个烟头儿就可能引发一场森林大火。塞罕坝方圆 960 平方千米，情况复杂，如果不采取过硬的措施，一旦着火后果不堪设想。

雷击火是在森林里发生雷击引发的灾害。雷雨交加的天气里，一道闪电、一阵雷鸣，一片郁郁葱葱的树林就可能发生山火。雷击火一旦形成，往往难以控制。

“辛辛苦苦造林，一把火就烧了。”这是务林人常挂在嘴边的一句话。所以务林人常常说，不发生火灾是林业工作最大的效益。

为防火，从总场、林场到营林区建立了三级森林防火指挥组织，层层建有专业扑火队。护林员、巡道员、检查员、瞭望员构成了健全的森林防火专业队伍。每年进入防火期，林场都要对总长度 540 多千米的防火隔离带进行机耕，清除可燃物，确保扑火车辆畅行无阻，机具、视频监控等设施设备处于良好状态。

林场外、林场与周边乡镇多年来建立的联防联护组织发挥了积极作用。林场与相关单位年年签订责任书，确保场内、场外防火工作有人抓、有人管。每年 9 月 15 日到次年 6 月 15 日为防火戒严期。这个阶段，防火指挥中心和各级组织昼夜有人值班，专业扑火队随时出动，护林员、瞭望员、巡道员、检查员严防死守。

平时，林场除了对所有进出林场的人员进行防火检查和宣传之外，还针对附近居民区的闲散人员和无家可归的流浪汉进行调查摸底。林场专设几十名护林员每天严格守候在林区路口，发现情况马上与当地民政部门联系，及时将非林场人员遣返原籍。对一些来路不明的人，林场常常给点路费、送点吃的，派车送到山外。

清明节前后是森林防火的重要时间。这时候，塞罕坝积雪开始融化，风大草干，人们活动开始频繁，防火形势最为严峻。最让塞罕坝人揪心的是林区内有3000多个坟头，当地村民年年要到这些地方烧纸祭奠先人。

2002年，李建军在三道河口林场任党支部书记，负责防火工作。他和场长认真分析形势，制定了周密的工作方案。日常工作各营林区安排专人值守，清明节等重要时点全员出动抓防火。

清明节那天，李建军带着两个人深入包片地段巡逻。他们刚刚走到有坟地的一片疏林地的边缘就感觉到了动静，隐隐约约听见有人说话。

“爹，你别怪我来晚了啊。我一个人偷偷来，林场那帮孙子不让烧纸，他们看得忒紧啊。”

“行了，瞎骂啥啊！烧烧就行了。”李建军站起身子厉声喊着，他的出现把那位祭奠者吓了一跳。

那人目瞪口呆，愕然得不知所措。

惶惑间，李建军跳过去，把火踩灭了。

防火没顾忌

就防火而言，务林人看管的不仅是社会上的人，更严格的工作是管住自己人，把自己的队伍培养成坚强的战斗堡垒。这里面，范永和撕票儿的故事非常令人感动。2005年秋天，担任林场公安分局副局长职务的范永和带领小分队照例开展防火检查。当一行人来到一个林场的时候，发现这个林场未经批准擅自在防火隔离带上存放了大量木材，是明显的火灾隐患。

范永和马上通知该林场场长赶到现场，当即下达了《火灾隐患整改通知书》，责令三日内无条件把存放在隔离带上的木材全部运走，同时将隔离带清理干净。

场长很尴尬，可看到范永和那咄咄逼人的架势嘴上没说话，心里却憋屈，不快的情绪已经写在脸上。事后有人对范永和说："你工作这么认真干啥，连林场场长你也敢撕票儿（指下达的《火灾隐患整改通知书》）？"

听了这个人的话，范永和心情有些沉重，一丝不踏实的感觉掠过心头。他开始检讨自己要多注意工作方法。

这事很快过去，旁人估计忘了，两个当事人谁也没有再提起。

几年后这名场长升任了总场的领导。范永和私下里心中打鼓，挺担心这名升迁了的场领导不待见自己。

令他没有想到的是，这名曾经被他"撕票儿"的场领导竟多次在公开场合提到范永和，表扬他严格执法的事："干防火就应该像范永和一样，敢于较真叫板，不留情面，这样的防火办主任让人放心。"

塞罕坝山大，人的心胸更大。

范永和在森林防火岗位一干就是16年，在担任防火办副主任、主任期间，细化完善了森林防火各项规章制度，制定完善了《森林防火全员抵押金实施办法》及《六落实定量考核》等多项措施。

看好林场，紧盯周边

除了零星火灾以外，建场50多年的塞罕坝没有发生过一起严重的火灾。虽然自身没有失过大火，但四周的火灾却时有发生。一次次的有惊无险，让塞罕坝人提心吊胆。

2002年10月16日夜10时左右，一声响雷把塞罕坝与内蒙古多伦县边界上一个草场引燃了，大火弥漫。塞罕坝林场的三个望火楼同时报警，方位准确，火点就在总场场部正北10千米处。得到火险消息，总场马上调集专业和半专业扑火队员700余人，每25人组成一个扑火队，10分钟赶到现场，形成合围，很快扑灭了这场大火。

2005年清明节，距离塞罕坝边境不远的一个自然村，一名妇女上坟引燃山火。风大火急，迅速蔓延。林场领导得到消息，迅速调集400多人，结合围场县林业消防队开展扑火，很快把火势压了下去。让人没想到的是，防火队伍刚刚喘了一口气，林场西邻的多伦县又传来了火情报告。

“我们这边火势控制不住了，请求支援！”

“好！我们马上出发！”

联动机制早就建立，消息就是指示，林场扑火队迅速出发了。

林场边界30千米处的三处火点已经连成一片，火焰漫过树梢儿，火舌舔舐着草地、森林，火线长15千米，正向塞罕坝蔓延。

火警就是命令。塞罕坝防火人员及时赶到现场，发现大火蔓延、浓烟滚滚，已经难以扑灭。对策就是打出50米的防火线，但是火大风急，极易爆燃形成飞火，难度很大。

十万火急！

火情上报河北省人民政府，省长火速指示要不惜代价，必须把火控制在省境外。

为落实省长指示，围场县出动了2000多人的扑火队伍，隆化县出动了驻军部队的80多名官兵，承德市调集了3000多人，火速向火点集结。

一时间，塞罕坝和多伦之间的着火点成了上至国家森林防火指挥部、下至三道河口林场扑火队在内的所有人关注的热点。电话一个接一个，指令一条又一条，各路灭火队伍迅速向着火灾地点挺进。

万幸，万幸，风向改变。

万幸，万幸，扑火队伍形成绝对优势，迅速压下火势，取得了剿灭火灾的胜利。

无烟火灾

“嗡嗡嗡”“嗡嗡嗡”，一只银鹰从天际飞来。

“这边儿！”高举彩旗的引导员站在山巅或山坡的高处大声高呼：“哎——哎——这边儿，这边儿！”

其实，地上的人喊的声音再大，坐在飞机里的人也是听不见的。飞机上的导航员判断往哪里飞主要凭借手里的地图，距离近了就要看事先商定的彩旗了。

塞罕坝的飞机场是专门为飞防作业修建的，跑道不长，提起操纵杆不久就飞起来了。低空飞行在广袤的森林草原上俯瞰大地真是享受，林道和防火隔离带分割了参差不齐的大片森林，有经验的人会分辨出哪片是落叶树，哪片是樟子松，哪片是白桦林。阳光照耀着机翼，映照出耀眼的光芒。阳光投射到湿地的水泡子上，水面波光潋滟；阳光投射到蒙古栎和桦树等阔叶树上，叶子油亮油亮的；阳光照耀在花草上头，花草一片暖色。

飞机装满了配置好的药液，飞翔在塞罕坝林海上面。飞行员和导航员可没有心思欣赏森林的美景，他们正在集中精力找寻地面上的标志物，给成千上万亩遭遇病虫害的树林洒药。他们在开始洒药的地方插上红旗，在结束洒药的地方插上蓝旗，按方案实施作业。飞机起飞了，在低空飞翔着，认真找寻着标志，既不能飞得过高，也不能飞得过低，要按技术规程准确无误地喷洒。

“嗡嗡”的马达声越来越近，地面上的人已经看到飞机了，能透过舷窗看见驾驶员。飞机一定也看准了他们，准确无误地飞过来，飞机的投影几乎与地面上的彩旗重叠起来。地面上的引导员高喊了一声：“真准啊！”只见飞机尾部的一缕白色药液像瀑布一样洒了过来。

飞机洒药有固定的幅度，在有限面积的森林上空从头到尾，再从尾到头地来回洒药，一趟一趟，直到药液用完为止。

林子大了什么虫子都有。落叶松尺蠖、松毛虫、松线小卷蛾等每年都会发生危害，还有各种各样的病害，不啻无烟火灾。

1981年6月1日至5日，塞罕坝首次采用飞机灭虫技术，除治面积8.16万亩，杀虫效率达94.5%。1982年8月26日至9月30日，总场再次投资改修飞机场，飞机跑道和停机坪总面积为2950平方米。1982年5月下旬，林场使用农用飞机携带超低溶量农药进行除虫，共除治落叶松尺蠖11.67万亩，虫口减退率96.8%。1984年5月至6月，林场使用农用飞机进行化学除虫，共除治落叶松尺蠖10.67万亩。1989年，北曼甸、阴河、第三乡林场等地发生落叶松线小卷蛾和松线小卷蛾虫害，林场实施防治面积15.06万亩。

自然，飞机防治森林病虫害只是林场除治森林病虫害的一种手段，大面积防治主要采用成本更低的人工防治技术，如喷雾、聚光灯、培育天敌的生物防治等，塞罕坝人有自己的一套独特的防治体系。

防治检疫站负责全场森林病虫害工作，他们组建了专业的防治检疫队伍，建立了专、兼职结合的森林植物检疫网络和病虫害防治网络，完善了三级虫情测报网。林场根据病虫害测报提供的信息，及时采取人工或飞机综合防治，实现了有虫不成灾的目标。

塞罕坝林场的防治对象主要有落叶松尺蠖、落叶松毛虫、落叶松腮扁叶蜂、松线小卷蛾等。树种集中和生物链脆弱等特点导致这里极易发生爆发性病虫害。

“防虫得抓最佳时机，”塞罕坝第三乡林场森保股股长朱凤恩说，“太早的话，虫子没孵化出来，效果不好；太晚的话，虫子长成了，耐药性强，防治难度很大。”

把握时机，对有35年防虫经验的朱凤恩来说并不是难事。通过无数次试验，他已经将坝上常见害虫的习性摸透了。

他捕来不同种类、不同成长期的害虫，用不同品种、不同浓度的农药分别喷洒，记录其死亡时间，找出了适用于不同虫害的最佳防治时机和最佳防虫药品，计算出了不同强度下害虫的用药浓度和喷药频率。2002年，松毛虫灾害爆发，坝上局部地区受灾严重。朱凤恩领命上山灭虫，为抓住清晨三四点这段最有效的防虫时机，他带领技术人员和喷药工人，每天凌晨一点半就开始忙碌，最终控制住了松毛虫危害。

作业中难免中毒，厚重的防护服和双层口罩防毒面具让人行动迟缓、呼吸困难，也不能完全隔离伤害。“战事”结束时朱凤恩和同事们都脱了一层皮。

塞罕坝新一代

最初的蓝图已经绘就，新一代的塞罕坝人思考最多的问题，是怎么做才会不辱使命，做出怎样的业绩才无愧时代。塞罕坝的领导集体，还有所有塞罕坝的人，一天都没有懈怠，一天也没有停止过谋划和拼搏。

塞罕坝还是一座熔炉。一代一代的塞罕坝人吃苦耐劳，兢兢业业，用自己的血汗凝聚成塞罕坝精神，培养出了一支特别能战斗的队伍。

探索，是多角度的。实践，又是全方位的。

阴河林场特训队

特训队的小伙子们在平凡的工作中自我加压，把技能训练作为主题实践活动。每年，林场顾问组都要设置比赛项目，让年轻人在实际工作中得到锻炼。

或许有人会想，塞罕坝是国家森林公园，青山绿水，鸟语花香，在那里生活和工作该有多好！可是人们只知其一不知其二，塞罕坝在旅游季节是怡人和美好的，可谁又知道它寒冷的季节能够冻掉人的下巴？

2016 年，顾问组确定的比赛项目是活立木检尺作业。这天，特训队的队员们正在亮兵台营林区丈量树木蓄积量，没想到突然来了一场暴雨。下雨本可以准备雨具，但是高海拔的山地就是有雨具也是难以应付的。山里的雨说来就来，特殊的天气把小伙子们冻得打哆嗦。本就患着轻微感冒的队员李庆伟支持不住了，人们摸他的额头，发现他发烧了。比赛正在进行，缺了队员就是损失有生力量。为了不给自己的小组拖后腿，李庆伟选择了轻伤不下火线，硬是坚持着，继续配合队里的工作。

或许有人会说不值得，不比又能怎样呢？但是我们的塞罕坝人断断不会那样做。在这片以艰苦奋斗和拼搏奉献为荣的土地上，人们时常会遭遇来自自然与人事的冲突，每天都会面临生产上的不测，不时都要排除突如其来的险情……

50 多年了，这里的人从来都是有困难就上，没人愿做打退堂鼓或畏缩不前的孬种。为了忠于自己的选择，不知道他们失去了多少亲情友情。自然，他们也获得了属于他们的那种不怕困难、勇于较劲儿的品格，一种千锤百炼后的沉甸甸的愉快。

花海是我最美的裙子

即便在 7 月，杨丽上山作业依然会穿上秋裤。“一来早起山上湿气大，二来可以防蚊虫。”这位 80 后女技术员对当地一种叫“瞎眼猫”的昆虫很敏感，多少次隔着裤子被这家伙叮咬，皮肤立刻红肿起来。

杨丽是阴河林场生产股唯一的女技术员，男同事对她很关照。即便这样，一年里她也有 200 来天在山上忙活。

杨丽最大的喜好是山花，她每次上山都会把相机挂在胸前，随时记录塞罕坝花草树木在各个季节里的变化。

去年，她通过考试成了河北农业大学的在职博士研究生，专门从事野生花卉研究。她私下揣摩，之所以最终被学校录取，一定是导师认为她在塞罕坝会有更多机会认识这里的野生花卉。

去年年底导师交给杨丽一项任务，把她所认识的塞罕坝野生花卉整理成图册。于是她翻出七年来拍摄的照片，从中整理出了300多种花卉，极具观赏和科研价值。

在这300多种野生花卉中，杨丽最偏爱的是一种名为华北漏斗菜的植物，除了因为它是杨丽喜欢的紫色，更重要的是这是一种开在林间的花。

不仅能吃苦，而且能从现实的艰苦中咀嚼出甜——这恐怕是“新一代塞罕坝人”从前辈那里继承的基因。

第十三章　热血青春

植物世界里有一个奇特的现象：濒临死亡的松树结的松塔多，长沉香的树木都有伤。为什么会这样？生物的本性使然。无论动物还是植物，一个生命体从生到死，最终都有把自己最美好的东西留存世间的本能愿望。想起这些，常常让人心生感叹。在塞罕坝的建设过程中有不少早亡的人，他们临终前都有感觉时日不多而奋力拼搏工作的经历。提起这些，人们常常唏嘘不已。

接替王兴亚到大光顶子望火楼工作的是陈锐军，他和爱人一口气儿在这里值守了12年。临终前，他极力要求女儿陈燕到塞罕坝工作，场领导答应了他的请求。

2015年，陈锐军离世4年后，林场举行演讲比赛，组织者邀请陈燕写写父母的故事。规定三天交稿，可陈燕写了一个多星期。她说：“我是一边哭一边写的，真的是写不下去啊！”在这篇蘸着泪水写成的演讲稿里，陈燕写道：“思念是树，绵延成林，爸爸，在那高高的望火楼上，我已经不知道您是一棵树还是一个人了。爸爸，您的小燕子想您，心疼您啊！”

孩子大了还让他们搞林业

曹国刚出生在一个贫困农家，长期的困苦生活养成了他吃苦耐劳、勤俭节约的好品格。正应了“穷人的孩子早当家”那句话，曹国刚非常懂事。还在东北林学院念书的时候，旁的同学放假回家看望父母，曹国刚不回去，在社会上打零工、挣学费。他个头不高，不修边幅，是一名血性汉子，工作非常踏实。他人缘很好，有同身边人很快打成一片的本事。

坝上高原天气忽冷忽热，曹国刚带着农民工施工总是同住一个马架子。有一次他们在营林区造林时突然遭遇寒潮，他和农民工们遭罪了。天冷，他还有一条褥子，可那些农民工竟连褥子都没带。北风呼啸，冻得人直打哆嗦，曹国刚二话没说就把自己的褥子挂在门口当了门帘子，和农民工兄弟一起睡在干草上，大家看到这样的施工员都感动得热泪盈眶。

正因为他知道生活艰辛，家里供他上学不容易，在他到塞罕坝工作后发现林场到处需要社会工，便把老家的父亲、弟弟等人带到了塞罕坝。人们看到他是一个懂得孝顺、知道仁爱的人，都很钦佩。人们说，遇上这样带班儿的施工员是福分，你指到哪里我们干到哪里。

曹国刚是一个工作狂。有一年松毛虫闹灾，为了尽早控制疫情，赶在除虫药性发挥最有效的时间在林子里作业，他和同事们每天凌晨 3 点收拾行装准时上山。他不顾个人安危，总是自己先在林子里喷洒实验，结果中毒了。同事们赶紧把他拖下来送到医院抢救。他在病床上昏迷了两天两夜，人活过来了，却留下了后遗症，患上了严重的肺气肿。

1985 年，曹国刚担任了塞罕坝机械林场第三乡林场场长，他感到自己肩上的担子更重了。在总场领导宣布他任职的干部会议上，他一时哽咽，像入党宣誓似的说：“我一定在我的任上把宜林地全部绿化，经营好现有林地，决不辜负组织和全场职工对我的信任！”为了报答组织信任，也为了实现自己的理想，他给自己确定了一个把油松引种到塞罕坝的目标。为达到这个目标他反复试验，与北京林业大学的教授们联系，建立协作关系联合攻关。立项批准了，他却得病了。他咬紧牙关研究技术难题，疾病却紧紧地缠上了他。他的肺气肿发展成了肺心病，呼吸困难。

他的身体每况愈下，病情不断恶化，肺心病又导致了心脏衰竭。

后来他连说话都困难了，一天天躺在病床上望着天花板，好像上面有字、有答案。人们明白，他最大的心思是油松引种工作没有做完。为了“有个交代”，只要有时间他就写实施项目过程中遇到的问题和自己的经验，连在病床上输液也不忘和同事们交流心得。北京林业大学的王教授和同事们来看他，他不谈自己的病情，反倒对这个科研项目不放心，一说再说，感动得这些老伙计们一个个热泪盈眶，为了安慰他，只得当面和他讨论问题，背后悄悄地抹眼泪。

医院下了病危通知，他还在不停地说心里放不下的这件事，喉咙发不出声音来了还在说。妻子哭了，哭得控制不住，她告诉他：“都啥时候了你还说这些！你放心吧，孩子大了还让他们搞林业，实现你的愿望。”

听见承诺，这个塞罕坝硬汉竟笑了。妻子看到，他的笑脸是那样动人。

是啊！经历了苦难的笑容最动人，受尽了痛苦的坚强最可贵。曹国刚历经苦难和痛苦，听到孩子们能继承他的事业，一定感到很欣慰吧！

曹国刚逝世的时候，年仅 50 岁。

春蚕到死丝方尽

刘明睿是上坝大学生中数位短寿者之一，临终的时候，他被肝病折磨得面黄肌瘦。临终前，他常常想起《钢铁是怎样炼成的》这本书，想起他崇拜了一生的保尔·柯察金，一遍一遍和家人说起保尔的革命生涯和患病后与疾病做斗争的故事。疼痛来袭，他就断断续续地念叨着保尔那段关于人生的名言：

> 人最宝贵的是生命，生命属于人只有一次。人的一生应当这样度过：当他回首往事的时候，不会因为碌碌无为、虚度年华而悔恨，也不会因为为人卑劣、生活庸俗而愧疚。这样，在临终的时候，他就能够说："我已把自己整个的生命和全部的精力献给了世界上最壮丽的事业——为人类的解放而奋斗。"

他对前来看他的朋友说，思来想去，来世上走一遭最大的幸运就是参加了塞罕坝的建设。人生经历的苦难越深、越重，对幸福的感觉越明显。

这就是一个塞罕坝建设者的临终感悟，多么打动人心啊！

刘明睿年轻的时候是个美男子，他高高的个头儿，文质彬彬，性格活跃，爱拉小提琴，是个十足的文艺青年。

他和爱人刘敏一起分到塞罕坝，吃穿用度同大学和家里相比差远了，可他们无怨无悔。他们在塞罕坝结婚，在塞罕坝生儿育女，做了长期在塞罕坝工作的准备。塞罕坝太大了，二人在一个林场工作却要两地分居。起初，他俩一个在阴河林场，一个在总场，孩子出生后只好寄养在哈尔滨由父母照管。

塞罕坝建场之初，很多工作都要求限时完成，这让他们总是没日没夜超负荷工作。北曼甸林场是个偏僻的小林场，职工不多荒山多，艰苦的造林工作等待着他们。

1966 年春夏之交，林场把他俩一起调到北曼甸，解决了两地分居问题。两人感谢组织，干劲儿更足了。接他们的车一路颠簸，中午到了林场宿舍。稍加安顿，刘明睿下午就上班了。他急火火地赶到林场场部，值守的人告诉他领导和其他人都上山造林了。刘明睿一听急脾气上来了，非要立马上山，也不管刘敏的心思，也不顾值守人员的劝阻，从马棚里拉起一匹马就走。他不知道拉的是一匹没有驯化好的儿马蛋子，几次上马都不成功，凭着年轻气盛最后骑上去了，不想那马一声嘶鸣，连跑带颠了一段时间，最后尥起蹶子，三下两下把他掀下来，重重地摔在山道上，疼得刘明睿在地上打滚儿，呻吟不止。但他还是咬紧牙关不撒开缰绳，那马没有跑丢。

此时的北曼甸山地里轻风吹拂，静悄悄的没有一个人。他呻吟着，用手捂着摔疼的部位，慢慢恢复体力。他恨恨地看着那匹马，马已然低头吃草去了。人怎能和牲畜较劲呢？刘明睿忍着强烈的疼痛，倒在山道上。不知道过了多久，他强忍疼痛站了起来，勉强拉马回家。刘明睿小脸儿煞白，佝偻着身子，进屋时把刘敏吓坏了，忙不迭地询问原因。他哪里还有精神头儿说话？问急了便轻描淡写地说几句。刘敏拔腿就跑，找来医生。医生问明白了情况，热敷、用药，第二天刘明睿反倒起不来炕了。

刘明睿躺在炕上好几天，连翻身都疼得嗷嗷叫。因为正是造林的黄金季节，刘敏也没有声张。经过几天护理调养，刘明睿的病情逐渐好了，一周后就能走路了。让人没想到的是，这个工作狂病刚好就要上班，一天几次和刘敏磨叨上山的事情。刘敏不答应，刘明睿说你不去我自己去。刘敏拗不过，只好随他上了山。

山上一派繁忙造林的场面。这些人自从上来还没有下过山，压根儿不知道刘明睿从马上摔下来的事情，以至于两个人见到徐场长时发生了很不愉快的一幕。老徐一看两个戴眼镜的年轻人来了，竟然猛地来了这么一句：

“这小白脸儿，还搀着来了？”

听闻此言，刘明睿、刘敏站在那儿差点跌倒。刘明睿张张嘴，马上又合上了。再看刘敏，她憋得满脸通红，泪水在眼眶里打起了转转儿。

徐场长根本没在意两个年轻人的表现，漫不经心地说：

“刘明睿和刘敏？听说了。来了就好，来了就好！”

说着，伸出一双带茧的老手，重重地和刘明睿握在了一起。当他又要伸手和刘敏握手时，刘敏做了一个梳理头发的动作，巧妙地回避了。

刘明睿和刘敏就这样融入了北曼甸1966年的造林工作。之后，刘明睿和郭玉德、陈长生三人被派到十间房营林区，那里有个叫大三道口的自然村，住着六七户人家。由于地下水位高，附近打不出井，人们饮用的都是湿地里的涝洼水，水红锈色，得用明矾沉淀才能饮用。即使煮开了，锅底上也要留下一层红粉末儿。

老人和孩子想念他们了，写信要求来塞罕坝，他们答应了。刘明睿到围场县城去接，一路颠簸回到总场，竟没了当天到北曼甸的班车。他不找单位帮忙，只给爱人打电话。刘敏只好找辆驴车去接。一个妇女赶车走几十里山路，跑了整整一天。

后来刘明睿学会了骑马，手儿熟了，环境熟了，偏巧又遇到了狼群。刘明睿的马见到狼受惊了，一阵猛跑，狼群紧追不舍。刘明睿的骑术还不高，跑着跑着紧张起来，寻思着对付狼的办法。跑过一阵，刘明睿死死地拉住了马缰绳，奔跑的马被逼得在原地打起转儿来，马头高扬，发出一声猛烈的嘶鸣。还甭说，这一下竟把狼群震住了，它们停住脚步不再追赶，刘明睿趁空儿甩起马鞭，发疯似的大喊起来。

当下，山道上空气凝固了，刘明睿出了一身大汗。就在此时那群狼竟不再攻击，掉头跑了。

那时候十间房只有刘明睿、郭玉德和陈长生三个技术员，三个年轻人住在干打垒里，外加一个社会工做饭，孤寂中总是苦中作乐。

郭玉德说，老鼠太可恨了，常常偷吃我们的饭菜，咬坏我们的衣服。漫漫长夜没事干，三个人便琢磨着捉老鼠。他们像雪天里用箩筐在雪地里捉鸟儿一样，也在屋里支起箩筐，下面撒些豆子，之后就趴在炕上看动静。待到老鼠进了箩筐底下，他们便猛地一拉那个系了细绳儿的支棍儿。“啪”的一声，箩筐扣住了几只老鼠，它们在箩筐下吱吱乱叫，想着逃出来。几个小伙子跳下炕去，便一只只把老鼠抓出来。

5 月中旬开始播种，天气虽然转暖，气温却波动频繁，倒春寒不时出现。苗床上刚刚出来的小苗很容易遇上霜冻。为了防止冻死幼苗，他们得到气象站通知后，傍晚时在苗床周围特别是上风头堆上柴草，半夜起来点燃，浓烟滚滚，增加温度。太阳出来之前再用喷壶洒水，冲掉幼苗上的冰碴儿和白霜。

这样的天气随时会出现，一直要坚持到 6 月下旬春霜结束。8 月中旬秋霜又来了，这样防止霜冻的工作成了他们的家常便饭。

刘明睿是一个爱动脑筋的人，什么事情都要问几个为什么，在育苗实践中经常琢磨一些小点子。比如植树时先在泥浆里加些氮肥，树苗栽植前经过蘸泥浆处理，栽植后苗木的长势要好得多。把井水在阳光下晒几个小时，增加温度后再浇灌树苗，树苗会长得更好。

事情往往是这样，一个处处上心的人，付出的精力、体力会远远多于一般人。刘明睿在工作中精力消耗最多，免疫力越来越差，身体竟慢慢垮了。加上长期不规律的生活，恶劣的高寒气候，有话烂在肚子里不讲出来的性格，要强向上却不事张扬的脾气，希望自己和群众打成一片、处处夹尾巴做人的“修养”，现实生活把刘明睿这个“小白脸儿”的形象彻底改变了。他学会了骑马，学会了抽烟、喝酒，人缘儿越来越好，口碑越来越好，威信越来越高，可他的身体却越来越差了。

1978 年秋天，刘明睿已经不能坚持工作了。住院检查，医院诊断为酒精肝中毒，导致了严重的肝硬化。这个诊断一下子把他和刘敏都打蒙了，性急的爱人不知所措，到处寻医问药。可刘明睿思考再三之后似乎有了主张，他常常表现出一副满不在乎的样子，本该放下的工作反而越扛越多，最后终于到了无力回天的地步。

再一次病倒后，刘明睿再也没有爬起来，第二年就去世了。

逝世那年，刘明睿刚刚 41 岁。

呕心沥血为林业

人最宝贵的是生命，而支撑生命的是精神。一个人如果精神不倒，即使生命倒下了，也依旧坚挺，永存世间。戴继先就是这样一位精神富有的人，他懂树，懂它们生命的节律，懂它们怎样活得更好。

戴继先是沧州献县人，他本来在机关工作，却不愿意在仕途上经营，只愿踏踏实实地做科研工作。1991 年他从张家口调到塞罕坝，扎根林场，长期从事科学技术研究工作，为塞罕坝机械林场的科研工作奋斗了一生。他主持的“塞罕坝机械林场落叶松人工林集约经营系统的研究”课题，根据塞罕坝特有的气候环境和土壤结构，针对林场生产方面存在的薄弱环节，不断查找资料、试验、总结、改进，再试验、再总结，经过 30 多种造林试验，历时 8 年攻克了落叶松深栽造林的技术难关。他的结论是，深栽提高了落叶松造林成活后的抗旱能力。落叶松深栽 30 厘米，成活率高达 85% 以上。改随意栽植为主动深栽，这看似简单的做法对提高落叶松造林成活率起了很大的作用。为了提高沙地柏压条造林技术，他用三年生以上的沙地柏压条造林，成活率达到了 85% 以上，为裸露沙地治理工程提供了新的树种和技术。他用丙三醇处理樟子松苗木，用提高苗木束缚水含量的方法大幅度提高了造林成活率，这项技术在国内外尚属首创。他主持完成了“樟子松常年造林技术的研究”科研课题，技术规程推广到了承德、张家口、内蒙古赤峰以及辽宁、吉林两省，建立起了三省四市的科学技术推广网络。

戴继先跑遍了塞罕坝的山山水水、沟沟岔岔，对全场地形地貌和植物资源进行了翔实调查，对场内大量的野生花卉资源做了深入研究。经过几年如一日的努力，他在科研、技术推广、学术和生产实践等方面均取得了突出业绩。他撰写了《自然干燥花》《樟子松造林技术》等专著，牵头完成了《塞北绿色明珠——塞罕坝机械林场科学营林系统研究》，主持完成了《河北省主要林区干燥花资源开发利用技术的研究》《补血草生物学特性及产业化开发利用途径的研究》，建立了河北省野生花卉培育示范基地，进行了大规模的植物资源调查和濒危植物迁地保护，有效地保护了自然资源。有人说戴继先是个科技迷，生来就是搞科研的料。他疏忽人情世故，鄙夷科技工作者沾染官场气息。懂他的人说，戴继先进了林子就精神，出了林子就木讷。他是一个真正精神富有的人，一个不忘科技兴林初心的人。

多年来，他发表专业技术论文40余篇，有些技术和研究成果居国内领先水平，在活植株染色方面填补了国内空白，在无土栽培染色方面填补了国际空白。他的辛苦付出和突出业绩得到了回报和认可，先后获得河北省林业科技进步一等奖、河北省科技进步三等奖、国家林业局科技进步三等奖，被确定为河北省林业系统“121”人才工程人选，收获了“河北省林业技术推广先进个人”“河北省林业科教工作先进个人”“河北省林业技术推广十佳先进工作者”等荣誉。

多年的劳累和不规律的生活饮食习惯，使他的体质和抵抗力明显下降。这位呕心沥血为林业科研事业拼搏的中年知识分子2004年被查出食道癌，一年后病逝，时年52岁。

思念是树，绵延成林

陈锐军，河北平泉人，19 岁高中毕业后来到塞罕坝机械林场阴河分场当工人。

因为望火楼太高，给驻守在望火楼上的人带来太多的苦处。因此，当防火瞭望员在塞罕坝林场是大家公认的最苦差事。1984 年，陈锐军主动请缨，向领导要求去望火楼工作。他说:“防火重要，我去!”

这年春天，27 岁的陈锐军上了大光顶子望火楼，一去就是半年多，其间没有回过一次家，这让在场部上班的初景梅不放心了。小初决定和丈夫一起去看守这个望火楼。这年秋天，她也来到了望火楼上，开始了长达 12 年之久的“夫妻望火楼”生活。

大光顶子望火楼坐落在被誉为塞罕坝的“珠穆朗玛峰”的大光顶子山上，距阴河林场场部 17.5 千米，常年刮着七级以上的大风。那里没有路，要去望火楼只能从陡峭的山路攀登上去。那里没有电，常年陪伴他们的只有蜡烛和油灯。他们的日常用水很金贵，夏天接雨水，冬天化雪水，没雨没雪的日子就到十多里外的小河里背水。水贵如油的现实情况下，一盆水重复用是常事，夫妻洗完脸后再用它洗毛巾、洗袜子、喷洒地面。每年春季冰雪化净以后，夫妻俩徒步一趟一趟往山上背粮食，直到背够半年吃的为止。绿叶蔬菜基本没有，夏秋两季在山里采些野菜就是最新鲜的叶菜了。冬季储存一些圆白菜和土豆，由于山高风大，即便是这两种蔬菜也保存不了多长时间，大多数日子靠酸菜和咸菜度日。他们住的房屋夏季常常渗雨，冬季室外零下 40 多摄氏度的低温，墙上、棚顶都挂着霜。守望在远离生活区的高山上，常年看不见几个人影，孤独和寂寞让他们的生活索然无味，有时寂寞得实在受不了，只好放开嗓门朝着大山和森林大吼几声，听一听山谷的回声。他们毕竟是年轻人，长时间生活在无人的世界里，需要多么坚强的意志呀！后来，他们把自己的女儿小燕子接到望火楼上，给生活增添了许多欢乐。

塞罕坝的万顷林海来之不易，也是所有塞罕坝人的命根子。作为瞭望员，夫妻俩深知这份担子的重量，所以工作起来格外认真。春、秋防火季节他们都是昼夜轮流值班，就连吃饭也要换着吃。小陈经常说："不怕一万，就怕万一！"干好瞭望员工作除了要有强烈的责任心，还要有过硬的观察本领。为了熟悉地形、尽快报出火情地点，夫妻俩把从望远镜里所能观察到的山头、洼地都一一编号，牢牢地记在心上，为迅速、准确地报告火情打下了坚实基础。通过长时间的对比、观察，他们还熟练掌握了一套识别烟火的本领，能在最短的时间内快速准确地识别出烟、雾和霞光的区别。十多年来，他们及时、准确地报告了多起省境外的火情，使林场发挥联动机制，在第一时间主动控制火情，防止了山火的蔓延和火灾的发生，没有发生一次漏报、误报，更没有发生过任何责任事故。一部电话、一架望远镜、一个记录本，是他们日常工作的全部家当。夫妻二人守着这些家当，经受了12年的风雪洗礼，忍受了12年寂寞岁月的煎熬，也为塞罕坝的森林付出了12年宝贵的青春年华。

不能忘记，1990年他们的儿子出生了，从呱呱落地起，一直到6岁，都和他们一起生活在望火楼上。由于喝雪水、雨水，缺少青菜和营养，孩子到两岁多了还没有出牙。由于交流少，孩子说话特别晚，也不爱说话。上学后，老师反映，他们7岁的儿子说起话来像三四岁的小孩儿，恶作剧的孩子喊他"小哑巴"。

提起那段艰苦的岁月，他们只有留恋，没有后悔；只有自豪，没有遗憾。他们是塞罕坝防火队伍中的普通一员，和现在工作在望火楼上的塞罕坝人一样，在平凡的工作岗位上做出了不平凡的贡献。

2011年，年仅54岁的陈锐军病逝。

类似这样早亡的干部职工可以扯出一大串：

谢国锋，森防站站长，42 岁因心脑血管猝然爆裂去世。

张鸣，四道河口营林区主任，42 岁因肝硬化死亡。

王玉山，千层板林场的大光顶子望火楼护林员，47 岁时因在山里摔伤导致破伤风，意外死亡。

刘晓峰，森防站副站长，39 岁因心脑血管病去世。

李春江，三道河口林场工人，47 岁因脑出血去世。

葛瑞印，阴河林场职工，40 岁因脑出血去世。

魏爱林，第三乡林场司机，32 岁因脑出血去世。

……

高海拔高寒的气候特点、不规律的生活、较差的医疗条件等因素造成这里很多人患有慢性病，最多的是胃病、关节炎和类风湿，高血压、心脑血管病更多。据统计，坝上人的平均寿命比坝下的要少 15 岁，青壮年死亡率比山下高 28%。最初上坝的 144 名大学生，如今大部分已经去世，他们的平均寿命只有 52 岁。

人的生命有长短，但更有宽度和深度。为了事业，塞罕坝人明知艰难却义无反顾，无怨无悔，用“宁可少活二十年，也要拿下大油田”般的豪情，用青春和热血染绿了那片不适合人类生存的土地，他们把自己的生命自觉融入森林，活成了一棵棵阻挡风沙的树。一株为木，二株为林，三株成森，一片片森林组成了北国荒原上一道绿色长城。

站在大光顶子山上，遥望塞罕坝莽莽苍苍的森林，我们的眼睛又一次湿润了。塞罕坝人用半个多世纪的拼搏奉献所创造的绿色奇迹不正是中国林业工人的一部可歌可泣的英雄史诗吗？！不正是最生动的中国故事吗？！

坚定的理想信念，为国担当的使命意识，是塞罕坝人在那个经济困难、生存艰苦、科技落后时代的至上法宝。变不可能为可能，便创造了平凡却不同凡响的绿色奇迹。这种奇迹有他们忠于使命的英雄气概，有面对苦难咬紧牙关的坚守，也有科学求实的踏实态度。这种奇迹，源于他们蕴藉深沉的思想内涵，源于他们不忘初心、恪尽职守的精神品质。很多塞罕坝人告诉我们："塞罕坝从荒原变绿洲不容易，这翻天覆地的变化靠的是一代代人的默默奉献，过去是这样，将来也应该这样。为我们的国家、为自己的民族奉献最值得！"

现在，我国仍有不少地区依旧生态脆弱，在大气污染、水污染、土壤污染等残酷的现实面前，高扬起"绿水青山就是金山银山"这面生态文明建设的旗帜，大力发展生态保护事业，功在当代利在千秋。咬定青山不放松，一张蓝图绘到底。塞罕坝人持续不断地造林营林、修复生态，把昔日紧逼北京城的沙地荒滩变成了美丽的后花园，它的成功逆转是我们国家由贫穷落后走向繁荣富强的一个缩影，它是新时代引领我们建设天更蓝、山更绿、水更清美丽家园的"先锋树"，是一面呼啦啦飘扬在世人心中的旗帜。它感召着每一位共和国公民在新时代勠力同心，拼搏奉献，创造更大的奇迹。

剧本

轰　鸡

（丝弦剧）

时　间：1965 年秋天。

地　点：某生产队饲养棚和饲养员的家，中间隔着一道墙。

人　物：老头（饲养员），老婆，都五十来岁。

（幕启：幕后有驴叫和鸡叫声。少顷，老婆在跳荡的音乐中上。）

老　婆：（唱）

我老婆今年五十一，
都说我是个养鸡迷。
别看我整天跟社员们一同去下地，
我家里还喂着八只老草鸡。
宝贝疙瘩琉璃蛋，
你咯咯咯，咕咕咕，
咯咯咕咕像说话，
叫得我老婆笑嘻嘻。
说养鸡，道养鸡，
三里五乡俺数第一。
一年到头鸡子不歇窝，
鸡蛋大来成色齐。
供销社的同志来收鸡蛋，
进村先到俺家里。

一竹篮，一簸箕，
端出瓦罐满满哩。
收购员同志把俺夸，
说俺是支援社会主义建设的老积极。
（鸡叫）我喂你们，我喂你们。（下）

（老头上）

老　头：（唱）

老汉我是个饲养员，
喂着队里的牛马驴。
火龙牛，金马驹，
铁打的骡子宝贝驴。
咴咴咴，咵咵咵，
咴咴咵咵像唱戏。
俺一会儿不听驴叫唤，
心里就像缺点啥东西。
牲口是生产队里半个家业，
千斤重担我挑起。
把骡马养得肥又壮，
为增产粮食改变农业面貌出力气。

（老婆上，鸡叫）

老　婆：哈哈。

（驴叫）

老　头：哈哈……

老　婆：老头子！（老头逗驴，不应）老头子！（老头仍不应，老婆敲墙）嗨！老头子！

老　头：啊！你喊啥哩？

老　婆：我问你刚才笑啥哩？

老　头：你刚才笑啥哩？

老　婆：俺笑俺的鸡哩。

老　头：俺笑俺的驴哩。

老　婆：怪不得人家都叫你牲口迷。

老　头：怪不得人家都叫你养鸡迷。

老　婆：我就是迷。

老　头：我就是迷。

老　婆：迷！

老　头：迷！

二人合：当中隔着一堵墙，
界开两院分东西。

老　头：我迷我的驴。

老　婆：我迷我的鸡。

二人合：对，对，
咱俩谁也别说谁。（老婆下）

老　头：（唱）
小青驴，真淘气，
打前脚，尥后蹄，
呼扇着耳朵打响鼻，
吃了你就撒欢哩，
等我担水回来饮饮你。（下）

（老婆搬鸡笼出）

老　婆：（唱）
搬出了八只老草鸡，
这几天没有把你放，
俺这宝贝疙瘩可受了委屈。
八月里，秋风起，
各样庄稼到场里。
这几天忙着去下地，

把你们关在笼子里，
我在外边更着急。
你又挤又碰想出去，
百爪子挠在俺心里。
别闹，等我喂你们，嗨！
麸子糁糠吃完了，
大忙天顾不上去推碾捣磨哩，
眼看恁就断了顿，
这可叫俺咋办哩。（驴叫）
听见驴叫想主意，（发现墙下的水墙沟，做放鸡状）
就怕俺老头子他不依。
俺那老东西是个犟驴脾气。凡是生产队里的东西，都像穿在他肋巴骨上似的，谁要动它一下，又蹦又咬，可是不好对付。（沉思）这……对，别管是鸡是驴，总要吃东西的，就这么办。（下）

（老头担水上）

老　头：（唱）

从机井担来清泉水，
干净清凉败火气。
谁喝谁报名，
不要讲客气。
啊！大青驴要喝？小白龙要喝？大老蔫也要喝？愣头青不要挤，发扬一下互助友爱，先让给小淘气喝，咱是保证供应，满足需要。

（老婆上，摆饭桌、碗、筷）

老　婆：（对墙那边叫）老头子。

老　头：（应声）嗯。

老　婆：老头子。

老　头： 啊。

老　婆： 老头子！

老　头： 唉，唉，唉！你喊啥哩？

老　婆： 吃饭来！

老　头： 知道啦！

老　婆： 知道你还不过来？

老　头： 好啦，就去，就去。（过来）眼下农活忙，牲口干活累，晌午这顿草料不伺候它们吃饱吃好，你就是给我炒鸡蛋，我也吃不下去。

老　婆： 哈……老头子，你真算是说对了，你为咱队里操心受累的，我比谁都知道得清楚。今儿个呀，我特意犒赏你这个五好社员一顿炒——鸡——蛋。

老　头：（唱）

老婆子今天变了脾气，
我觉得有点太稀奇。

老　婆：（唱）

老头子你上了几岁年纪，
应该吃点好东西。
咱俩是多半辈子老夫妻，
心里咋能不疼你。

老　头：（唱）

咱吃不吃的不要紧，
支援国家要积极。
为了建设社会主义，
咱们贫下中农应当多出力。

老　婆：（唱）

这些道理我知道，
积极养鸡是应该的。

攒下鸡蛋多多卖，
国家自己都有利。
鸡子全身都是宝，
肉能吃来粪做肥，
鸡子身上三把毛，
都是出口的好东西。

老　头：（唱）

我又不是来买鸡，
何必介绍那么详细。

老　婆：（唱）

俗话说鸡狗算家口，
自家的鸡子你可认得？（放鸡，一一介绍）
这是咱家的菊花青，
青嘴青腿青毛衣，
一天下个青鸡蛋，
一个鸡蛋七钱七；
这是咱家的凤头黄，
黄嘴黄腿黄毛衣，
一天下个黄鸡蛋，
一个鸡蛋八钱七；
这是咱家的大红袍，
红嘴红腿红毛衣，
一天下个红鸡蛋，
一个鸡蛋九钱七；
这是咱家的白洋鸡……

老　头：（唱）

白嘴白腿白毛衣，
一天下个白鸡蛋，

一个鸡蛋一两七！
老婆子你碎嘴皮，
就像那草鸡下蛋一样絮。
你养了八只老草鸡，
还不唱到大天黑哩。（欲走）

老　婆：（唱）
老头子，别大意，
一只一只认仔细。
物见本主会说话，
到时候不要出问题。

老　头：（唱）
数过来，数过去，
还不是你那几只老草鸡。
一天给你下个蛋，
有啥问题不问题。（下）

老　婆： 哈，没问题就好。我的宝贝疙瘩，可把恁给闷坏了吧，今儿个可该叫你们活动活动了。（唱）
想出办法心欢喜，
鸡呀鸡呀听我的。
牲口棚里去找食，
那边可有好吃的。
嗉子吃得鼓鼓的，
鸡蛋下得大大的。
快去快去快快去，
快去快去快快去。

（高兴地唱小曲：小草鸡，咯咯咯，多下蛋，少吃米。收拾碗筷下）

（老头上，看见被老婆放过来的鸡）

老　头：（唱）

哪里跑来这群鸡，
乱吃乱刨没规矩。
嘟！嘟！（轰鸡，鸡从垄沟里跑回去）

（老婆上）

老　婆：咦，怎么刚吃了两口就跑回来了？怕什么，大胆去吃吧。喂牲口的是咱家老头子，他不会撵你们，总得看点情面吧。（唱）

鸡呀鸡呀快过去，
放开胆子沉住气，
别怕老牛甩尾巴，
别怕小驴打响鼻，
低下头来只管吃，
谁也不敢来惹你。
快去快去快快去，
快去快去快快去。（轰鸡过墙）

老　头：（唱）

怎么又来了这群鸡，
一只一只都认得。
菊花青，凤头黄，
大红袍，白洋鸡，
一只一只认得准，
都是俺那老东西介绍的。
怪不得刚才叫我去认鸡，
原来是这个臭主意。
不管你耍什么鬼把戏，
损害集体利益我可不依。
她轰过来的不是鸡，

是自由主义。不，是自私自利。对！
是资产阶思想来侵袭。
我给她轰回去。嘟，嘟，嘟！（轰鸡）

老　婆：（唱）
咯咯叫，满天飞，
原来是老头子轰的鸡。
莫非那边有外人？
（老婆从垄沟道望，老头从墙头上望）
咋看不见俺那个老东西？

老　头：（唱）
看不见，怨自己，
谁叫你站得那么低！

老　婆：（唱）
不论高，不论低，
鸡子都是咱家的。
有我的也有你的，
在你那跑跑怕啥哩？

老　头：（唱）
你这说法不在理，
明明是想占便宜。
我这儿一草一叶都是公社的财产，
谁要损害它我不依。
老婆子，你呀，你也是社员，
为啥觉悟这么低？

老　婆：（唱）
老头子，老东西，
小题大做吓唬谁哩。
我还得放。

老　头：我还得轰。

老　婆：你轰？（把鸡赶过去）

老　头：你放？（把鸡轰回来）

老　婆：（唱）

我不能让他白吃我的炒鸡蛋。

老　头：（唱）

难道我从晌午给她轰到大天黑。（拿一口袋，逮鸡，打拐一只）

老　婆：（唱）

光听鸡叫不见回，

老头又闹啥鬼把戏？（到牲口棚去）

老东西，我的鸡呢？

老　头：啥鸡？

老　婆：菊花青、凤头黄、大红袍、白洋鸡。

老　头：没看见。

老　婆：没看见？闪开！

老　头：干啥？

老　婆：找鸡。

老　头：不让找。

老　婆：非找不可。闪开！（找出鸡）（唱）

你不该打拐我的鸡。

老　头：（唱）

谁叫它过来害集体？

老婆子，你是不是人民公社的社员？

老　婆：那还用说，当然是喽。

老　头：着哇！（唱）

是社员就该爱集体，

你不该牲口棚里来放鸡。

老　婆：那……老头子！（唱）

养鸡对国家也有利，

你要一分为二看问题。

老　头：（唱）

养鸡就该自己喂，

谁叫你往牲口棚里打主意。

你这是自私自利坏思想，

想叫我随和我不依。

老婆子，你要知道——

公是公，私是私，

公私分明是真理。

个人首先要爱集体，

这才叫一分为二看问题。

老　婆：（唱）

我拙嘴笨腮说不过你，

干脆今天赔我的鸡。（走下）

老　头：（唱）

老东西败阵跑下去，

真像一只落窝鸡，

看不见门外大天地，

只守着几个鸡蛋皮。

这个老东西往饲养棚里放鸡，还不承认错误，我得去找队长。（走到门口，返回）不行，矛盾不能上交。还得我们自己解决问题。对，就这么办。（敲墙）老婆子，别生气，刚才我也有错。

老　婆：你还知道错哩？

老　头：刚才我把鸡子打拐了，心里也是不得劲儿。你别生气啦，过两天鸡子就好了。给给给，快张包，张大包。（举起一

个马勺）

老　婆：叫我张包干啥？

老　头：小声点儿，牲口料。

老　婆：你给我马料？

老　头：哎，不多，就一勺。

老　婆：一勺？一勺也不行！刚才我放鸡去刨几粒粮食，你说我自私自利、资本主义！你这是啥主义？这是贪污盗窃！你还是个模范饲养员哩！

老　头：你真是小题大做，大惊小怪。一勺半勺的怕啥？把鸡子放过来吃和拿回去吃还不是一样。再说你把鸡放过来，在牲口棚里乱刨，弄得鸡毛鸡粪遍地，牲口吃了闹病，更是罪过啊！

老　婆：这……这是……

老　头：这是什么？

老　婆：（唱）

老头子指东来说西，
捅破窗纸我亮心里，
现在知道是自己的错，
你不要再给我来唱戏。

没想到你给我转了这么大个圈圈儿。老头子，你轰了半天，到底把我的脑瓜儿给轰开了。

老　头：轰开了就好。还要乘胜追击，扩大战果。

老　婆：对，把资产阶思想连根剜掉。

老　头：让社会主义思想的根子牢牢地扎在我们心里。

老　婆：老头子，我该下地去了。

老　头：我也该喂驴去了。

（剧终）

小 白 菜

（音乐风光电视剧）

编剧：尧山壁

总号	镜号	镜位	摄法	内　　容	音乐	音响	长度
		近－远－近	推、拉、特技	序 笛子和三弦出现在屏幕上，笛子和三弦跳动，定格音乐中推出片名和演职员表。	主题音乐		
1	1	全		一、某城市机场 一架银白色的大型客机从空中飞下降落。			
2	1	全－近	推	华思思随着人群走出机室。			
3	3	全		二、空镜 青山、绿水、花丛。（不同角度和景地拍摄 2 至 3 条）	主旋		

续 表

总号	镜号	镜位	摄法	内　容	音乐	音响	长度
4	1	全		三、公路上 一辆小轿车在依着一弯绿水的公路上疾驶，远处可见庭院、古塔。	主旋		
5	2	全		四、小巧、别致的南方古城 古城的人流、车流。			
6	1	全－近	推	五、某宾馆前 小车停在宾馆前，从车上走下一位颇有风度的中年女子，苗条的身段，飘逸的披肩长发，俊美中透出几分洋气，最为突出的是她那一双深情的眼睛。她就是被邀来参加“姑苏之夏”音乐会的东南亚著名歌星华思思。			
7	2	中全		宾馆负责人和服务小姐热情欢迎。			
8	1	全		六、宾馆房间 华思思住进具有古雅特色的套间。			
9	1	全		七、华丽的餐厅 华思思参加酒宴。			
10	2	中全		歌迷们争相请她签名。			
11	3	特		华思思兴奋的脸。			
12	1	全		八、音乐厅 “姑苏之夏”音乐会正在进行。			

续 表

总号	镜号	镜位	摄法	内 容	音乐	音响	长度
13	2	全		洋装的华思思唱完一支印尼民歌。			
14	3	全		台下观众掌声雷动。			
15	4	中		华思思一次一次地谢幕。			
16	5	中全		热情的观众仍不肯罢休。			
				华思思换上了具有中国民族特色的服装，满怀感情地唱起了河北民歌《小白菜》。			
17	6	中近－特		小白菜呀，地儿里黄呀， 两三岁上，没了娘呀。 跟着爹爹还能过呀， 就怕爹爹娶后娘呀。 娶来后娘五年整呀， 生了个弟弟变心肠呀……（唱着，热泪盈眶）			
18	7	全－中近		观众非常激动地看着台上，听着这优美动听的曲调，有的观众被感动得闪烁着泪花。			
19	8	中全		华思思继续激动地唱着，她的歌声是那么动人： 亲娘想俺一阵风呀， 俺想亲娘在梦中呀……			
20	9	全		歌唱完了，台下一片寂静，继而掌声骤起。			

续 表

总号	镜号	镜位	摄法	内　容	音乐	音响	长度
21	10	中		九、音乐会休息厅 华思思被一群记者和歌迷包围。			
22	11	中		一位女记者：华小姐，想不到您的《小白菜》唱得这么够味儿，真动情。			
	12	中		华思思：你们哪里晓得，我的老家在河北哩。			
23	13	中近		一位男记者：太好了，那么请问您是何时从河北去南洋的，其中一定有一段不平凡的经历吧？请您……			
24	14	中近		女导游：（见华思思面带忧郁，故意打岔）记者同志们，华小姐一路辛苦，下车就上场演出，已经够累的，改日再谈吧。			
25	1	全		十、宾馆 环秀山庄，华思思住处。			
26	1	全－近	推	十一、宾馆房间 换上轻盈睡衣的华思思，手拿一支古旧的短笛，倚在窗前，面对夜色茫茫的山沉思，一支悠扬牧歌在耳际缭绕。	牧歌		
27	2	近		女导游小林：（关切地）小姐，明儿日程排得挺紧，参观点不少，还是早点休息吧。（也可处理成画外音）			
28	3	近		华思思：啊，对不起。			
29	1	全		十二 蓝天，白云，环绕着鲜花绿树的太湖。			

续 表

总号	镜号	镜位	摄法	内　　容	音乐	音响	长度
30	1	全		十三 古朴的街道，别致的建筑。			
31	1	全	跟移	十四 小轿车在青石板路面的街巷中穿行。			
32	2	中	跟	车上的华思思显得很兴奋，她时而打着手势与小林交谈，时而掉头欣赏着窗外的街景。			
33	1	全－中近		十五、姑苏手表总厂厂门口 厂领导热情欢迎华思思。			
34	1–5			十六、手表厂各分厂 厂领导陪华思思在各分厂参观（机械、自动等车间）。			
35	1	全－中近		在装配车间，华思思颇有兴致地穿上拖鞋，看女工们熟练地操作着，一女工给华思思戴上一块精美的电子石英表。			
36	1	特		登月牌电子石英表特写。			
37	1	中		华思思：登月牌，真是太美了！谢谢，谢谢……			
38	1	全－中		十七、音乐厅 联欢跳舞。			

续　表

总号	镜号	镜位	摄法	内　　容	音乐	音响	长度
39	2	中		群众欢迎华思思唱歌，华思思即兴演唱： 小时候有个美丽的梦想， 有一天要飞上月亮， 与嫦娥姐姐做伴， 还见见那桂树旁的吴刚。 登月，登月！ 长上翅膀！ 登月，登月！ 令人神往！			
40	3	全		观众掌声、欢呼声。			
41	1	全	摇	十八、太湖 高处大雁北去，低处鱼鹰飞翔。华思思坐在乌篷船尾，与老渔翁对歌。			
42	2	全－中近		渔翁： 太湖水呵波连波， 乌篷船里迎贵客。 抬头一阵风哨响， 半天云里来对歌。			

续 表

总号	镜号	镜位	摄法	内　容	音乐	音响	长度
43	3	中近		华思思： 初来雏鸽战兢兢， 黄未退来毛未丰。 冒失闯进夫子庙， 连连点头拜先生。			
44	4	中近		渔翁： 屋里点灯窗外亮， 桥府有水桥面凉。 早起吃的八宝饭， 听你张口喷喷香。			
45	5	中近		华思思： 肉桂越老皮越辣， 桃子越老心越红。 彭祖上街卖花镜， 人人都说老的明。			

续 表

总号	镜号	镜位	摄法	内　　容	音乐	音响	长度
46–48	6–8	全		闪现一组太湖风光镜头，几组对歌处理成画外唱。 渔翁： 人老眼花看得歪， 不识洋人有人才。 肚里倒了蜜糖罐， 甜歌支支唱出来。 华思思： 八十老汉眼力拙， 莫把鸭子看成鹅。 本是自家堂前燕， 千里归来觅旧窝。			
49	9	全－中全	推	周围渔船上的人被华思思的歌声感染，向渔船靠近。			
50	1	全		十九、风景秀丽的花林丛中（细雨纷纷） 华思思与小林在花丛中穿行。			
51	2	全－中近		华思思触景生情，若有所思。响起画外歌曲，唱出了她的心声：			

续 表

总号	镜号	镜位	摄法	内 容	音乐	音响	长度
51	2	全－中近		是花开得早， 是人来得迟。 梅花早落去， 碧叶生满枝。 雨儿，冲洗那胭脂； 雨儿，滋润这果实。 点点，滴滴， 带来春天的欢欣。 歌词唱完，镜头中看出华思思的内心很不平静。			
52	1	远		二十、公路上（两旁风景秀美） 一辆小轿车在公路上行驶。			
53	2	中		车中的华思思被车外的景色吸引，她的心情是很不平静的。			
54	3	特		（眼睛是心灵的窗户）激动的神情。			
55	4	全		窗外闪过园林、翠谷、小桥、流水和穿着有江南特色的农村妇女。			
56	5	中近		车内小林：灵岩山还在前边呢。			
57	6	全		小车继续往前走，行至谷地，另是一番景象，有牛群，牧童横坐在牛背上唱山歌（画外歌声）： 初十的月亮少半边， 我想阿妹在心尖。 妹你一去不回头， 月亮不圆人不圆。			

续　表

总号	镜号	镜位	摄法	内　容	音乐	音响	长度
58	7	近		车内华思思激动的面容：停车，停车！			
59	8	中		车刚停，华思思冲出车门，她手执观众已见过的那支短笛，画外又响起那支牧歌，她激动地向牧童凝视，牧童惊讶，小林和司机也惊讶。			
60	9	近		华思思激动凝视的目光。			
61	10	近		牧童惊讶的目光。			
62	11	近		小林和司机惊讶的目光。			
63	1	全－近	推	二十一、灵岩山下一间有特色的小阁楼，华思思和小林在灯下促膝谈心。 华思思：是的，我的童年、少年是和这支牧笛连在一起的。我的亲娘死了，爹爹是个酒鬼，后娘生下弟弟以后，对我更凶狠了，多亏了小二哥……（化出）			
64	1	全－近－全	推	二十二、秋天古长城 十三四岁的小姑娘（少年的华思思）营养不良，衣衫破烂，她边挖野菜边唱： 长城岭呀，九里雾呀， 挖野菜呀，没的路呀。 黄连苦菜泪水煮呀， 天下谁有俺命苦呀。 小白菜正用歌声吐露自己的悲苦时，听到一曲笛声和着她，她有点吃惊，但找不到吹笛人，片刻又低下头挖野菜。			

续 表

总号	镜号	镜位	摄法	内　　容	音乐	音响	长度
65	1	全－近	推	二十三、长城岭下溪旁 小白菜边洗衣边唱： 山风吹呀，天气冷呀， 河水刺得骨头疼呀。 后娘待俺绝了情呀， 女儿心上起冰凌呀。 还是那笛声和着她唱，小白菜奇怪，仍找不见人。			
66		全－中近－全	推、拉	二十四、河北农村的某一野外 爹爹耕地，小白菜拉犁，后娘领弟弟在一边玩耍。 小白菜： 一河春水哗啦啦地流， 把我当成了老黄牛。 皮鞭要打你就打吧， 心里种下了多少仇。 笛声仍和着她，看得出，她已经习惯了，不再想找是谁。			
67	1	中近		二十五、小阁楼 华思思：我从小没了亲娘，只有爹，后娘生了小弟弟，一家四口住在长城岭下的石板房里。一天……（化出）			
68	1	全		石板房外。			
69	1	全－中	推	二十六、石板房 早饭时，小白菜退到门后，弟弟趴在锅台边，后娘递给弟弟一个白馒头。			

续 表

总号	镜号	镜位	摄法	内　容	音乐	音响	长度
70	2	中近		弟弟:(炫耀地)白馒头！白馒头！			
71	3	中－近－全	推、拉	爹颤抖的手拿起一个塞给小白菜，后娘横眉竖眼地夺过，塞给一个菜窝窝。小白菜扭头，流泪。爹扭过身子不敢发作，拿起酒葫芦喝闷酒。			
72	1	全－中		二十七、山野 小白菜砍柴，不小心从山上摔下来，脚受伤了。			
	2	特		受伤的脚。			
	3	全		小白菜只砍了一点柴火背回家。			
73	1	全－中		二十八、石板房外（有一石碾子） 小白菜把柴背回，坐在外面磨豆子。 后娘：好哇，你今天就打这么点柴还敢回来！（用手使劲打了她一下）你若明天还打这么点，就别想回来！			
74	1	全－中近	推	二十九、山野，稀疏的灌木在秋风中摇动（其中有几棵特大的树，山中有一个大庙） 小白菜砍柴。 笛声和着。 小白菜砍累了，笛声抚慰着她沉沉睡去。			
75	2	全		一个十四五岁的小男孩，趁小白菜入睡的时候，继续哼着砍柴歌，替她砍柴，不一会儿，砍下的柴小山似的堆着。			

续　表

总号	镜号	镜位	摄法	内　　容	音乐	音响	长度
76	3	特		一堆柴。			
77	4	中		小白菜醒来，惊问：你、你是谁？ 小男孩：吹笛人，和你一样命苦，没爹没娘，给老财家放羊的小二哥。			
78	5	近		小白菜：（激动地）小二哥，多谢你！			
79	6	近		小男孩：（同情地看着她，摇摇头）不用谢。			
80	1	中－中全	拉	一组欢乐的镜头 三十、野外 春天，小二哥帮小白菜挖野菜，饿了，小白菜掏出糠窝窝分给他吃。小二哥爬到榆树上扯下榆钱，两人高兴地吃着。			
81	2	全－中	推	秋天，小白菜挖菜，羊群在山坡吃草，小二哥偷来生的玉米、红薯，挖个洞烧熟了吃，吃黑了嘴巴，两人对着笑。			

续 表

总号	镜号	镜位	摄法	内　容	音乐	音响	长度
82		中－全	拉	小二哥将洁白的野花戴在小白菜头发上。 小白菜骑在牛背上，小二哥吹笛，小白菜欢快地唱： 风儿吹哟吹得欢， 扑闪闪呀过草山。 赶来羊群一大片， 像那白云落九天。 青山蓝山花果山， 放牛的哥哥赛神仙。 对着小河吹牧笛， 向着大山甩响鞭。（化入）			
83	1	全		三十一、阁楼内（深夜，山野虫唧唧，阁楼内灯花闪闪） 小林：华姐姐，你的童年像一首辛酸而美丽的叙事诗，一曲扣人心弦的乡土音乐，刚开头就把我抓住了，我真想知道它的发展和结尾。可惜今天太晚了，明儿还要上山参观，快休息，以后再谈吧。 华思思点点头。			
84	1	全		三十二、秀美的灵岩山 怪石嶙峋，灵岩塔前，华思思和小林参加一群大学生的野宴，一曲迪斯科舞跳完，大学生欢迎华思思唱歌。			

续 表

总号	镜号	镜位	摄法	内　　容	音乐	音响	长度
85	2	中		华思思深情地唱： 站在高高的山上， 眺望那遥远的地方。 在那万里长城下， 有我思念的小村庄。 多么熟悉的山水， 多么可爱的牛羊。 四十年梦中景物， 今天该是什么模样？ 站在高高的山上， 望断连绵的白云。 在那大山环抱的山村， 有我日夜思念的亲人。 多么亲切的面庞， 多么悠扬的笛声。 四十年梦中的星辰， 是否还是那样动人？			
86–88	1–3	全		华思思唱歌时，闪现一组空镜头：田野、山川、大树……			
89	4	中		回到华思思唱最后几句歌的画面。			

续 表

总号	镜号	镜位	摄法	内　容	音乐	音响	长度
90	1	全－中－全		三十三、山腰梯田（几位山村妇女边唱山歌边点豆） 女领众和： 大江南呵好风光， 姐妹点豆上山岗。 左一行，右一行， 行行如同写文章。 个个都是唐伯虎， 快快来点呀点秋香。 南风阵阵风摆柳， 姐妹点豆上山头。 前一丘，后一丘， 丘丘风光如锦绣。 你点个鸳鸯来戏水， 我点个凤凰画中游。			
91	2	全－近	推	华思思在田埂上出神。			
92	1	全		空镜 三十四、傍晚，山谷沐浴着晚霞			
93	2	中全		华思思面向夕阳对小林说：听了农家的种豆歌，我想起儿时种豆的情景，更加怀念我那患难与共的小二哥。（化出）			
94	1	全－中	推	三十五、石头小屋外，深夜 山林里只剩下一盏灯，小二哥蹑手蹑脚走来，从门缝看。			

续 表

总号	镜号	镜位	摄法	内　容	音乐	音响	长度
95	1	中全		三十六、石头小屋内 矮小、冰冷的石头小屋内，小白菜正在嗡嗡纺棉线，边纺边唱： 牵不断的丝， 扯不完的线， 小白菜的苦水吐不完， 深夜想睡不敢睡呀， 身子发木腿发酸……			
96	2	中－全		轻轻的敲门声。 “谁？”“我，小二哥。”小白菜开门。 小二哥进屋：我起来查看羊圈，全村就亮你这一盏灯了。 小白菜：后娘每天给俺一个穗子，纺不成就不让吃早饭，俺常纺到天亮。			
97	3	中－全	移	小二哥：那你睡觉，我替你纺吧。 小白菜：小子家会纺花？ 小二哥：穷人家的小子啥不会？你看嘛。 小二哥纺花，纺得又快又匀，小白菜笑了。 小白菜歪倒在炕上，在小二哥嗡嗡的纺车声中睡去。（化入）			
98	1	中－全		三十七、傍晚，山岩上 华思思：从那以后，后娘更恨我了。不久又想出了个鬼主意，叫弟弟和我一块种豆，暗暗先把给我的豆子煮熟了，不能发芽。最后看谁种的豆苗好，长不出苗就受罚。这个阴谋又被小二哥发现了。（化出）			

续　表

总号	镜号	镜位	摄法	内　容	音乐	音响	长度
99	1	全－中－全	推、拉	三十八、长城、山路上 小白菜、弟弟各拿一袋豆种准备点，小二哥忽然出现。 小二哥：胖墩，干啥去? 弟弟：点豆。 小二哥：给我看看是啥样的豆种? 弟弟不让。 小二哥拉起小白菜快跑，把弟弟落在后面。			
100	2	中		小二哥从小白菜袋里拿出豆种嚼嚼：娘的，豆种煮熟了咋能发芽? 小白菜：小二哥，咋办? 小二哥：(想了想)我设法让胖墩把豆种放下，你快调换。 小白菜：这……			
101	3	全－中－全		弟弟气喘吁吁地跑来：等等我。 小二哥：胖墩，溪沟里有虾，咱俩摸去，摸上来，哥给你烧烧吃。 (小二哥欲去) 弟弟：小二哥，等等我，我最喜欢吃虾了。(挽裤) 小二哥：你个子小，得脱了裤子，不然豆种湿了就不出芽了。 弟弟脱了裤子跟小二哥走了。			
102	1	全		三十九、小溪 小二哥和弟弟在摸虾。			

续　表

总号	镜号	镜位	摄法	内　　容	音乐	音响	长度
103	1	全－近－中	推、拉	四十、岸边 小白菜把豆种袋子换了又用石头压上。 一组快镜头： 小白菜往地里浇水。 弟弟捉虫玩。			
104–109				小白菜地里豆子开始发芽。 弟弟地里豆种仍无动静。			
				特写：小白菜地里的豆苗长、长、长……充满了屏幕。后娘发怒，狰狞的面孔。			
110	1	中－全		四十一、小白菜家 后娘拷问弟弟，爹无可奈何地站在一旁。 弟弟：豆、豆种只有与小二哥摸虾时才放下过…… 后娘：问题就出在这里，我早就发现这妮子与鬼小子混在一起，他爹，把这死妮子给我捆起来！ 爹：…… 后娘：你不管我可要管了！			
111	2	中－全		一阵阵夜风，一阵阵悲伤的哭泣。 被打得遍体鳞伤的小白菜躺在地上。			

续 表

总号	镜号	镜位	摄法	内　　容	音乐	音响	长度
112	1	全－中	推	四十二、柴屋里 小白菜唱着思念小二哥悲苦的歌： 黑咕隆咚屋子不见天， 后娘关我如牢监。 有心就此寻短见， 又听小二哥甩响鞭。 小二哥呀， 用鞭你就狠狠地甩， 抽断这房梁见青天， 帮我逃出这鬼门关！			
113	1	全		四十三、山岩上 小二哥站在山岩上，甩过鞭子，唱着为小白菜不平的歌： 黑咕隆咚天上没星星， 只有妹妹那盏灯。 几天不见妹妹的面， 耳边还有妹妹的歌声。 小妹呀， 你是一棵灵芝草， 偏偏夹在石缝中， 无法生长往外冲。			

续 表

总号	镜号	镜位	摄法	内　　容	音乐	音响	长度
114–116	1	全		四十四、柴屋内 爹战战兢兢地给小白菜送来白馍，又悄然离去。 小白菜唱： 可怜我的爹， 终日价醉醺醺。 就像那酒壶啊， 有嘴没有心。 不知是人喝酒， 还是那酒喝人。 爹爹长醉喊不醒， 听不见女儿苦呻吟。（化入）（唱时闪现几个爹爹喝醉的镜头）			
117	1	中全－近	推	四十五、山岩上 小林：太感人了，真是旧中国乡村一出封建愚昧的悲剧。 华思思还停留在悲伤的回忆里。			
118	1	中全		四十六、山庄阳台上 华思思沉思地拉出一曲抒情的二胡曲，悠扬的琴声在夜空中回旋，一曲终了。 小林：华小姐，想不到你的二胡拉得这么好！ 华思思：后娘为了把我与小二哥分开，背着我酒醉的爹爹把我卖给了一个南方来的卖唱艺人胡贵，在山上遇见了小二哥……（化出）			

续　表

总号	镜号	镜位	摄法	内　容	音乐	音响	长度
119	1	全		四十七、山脚 捆在马背上的小白菜，一眼看见站在山上的小二哥。 小白菜:（悲痛地呼喊）小二哥，小二哥！			
120	2	中全		小二哥跑下来，拉着马，企图把小白菜拉下来。			
121	3	中全		胡贵给他一马鞭，又给马一鞭子，马快跑起来。			
122	4	中全		小二哥：小妹，小妹！ 小白菜：小二哥，我的小二哥…… 小二哥飞快地追马，可马比人快，只留下层层扬起的灰尘。 小二哥：小妹，小妹妹呀！（画外唱，画面重闪刚才发生的情景） 马走千里一溜风， 带走了小妹妹无影踪。 从今后有笛无歌不成曲， 有歌无笛不成声。 天爷爷，为何不管世上风雨恶? 地奶奶，为何不管人间路不平！			
123	5	全		小二哥背朝镜头往前看。			
124	6	近		小二哥泪流满面……			

续 表

总号	镜号	镜位	摄法	内　　容	音乐	音响	长度
125	1	中全		四十八、山庄阳台上 华思思对小林讲：我昏沉沉躺在马背上，耳边常响起小二哥吹的牧笛声。后来胡贵把我当成摇钱树，让我唱曲，学拉二胡。我把我的身世告诉了老实的师兄，师兄也是受苦人，他为我编了充满悲愁和思念的歌，白天胡贵不准给客人唱，只好在晚上……（化出）			
126	1	全		四十九、月夜，江水 南去的木船上。			
127	2	中全	跟、移	胡贵早已在船舱里酣睡。 师兄拉着二胡。			
				小白菜唱着一支思念故乡、思念小二哥的歌： 如今世上的苦命女， 四处飘零没有家。 不知我的小二哥， 放牧在哪片彩云下。 天天打柴西山峡， 帮妹妹把木柴打。 如今没人陪你说话， 吹起牛角想妹吧。 你没父母我没妈， 一棵藤上两苦瓜。 如今不见妹妹面， 闷来莫把羊儿打。 优美、动情的歌声，在江面上飘荡，飘荡……			

续　表

总号	镜号	镜位	摄法	内　　容	音乐	音响	长度
128	3	全－中	推	一只帆船慢慢向小木船靠近。 船舷边站着一位洋装的金发女郎。 她被小白菜的歌声吸引，感动了，要船家去请小白菜过来唱歌。			
129	1	中－全		五十、富丽堂皇的帆船上 胡贵点头哈腰地把小白菜和师兄带过来，他为突如其来的生意高兴。 胡贵:（打拱行礼）请小姐点戏。 翻译：哈曼小姐从南洋来，要听歌。 胡贵：好，好，听《十月恋情》还是《玫瑰红》？ 哈曼对翻译低语。 翻译：哈曼小姐说，要请唱歌的姑娘唱她最爱唱的歌。			
130	2	近		哈曼小姐:（蹩脚的汉语）象（唱）吧，象（唱）吧。			
131	3	中全		小白菜清清歌喉，唱起了观众早已熟悉的河北民歌《小白菜》，师兄为她伴奏。			
132	4	中全		她唱得优美，动情，催人泪下。哈曼很受感动。 听完后，她激动地对翻译讲了一大段外国语。			
133	5	中		翻译对胡贵：哈曼小姐说，她很荣幸，一下子发现了一个音乐天才，愿意出重金买她去当伴歌女，不知愿意不愿意？ 胡贵:（忙说）只要有个好价钱，一千个愿意，一万个愿意。			

续　表

总号	镜号	镜位	摄法	内　　容	音乐	音响	长度
134	6	中近		小白菜:（拉着师兄，惊叫）啊！ 哈曼却亲热地拉起了她的手。（化入）			
135	1	中		五十一、阳台上 华思思：就这样，我随着哈曼小姐远离祖国，漂泊南洋。哈曼小姐为人善良，待我很好，她音乐素养很高，又爱才，我才成为歌手。 小林：华小姐，你的身世太不寻常了，可以说是一个传奇。 华思思：林女士，这些天多亏你与我共同分担愁苦。先不说这些了，你明天领我去轻松一下吧。 小林：明天去参观水乡妇女服饰展览，很有特色。 华思思：很好。			
136	1	全		五十二、服饰展览大殿 华思思与小林迈入殿内，就被迎面三个农村妇女蜡像吸引住了，她们扎着包头巾，身着拼接衫裤、腰围裙，脚穿绣鞋，一身水乡妇女打扮。			
137	2	中		华思思：太有情趣了！ 小林：华小姐，你看！			
138	3	近		华思思：哇！			
139	4	中	摇	映入眼帘的除了特色服装，还有玉簪、银花插、千金如意簪、珠冠等各种头饰……			

续　表

总号	镜号	镜位	摄法	内　　容	音乐	音响	长度
140	5	近		华思思:（激动地）祖国的南方妇女太会打扮自己了，我感到骄傲!			
141	1	中全	跟	五十三、回山庄的小路上 小林：这是在山庄的最后一天了，华小姐，我真不愿与你分别。 华思思：亲爱的小林，我也一样，听说我那酒鬼爹早已去世，后娘带着弟弟改嫁，我没亲人了。这些日子你我建立了亲密的姐妹感情，妹妹，你能陪我回河北老家，到长城脚下去寻找我童年的足迹和我的小二哥吗?			
142	2	特		华思思激动的神情。			
143	3	近		小林：我当然愿意陪华姐去。			
144	4	中近		华思思：太好了！（拥抱小林）			
145	1	全	空镜	五十四、北去的列车			
146	1	中全		华思思和小林在软卧车厢。			
147	2	全	空镜跟	车过华北平原。			
148	3	中近	推	华思思靠近窗口向外张望，泪水盈眶。			
149	1	全近	摇、推	五十五、宏伟的长城 华思思在中外游客中。			

续　表

总号	镜号	镜位	摄法	内　　容	音乐	音响	长度
150	2	中全	摇	华思思和小林在长城岭下寻找，见人就问。 石板房已变成了一座座新瓦房。（剩下一碾子还在）			
151	3	近		华思思若有所失。			
152	4	中－近	摇	一老者：（拉着华思思的手）啊，闺女，你就是当年好唱歌的小白菜，苦命的孩子。不，你都成大人了。你问放牛的小二哥，那也是个仁义的孩子，打你被后娘卖掉以后，整天价对着南方唱歌、吹笛，饭不吃，水不喝……（化出）			
153	1	全		五十六、山顶 小二哥站在山顶。 画外唱： 天茫茫，路茫茫， 小妹在何方？ 黑马驮你离家去， 教我苦苦把妹想。 榆钱采来等你吃， 红枣采来等你尝。 千呼万唤你不应， 空让哥哥想断肠。 （闪现离别前在一起的一些画面）小二哥在山坡上往前走。			
154–155	2 3	近 近		唱中间和最后改打两个小二哥激动往前走的近景。			

续 表

总号	镜号	镜位	摄法	内　容	音乐	音响	长度
156	4	全		小二哥越过高山。			
157	1	全		小二哥涉过江河。			
158	1	中全		小二哥和羊群跋涉在弯弯曲曲的山路上。			
159–165	1 6	全		五十七、长城高处 华思思站在长城高处，画外响起她的心声： 当年离家雨雪飞， 今日故园春色归。 思念你，梦中伴君行， 思念你，神往长城岭。 故乡，亲人， 千山万水难隔我一片情…… 歌声中闪现祖国的山川、河流、古长城、旷野、羊群……最后歌声幻成了小二哥的牧笛声。			
166	7	特		华思思一双饱含思念的眼睛。			

水乡游击队

人　物

任大桅——男，26 岁，游击队长
林青——女，30 岁，区委书记
卢大娘——堡垒户
水生——侦察员，20 多岁
秋菱——渔家女，17 岁
张洛群——秋菱之父
水生媳妇
男女群众、游击队员、主力部队指战员若干

龟本——日派驻渡口的中队长
熊万才——大地主，伪军大队长
熊宝——熊万才之子
鬼子兵、伪军若干

时间：抗日战争时期
地点：白洋淀

场　次

第一场　水路遇敌

第一场　水路遇敌

（黎明，任大桅和水生摇船上。）

任大桅：（船头瞭望）（唱）

白洋淀上摆战场，
抗日救国打豺狼。
我到渡口摸情况，
小船如飞出苇塘。

水　生： 队长，鬼子从天津经大清河运来白洋淀的几十船货一定有军火，要不他停靠在渡口总不敢轻易开船。

任大桅： 这说明了咱冀中人民反“扫荡”的形势好，平汉路被切断，鬼子这才拼死保住津保水路。区委林书记不是说，为了这几十条船，鬼子新从保定派了一个叫龟本的中队长。

水　生： 这下咱游击队的大抬杆更要显威风了，打鬼子就得当打野鸭子，一个也不让他跑了。

（敌汽船声传来……）

水　生：队长，鬼子巡逻船……

（一道电光射来，波浪突起，任大桅和水生的小船颠簸。鬼子和伪军的喊声：“渔船的什么的干活？”）

水　生：（询问地）队长……

任大桅：鬼子瞎咋呼，绕开它快走。到渡口摸清情况，好向区委报告。

（探照灯光，汽船声由远而近，由近而远，二人躲过，拨转船身向东划去。天边鱼白，辽阔的白洋淀景色，启明星在天边闪烁，“黑暗即将过去，曙光就在前头”。）

第二场　渡口侦察

（长堤，垂柳，桅灯，石碑，碑额上题有“一叶通津”，破庙残垣，一条经过涂改的标语，“打倒日本帝国主义”的字迹，清晰可见。）

（幕后沉重的渔民搬运号子声，夹杂着鬼子的呵斥和皮鞭声。日本鬼子刺刀下的渡口停靠着货船。）

（卖鱼卖茶的渔民、小吃食商贩、来往行人的喧嚷、嘈杂声。）

（幕启：张洛群和秋菱担鱼挑子上。）

张洛群：（担鱼挑子叫卖）卖鱼来，才出淀的鳜鱼！（唱渔歌）

白洋淀，鱼虾多，
打鱼的人儿命难活。
渔霸财主来压榨，
鬼子开船来抢夺。

（白）秋菱，你看那一船一船苇席、大米，是咱渔民的血汗啊！

秋　菱：狗强盗们抢这些粮食，吃饱了又来糟害咱中国人民！（唱）

白洋淀，雁儿多，
雁儿没有英雄多。
游击健儿撒下网，
鬼子货船跑不脱。

（伪军甲、乙携布告上。）

伪军甲：这丫头叨唠什么？

秋　菱：（辛辣地）

打鱼人儿撒下网，
臭鱼烂虾跑不脱。

（伪军乙于石碑上贴布告。）

伪军甲：（眼盯着张洛群父女）都给我听着！（念白）

大日本皇军布告：
渔民任大桅，
号称游击队。
打我包运船，
灭我皇军威。
皇军出重赏，
捉拿任大桅。
活的给五千，
死的减一半。
知情若不报，
与匪同问罪。
切切此布。

伪军甲：我那娘，捉活的五千，死的两千五，可惜咱碰不上。

伪军乙：碰上你就没命啦！任大桅入水是蛟龙，出水是猛虎，眼疾手快枪法准，要打你鼻子碰不着你眼睛。有种，他日本人自己捉去。

（伪军甲、乙谈论着下。）

（任大梳、水生船靠岸，各担鱼挑子健步走上。）

任大梳：（唱）

日本军阀狗强盗，
蹂躏白洋淀，
残害我同胞。
条条大船岸边靠，
军火船又是哪些条？
单等它开船淀上跑，
打船杀敌在今朝。
毛主席领导中国人民打日本，
游击健儿斗志高。
千里渔村百万兵，
满淀芦苇满淀刀！

水　生：卖鱼来，好肥的鳜鱼啊！

秋　菱：（迎着任大梳走去）大梳哥，布告！

张洛群：（关切地）小心啦！

任大梳：（坦然一笑）看看。（与水生假看布告，观察敌船）

（熊宝拿算盘、渔税册子上。）

熊　宝：（对张洛群）你父女俩又来啦，上集的渔税还没交清哩！

秋　菱：我们渔家跟你的账有清的时候。

熊　宝：算吧，上集是……（拨算盘）五五二十五，五去五进一，一下五去四……

张洛群：（扁担杵地，横眉怒目）还不知道谁欠谁的哩！

熊　宝：怎么，张洛群你又要造反啦，你想砸我渔行，毁我当铺？你要走任大梳他爹那条死路，现成。（指布告）看见了吗，只要我一句话，今儿个你就不用想走。把鱼挑子送渔行去。（指任大梳的鱼挑子）这谁的？一块走。

水　生：我的。

熊　宝： 这个哩？

水　生： 我的。

熊　宝：（疑惑地）你……

水　生： 我的一个伙计的。

熊　宝： 都给我送到渔行去。（打量任大桅）别看了，过来，过来，哎你怎么不动弹……

（幕后："龟本太君到……"）

（龟本上，后跟熊万才等，簇拥前进。）

伪　军：（用枪托开道）闪开，闪开，龟本太君到渡口视察来啦！

（众散开，任大桅、水生、张洛群、秋菱等趁机下。）

熊　宝： 爹。

龟　本： 熊万才，渡口的到了？

熊万才： 是，龟本队长。白洋淀是九河的下梢，从这里过大清河可通天津，过白洋淀可达保定。这条路要不是游击队闹腾……

龟　本：（点头）哼哼。（唱）

铁壁合围大扫荡，
皇军铁骑踏四方。
消灭沿河游击队，
军火船一定要开航。
（白）上船巡逻。

熊万才： 上船，龟本队长要巡逻河道！

（龟本、熊万才及日、伪军上船，汽船声，鸣笛声，众下。）

（搬运号子声，扛大包的渔民过场，一渔民不慎摔散一大包，一伪军上前欲打。）

任大桅：（上前拦住）我来（帮渔民收拾散包）大哥，你喘口气，我给你扛一趟。

渔　民：（认出任大桅，惊）你是大……兄弟……

伪　军：他干什么的？

渔　民：（指鱼挑子）卖鱼的。我连饿带累，他帮我一把。

任大桅：（给水生眼色，对渔民）给我照看一下鱼挑子。（扛大包下）（伪军随下）

水　生：（与渔民交谈）大哥，你们船上都是什么货？

渔　民：粮食、芦席。从天津运来的好几十船都不靠这渡口，（指远方）你看那边鬼子把得可严实啦。

水　生：那都是些什么货？

渔　民：一不装，二不卸，反正是见不得人的玩意儿呗。

（熊宝挎盒子，带一伪军上。）

熊　宝：张洛群呢？

水　生：他卖他的鱼，我管得着吗！

熊　宝：这小子这么横，我看你是游击队！

水　生：（笑）哼哼，你怎么不说我是任大桅呀！

（装船的渔民返回，任大桅混在其中，众围上。）

伪　军：散开，散开，别围着啦！

渔　民：（小声地对任大桅）大……兄弟，你还不快走。

水　生：（提高嗓门）我是任大桅，带我领赏去吧！

熊　宝：你这脑袋不值五千元。

水　生：（拉住熊宝）走哇，怎么不走哇！

（众劝解。）

渔　民：（推水生）算了，算了，你少说一句吧。

任大桅：（机警地）走吧，兄弟。

（任大桅、水生放鱼挑子在船，解缆欲上船。熊宝跟上。）

熊　宝：站住！

任大桅：（一转身）干什么？

熊　宝：任大桅！（蓦地抽出手枪）

任大桅：（沉着地）老相识了！

熊　宝：（命令左右）抓住他！

（任大桅飞起一脚踢掉熊的手枪，打熊下水。伪军吹哨，水生抡船桨打倒伪军。）

（任大桅、水生各拾起短枪、长枪，急速摇船离去。）

（日军数人赶到，被乱跑的群众阻隔不前……）

（熊宝爬上岸来。）

熊　宝：游击……队……（晃摇着倒地）

（切光。）

第三场　芦荡伏击

（朝霞与雁阵齐飞，秋水共长天一色，芦苇丛中，战歌声里，我游击健儿出没的地方。）

（幕启：游击队员擦拭武器，有的给大抬杆装药。唱游击队歌。）

钢枪背在肩，
手摇小渔船。
打鬼子，锄汉奸，
抗日救国斗志坚。
渴饮淀中水，
饥食芦根甜。
夜里放火端岗楼，
白天伏击打汽船。
钢枪背在肩，
手摇小渔船。
来如风，去如电，
穿云破雾踏浪尖。
消灭侵略者，

纵死也心甘。
一生奋斗求解放，
枪杆子里面出政权。

（队员甲瞭望。）

队员甲：哎，小船。

众队员：队长和水生回来了。

队员甲：不对，是区委林书记和卢大娘摇着小船来啦。

众队员：林书记。

（林书记和卢大娘上，林青八路打扮，挎盒子枪，卢大娘挎小竹篮。）

林　青：（上唱）

船行万顷浪涛间，
眼看四海风云天。
宝书一卷枪一杆，
唤起工农万万千。
党教我战斗在白洋淀，
抗日的烽火遍地燃。

队员甲：林书记，卢大娘，你们来啦！

（队员们与林书记、卢大娘打招呼。）

队员甲：林书记，大伙还以为是队长回来了呢。

林　青：你们队长上渡口侦察去了，约好我上苇塘来等他。

众队员：林书记，什么任务？打鬼子包运船吧，同志们手都发痒了。

队员甲：林书记，抬杆都装上了药。

林　青：好哇，好好打鬼子。卢大娘慰问大家伙来啦。

卢大娘：我这篮子小，东西不多，可这是我们的一片心意呀。这还有水生一封信，等他回来再说吧。

队员甲：林书记，你看咱土枪土炮，总不如你们大部队……

林　青：（笑）怎么，土枪土炮不成吗？

某队员： 怎么不成，我爷爷说：我这大抬杆，就打过八国联军。林书记三八年从大部队来咱白洋淀开展工作，你知道，咱就是靠大抬杆打鬼子起家的。

队员甲： 不过，总觉得不如大部队打仗痛快。

林　青： 主力部队，县大队、区小队，民兵三级武装缺一不可，咱们游击队从七七事变后，鬼子一过来就用大抬杆打鬼子。这几年，由几条打雁的排子，发展到现在的区小队。毛主席领导的秋收起义用的不也是梭镖、红缨枪吗？咱抗日就靠毛主席的人民战争思想。

（一队员瞭望。）

队　员： 队长回来了！

（任大桅、水生上。）

任大桅： 林书记你早来啦。卢大娘您也来啦！

林　青： 大桅，这一趟渡口侦察怎么样？

任大桅： 在渡口停靠的全是货船，装的都是大米、苇席，可就在三百米以外，密密麻麻一大片，船塞满了荷花湾，鬼子戒备森严，走近一看，明装盐包，暗运军火。林书记，（唱）

在渡口停货船把人迷惑，
暗地里运军火偷过清河。
他最怕遭伏击半路难过，
贼龟本上汽船亲自巡逻。

林　青： 明白了。同志们，（唱）

咱冀中反“扫荡”势成烈火，
平汉路给切断南北分割。
日本鬼寄希望水路船舶，
近日来巡逻船忽然增多。

岂不知在水上有利于我，
苇丛中打伏击机动灵活。
且等待军火船从此路过，
打他个船仰翻血流满河。

（白）大槐同志，根据县委指示精神，参照你在渡口摸来的情况，咱们要卡住敌人这几十条船，切断敌人水上运输线。

任大槐： 同志们有决心吗？

众队员： 有！（唱）
野鸭飞来有炮火，
鱼群游来入网罗。
鬼子船舶休想过，
管叫他有来无回命难活！

林　青： 咱们马上开个支委会，把你侦察的情况再做仔细的研究，把切断敌人水上运输线的任务做个具体安排，提出战斗方案，然后向县委报告。

任大槐： 是。支委同志来一下。

（林青、任大槐引三五队员下。）

卢大娘： 水生，你媳妇给你写了封信。

水　生： 大娘，我媳妇起小受穷不识字，写什么信，你别逗我了。

卢大娘：（交信给水生）你看看就明白啦。

水　生：（看信，笑）在识字班她学会认字了……

队员甲： 水生，你念出来大伙也听听。

水　生： 没什么，你念吧。

队员甲：（接信念）水生，咱村的识字班可好了，又识了字，又学了抗日救国的道理。这封信是我亲手给你写的……

水　生： 她粗手笨脚的也会写字了。

队员甲：（接着念）这些日子，敌人“扫荡”，我们反“扫荡”，妇女会的工作忒忙。前几天，区上开大会，我和娘都选上了支前模范……（对水生）人家可是当了模范了！（接着）娘说，给你挑战，希望你多杀鬼子，当个抗日英雄。

（任大梳、林青和队员上。）

任大梳：同志们，乡亲们给我们挑战了，我们敢不敢应战呀？

水　生：（收起信）敢！

众　人：敢！（同时说）

林　青：（对任大梳）就这样决定吧。我把支委会的情况给县委汇报一下，然后到芦家庄一带发动群众缝寒衣做军鞋筹军粮，配合同志们打伏击。

任大梳：我们全体游击队员向区委保证，切断敌人津保航线，就是一兵一卒、一粒粮食、一颗子弹也不能让敌人从水上通过。

林　青：大娘，咱们走吧。

卢大娘：同志们打了胜仗，可上芦家庄看大娘我去呀！

队员甲：大娘，您拿什么慰问我们呀？

卢大娘：莲蓬、菱角、鸡头米呗。

（众笑。）

（任大梳送林青、卢大娘下。）

（水生愉快地擦拭在渡口缴来的大盖枪。）

队员甲：（羡慕地）水生哥，你在渡口得的这条大盖枪吧。

水　生：那还用说。

队员甲：这条大盖枪，是东洋造吧。（情不自禁地伸手抚摩）

水　生：那还用说。（打甲的手）

队员甲：你这大盖打鬼子行吗？

水　生：废话，打鬼子不行还成？东洋枪，东洋刀，到咱手里它就变了，主要不在枪，在使枪的人。

队员甲：水生哥，你给我摆弄摆弄，行吗？

水　生：哎，你怎么缠住我没个完！

队员甲：我又不想要你的。

水　生：什么我的，一切缴获要归公嘛！

（二人缠磨不清。）

（少顷，队员乙急上。）

队员乙：别闹了，队长哩？发现敌人巡逻船。

（任大桅闻声上。）

任大桅：什么方向？

队员乙：一条鬼子巡逻船，从采莲台方向，向渡口开去，正好从咱苇塘前面这条苇壕通过。

众队员：队长，打吧！

任大桅：注意警戒，继续侦察。

队员乙：是！（下）

任大桅：既是巡逻船，就不是一条，咱们枪一响，敌人必定增援。

众队员：入了网的鱼，还把它放跑了吗？

任大桅：不，我们一定要打它。毛主席说："不打无把握之仗。"

（队员乙上，敌汽船声渐近……）

队员乙：敌船开近，甲板堆有沙包掩体，船上架有机枪一挺，桅杆上还安了一个瞭望哨。

任大桅：一班，命令你们做尖刀班，大抬杆打响以后，趁烟雾迅速冲上敌船，以刺刀、手榴弹解决问题。二班派出监视哨，密切注视河道上下，警惕敌人增援。同志们，进入阵地，准备射击。我们这次伏击战要速战速决，不等敌人增援，就结束战斗。我鸣枪为令，撂倒敌人的瞭望哨，大抬杆点火。

（汽船声近。敌船此处不上场，处理均在幕后）

任大桅：打！

（队长鸣枪，大抬杆齐鸣，敌船中炮起火。）

众队员：杀！

（部分队员冲锋下，队员乙跑上。）

队员乙： 发现敌船增援。

（敌船声，机枪扫射声。）

（一班缴机枪、步枪复上。）

某队员： 报告队长，敌人全部被歼！

任大桅： 撤！一班，从莲花口撤走绕过西洋淀；二班，从牛蹄湾通过眼镜壕撤走；三班，从二道沟绕开莲蓬淀撤。会合地点采莲台村东陈家地苇塘。

（三个班分头急下。枪声、汽船声大作，舞台气氛紧张，烟雾弥漫。少顷龟本上，伪大队长随上。）

龟　本： 飞了飞了的游击队？（唱）

有心灭火火烧油，
抽刀断水水更流。
平汉铁路被切断，
交通运输发了愁。
旱路丢了走水路，
运来军火靠码头。
沿河若有游击队，
船船军火也是丢。

熊万才： 太君，皇军死伤 4 人，警备队死伤 12 人，3 个人落水，活不见人，死不见尸，挨打的浑身都是筛子眼儿。太君，要是没有这讨厌的芦苇，游击队就活动不开啦！

龟　本： 清理河道，沿河村庄割苇子，修岗楼！

（切光。）

第四场　割苇斗争

（数日之后，采莲台村边。）

（秋高气爽，谷黄稻香，满街芦花飞，遍地鸭子跑，抗日的堡垒，战斗的水乡。）

（幕启：秋菱和一群姑娘收缴军鞋，准备慰问游击队，舞蹈。）

（女声合唱）淀水深，淀水清，
芦苇丛中出神兵。
来无影，去无踪，
来如闪电去如风。
巡逻船，被打中，
气得龟本发了疯。
军火船，不敢动，
鬼子日夜不安宁。
妇救会，把鞋送，
慰问咱们的子弟兵。
子弟兵穿上劳军鞋，
抗日救国立奇功。

秋　莲： 大桅哥他们真有办法，鬼子让咱们下淀割苇，游击队在苇塘里一打枪咱就跑，气得鬼子干着急。

众　人： 伪军跑得就像漏网鱼……

（枪一响，一民兵跑上。）

群　众： 鬼子来啦！

秋　菱： 劳军鞋各家先带回去，等鬼子走了我再上各家捡去。我上陈家地苇塘给大桅他们送个信。（撑船下）

（众人散开，伪军一人敲锣上，后跟熊万才。）

伪　军： 哎，皇军有令，各家各户都到村北割苇子去！

熊万才： 谁敢不去，皇军要点火烧村子啦！

（群众被伪军推搡过场，众不去。）

伪　军： 快去，都下淀割苇子去！

群众甲： 乡亲们，咱们不能割，苇子一割，全村老小就没法活呀。

群众乙：是啊，咱渔民全靠着苇子织席糊口啊！

伪　军：少说废话，都给我下淀割苇。

众　人：苇塘里游击队打枪……

熊万才：你们他妈和游击队串通一气，变着法地捉弄皇军，今儿老子架起机枪，不要命的你就跑！

（众不动。）

熊万才：再不动，老子开枪啦！（掏出手枪，转对伪军）架机枪！

张洛群：（挺身而出）熊万才，你不怕游击队，有种自己下淀割苇子去！

熊万才：张洛群，我记着你！ 10年前你伙同任大桅他爹任老耿聚众闹事，砸我当铺，毁我渔行。任老耿一死，你又把祸苗子任大桅养大成人，纵容他烧我熊家大院。而今你私通游击队，和皇军作对……

张洛群：（愤怒地）熊万才，你这个狗汉奸！（唱）

恨似大海仇如山，
吃人的魔鬼站面前。
你当铺就是阎王殿，
你渔行好比鬼门关。
渔家的骨肉被拆散，
渔家的血汗被榨干。
穷哥们来找你要把账算，
砸渔行，毁当铺，理所当然！
你言说任老耿聚众造反，
要抓他送衙门下牢坐监。
众乡亲见此情气炸肝胆，
任老耿拼一死血溅阶前！
任大桅火烧你熊家大院，
报父仇平民愤雪耻申冤。

恨只恨当年没有烧死你，
留着你苟延残喘到今天。
认贼作父不知耻，
卖国求荣当汉奸。
人民定要审判你，
熊万才你的狗命保不全！

熊万才：（气急败坏）我毙了你！

（龟本上。）

龟　本：老头，你的什么的干活？

张洛群：打鱼人！

熊万才：他私通八路，任大桅就是他养大的！

龟　本：老头，你的说实话，任大桅的哪里？

张洛群：你问任大桅呀，知道。

龟　本：他在哪里？

张洛群：他在游击队。

龟　本：（狞笑）老头，你的狡猾狡猾的。苇子你的去割！

张洛群：不去！

熊万才：不去我拿你张洛群开刀！

（伪军涌上。）

伪　军：走，割苇子去！不去当心你的老命！

龟　本：老头，割苇子你的带头。

张洛群：（怒目不动）

龟　本：（上前拽张洛群）你的……

张洛群：我给你割！（一刀砍向龟本）

龟　本：（被砍伤右肩）八路……

（熊万才开枪……）

张洛群：（中弹挺立）打倒日本帝国主义！

（枪声骤起，爆炸声……）

（鬼子乱，一伪军急上。）

伪　军：太君，游击队……

龟　本：（慌忙地）村子的点火，开路！

（日伪军撤走，村子起火，一阵枪声……）

（场上，众人扶起张洛群……）

（游击队员冲锋上场，救火，火渐灭。队员扶老携幼。）

（任大桅踏火带焰上。）

任大桅：（唱）

枪声阵阵火冲天，
旧恨未雪新仇添。
村庄腾烈焰，
同胞受熬煎。
仇恨在胸枪在手，
血债要用血来还！

（秋菱冲上，见状惊。）

秋　菱：爹……

张洛群：（挣扎站起，举镰刀）孩子，报——仇！（倒下）

（众围住，呼唤。）

秋　菱：爹呀……（唱）

千声呼，万声唤，
爹爹你壮烈牺牲在眼前。
鲜血染红淀边水，
恨火满胸泪烧干。
爹爹呀！
杀敌的镰刀儿举起，
报仇的重担儿来担。
阶级仇，民族恨，
新仇旧恨记心间。

忍悲痛，不心酸，
学我爹英勇杀敌志更坚！
乡亲们啊乡亲们，
报仇雪恨在今天！

任大牤：（唱）

张大伯日月照肝胆，
宁死不屈斗敌顽。
钢铸铁打英雄汉，
苍松翠柏耸云天。
大伯倒在血泊里，
豪情壮志在人间。
秋菱呀，
别悲伤，莫心酸，
战士有泪不轻弹。
深深记下仇和恨，
杀敌灭寇报仇冤。
乡亲们，同心干，
渔叉在手枪在肩。
头顶蓝天望大淀，
烈士面前把誓宣：

（合唱）条条水路都切断，
处处伏击打敌船。
敌人想保津保线，
这比登天还要难。
烽火燃遍白洋淀，
甘洒热血换新天。

（众人高举刀枪、渔叉，塑像。）

（聚光。）

第五场　夺刀擒敌

（门前系船缆，推窗望日出，绿荫深处，贫苦渔家。）

（清晨，卢大娘和林青拆炮楼回来，林青腰插手枪。）

卢大娘：（唱）抗日军民心连心，

林　青：（唱）阶级情谊亲又亲；

卢大娘：（唱）张洛群牺牲留遗恨，

林　青：（唱）强忍仇恨斗敌人；

卢大娘：（唱）敌人白天修岗楼，

林　青：（唱）一夜给他拆干净；

卢大娘：（唱）鬼子妄想清河道，

林　青：（唱）割苇修楼都不成；

卢大娘：（唱）切断水上运输线，

林　青：（唱）鬼子日夜不安宁。

卢大娘：老林，你先歇会儿，拆一宿岗楼了。秋分季节，早晚就凉了，我去熬点粥喝。

林　青：大娘，您就不累？我熬去吧。

（水生媳妇上，提竹篮。）

水生媳妇：老林，你喝口鸡头米粥，连大娘的都有了。

卢大娘：水生媳妇，我这刚想到，你就来到。

林　青：一准是你婆婆叫你送来的。

水生媳妇：可不呗，我婆婆就有两门亲：共产党和八路军。

卢大娘：是一门亲。

水生媳妇：对，我婆婆常说，要不是毛主席和共产党，一家子怎么出火坑。老林，喝吧，老人家一片心啊！

（群众数人上。）

群众甲：老林，给游击队的干粮都齐备了。

林　青：等大桅他们自己取来吧，我已经通知他们了。

群众乙：老林，你说，上次在采莲台熊万才这个狗东西杀了人，这回还敢不敢出来？

林　青：敌人割苇子割不成，修岗楼修不成，从天津运来的军火还停靠在渡口，他不会甘心。

群众乙：河西寨王老庆有个亲戚在渡口炮楼上做饭，昨儿个回家说熊万才升官了管包运船，当上河防大队长了。

林　青：说了半天，一句话，敌人就是为了那几十条军火船，咱们要切断水路，他要反切断嘛。

水生媳妇：熊万才要是来咱村修岗楼，咱豁出去把他给除了！

众　人：对！

林　青：根据采莲台的教训，要加强坚壁清野工作。大股敌人来了，咱要撤进苇塘；小股敌人来了，咱就对付他。

水生媳妇：熊万才是白洋淀的鲤鱼精，再不能让他糟害人了。

林　青：咱们游击队有锄奸这个任务，熊万才是网中鱼、瓮中鳖，迟早跑不脱这个！（做刀杀的手势）

卢大娘：我说大伙是打鬼子上了劲，忘了饿也忘了困。拆一夜岗楼了，让老林歇一会儿，她还有工作。

水生娘妇：好，咱们该走啦。老林、大娘，你们喝了粥。

（众人应诺，纷纷离去，林青送群众下。）

卢大娘：（端详林青背影，感怀地）没白天没黑夜地工作，真叫人心疼。想起事变那一年，老林来到芦家庄，在村东戏台上讲话：老乡们！抗日则存，投降则亡，宁在枪下死，不当亡国奴……一晃就四五年了。老林呀！（唱）

老林本是外乡人，
抗日救国来我村。
风来雨去四年整，
出生入死为人民。

救中国，救穷人，
不怕流血和牺牲。（林青上）
革命更知毛主席近，
抗日倍觉阶级亲。
老林啊，你从延安来，
你给咱毛主席写封信。
十里渔村三千户，
百万渔民表决心：
单等那赶走日本鬼，
满淀春光迎亲人。
（卢大娘抱柴火出门。）
林　青：（打开《论持久战》，阅读，沉思，深情地唱）
手捧宝书分外亲，
有多少怀念革命故乡情……
（推开窗户，一朵红霞飞来，旭日的光辉满屋。）
宝塔山上宝塔影，
延水河边延水清。
毛主席啊！
目睹过您的慈容，
聆听过您的声音。
掌上千秋史，
胸中百万兵。
提笔绘宏图，
挥手我前进。
三八年我从延安到敌后，
白洋淀上扎下根。
要使那亿万同胞脱苦难，
抗日救国有必胜信心。

百里连绵芦苇荡，
四通八达壕纵横。
滴水根草都参战，
打船杀敌出奇兵。
切断水上运输线，
不向鬼子让寸分。
鬼子野牛入火阵，
失道寡助休逞能！

（村里群众哗然，报警的钟声……“鬼子来啦！鬼子来啦！”）

（卢大娘和水生媳妇及民兵甲、乙急上。）

水生媳妇：是摇船来的，有三两个鬼子，四五个伪军，看样子是催修岗楼来啦。

卢大娘：老林，你从夹壁墙过西院去，这儿由我来对付。

林　青：大娘，要沉着。（抽出手枪，闪身出门，隐于瓜架下，观察敌人动向）

（民兵甲、乙和水生媳妇跟随出门。）

民兵甲：老林，咱就这独一厥，手榴弹就能把这股敌人收拾啰！

林　青：你看远处，天边有一股青烟，这说明什么？

民兵乙：敌人有巡逻船。

林　青：对啰，咱这里枪一响，敌人马上就会增援。

民兵甲：撤咱又来不及了，打又不能，这个……

林　青：（眉头一皱）你们民兵游击组这样……（与众小声布置）

众　人：（喜）明白了。（分头下）

（水生媳妇与林青返回屋。）

卢大娘：怎么样？

林　青：敌人来了，见机行事，咱娘儿俩织一片席吧！水生媳妇，你从夹壁墙过西院，给游击队的干粮、棉衣一定要藏好。

（水生媳妇自内屋下。）

（林青插好手枪，穿上一件蓝袄，将手枪罩着，然后与卢大娘同织一片席。）

（少顷，熊宝引一配刀日军上，后跟一伪军，立于门外。）

熊　宝：老婆子，你这房子要拆掉。

卢大娘：为什么要拆老百姓的房？

熊　宝：这叫扫清视线，是皇军岗楼这一片的，通通的要拆。你的明白？

林　青：地是中国地，房是我家房，碍着他日本人什么啦？

卢大娘：我闺女说得对。

熊　宝：（对林青）你的什么人？

林　青：中国人！

熊　宝：这谁不知道。

卢大娘：就怕你忘了。

熊　宝：（气急败坏）我看你们他妈的嘴硬！（卷衣袖欲打）

日　军：（阻拦）老太婆，她的什么的干活？

卢大娘：（回顾一下林青，从容地）她呀，（唱）

淀边生来淀边长，
织席补网打鱼的人。

林　青：（唱）

莫非你们没长眼，
娘儿俩织席你看不清。

日　军：（狡猾地一笑）她的是你的什么人？

卢大娘：（唱）

她是我的亲闺女，
儿是苦瓜娘是藤。

林　青：（唱）

孩儿离娘难活命，
瓜儿离秧活不成。

日　军：你的说实话。

卢大娘：我的亲闺女。

日　军：（突然抽出战刀，凶猛地）八格牙路！（直冲卢大娘）

林　青：（蓦地用身体护着大娘）要砍要杀冲我来，干吗欺负我娘！

卢大娘：（推开林青）孩子，娘我可不怕他！

（对日军）强盗！（唱）

狼心狗肺侵略军，

拆房平地害渔民。

白洋淀本是中国地，

岂容强盗来杀人！

满淀大水淹死你，

中国土地做你的坟！

日　军：死了死了的！（一刀向卢大娘砍去）

林　青：住手！（猛一出手，夺下日军手中刀）

熊　宝：（拔枪）这……

（猛地内屋门帘撩开，任大桅从天而降。）

任大桅：不许动！（游击队员同时用枪堵住门窗）

游击队员：不许动！（日伪军举手就擒）

林　青：（对日伪军）强盗，睁开你的狗眼！（唱）

眼前就是游击队，

当面立着八路军。

家家户户有儿女，

百万渔民百万兵。

中国人民几万万，

万里江山万里营。

河湖港汊山区平原，

处处摆下杀敌阵，

笑看你侵略者玩火自焚。

（水生、水生媳妇及民兵甲押二伪军上，一伪军满头白粉。）

水　生： 林书记，我给你抓住两条贪嘴鱼。

水生媳妇： 我婆婆正给游击队烙饼哩，有半升扑面来不及收拾，就装篮子里挂梁上啦。这俩家伙进门就翻箱倒柜的，没想到撞翻了篮子，这不……（指伪军）

（众笑。）

水生媳妇： 我婆婆说，鱼贪嘴还得上钩哩！水生，给我抓住他！

水　生： 我说我是任大桅，把这家伙吓得瘫那儿了。

（民兵乙和一游击队员押一伪军、一日军上。）

民兵乙：（推搡日军）你的再跑，死了死了的！（用红布裹着一个东西，对日军指指点点）

林　青： 大桅，你处理一下。

任大桅： 水生，把伪军教育教育放了，把鬼子和熊宝押送到县大队处理，大藕到村边警戒。

水　生：（对日伪军）走！（水生和一游击队员押俘虏下）

林　青： 大桅，你真是飞将军从天而至呀！

任大桅： 县大队王政委过来了，一早起要上安新县去，他有一封信给你，（交上信）说是要交给咱游击队一个重要任务。我们这次来芦家庄，摸进村才知道你们智斗敌顽的计划，我们分三下支援了民兵游击组，我从夹壁墙摸进来正赶上。

民兵乙： 我们组可费了点事。一进胡同，这鬼子拔腿就跑，我有颗手榴弹也不敢扔，怕打草惊蛇。我正着急呢，猛见一个小孩跳出来，堵住胡同口，大喊一声，站住！鬼子见他手里拿着这家伙，乖乖地站住了。

卢大娘： 谁家孩子这么出息？

民兵乙： 小栓子，才 10 岁的一个孩子，这是他的家伙。（打开红

布，露出笤帚）

众　人： 笤帚！（笑）

（水生急上，枪响数声。）

水　生： 队长，我们刚绕出苇壕，就碰上敌人巡逻船，我们击毙了一个鬼子，熊宝跳水逃跑了。

任大桅： 民兵游击组和游击队做好战斗准备，加强警戒，乡亲们赶快隐蔽。

（众迅速散开，卢大娘出门把风，场上剩任大桅和林青。）

林　青：（阅信）王政委说，熊万才升河防大队长，敌人军火准备……大桅同志，有个任务要和你交代一下。

任大桅： 是！

（二人坐近研究。）

（聚光。）

第六场　虎穴锄奸

（高大的门楼，宽敞的大院，正面客厅，东西厢房，门前有人站岗，院内客来人往，排宴摆茶，张灯结彩，忙忙碌碌，熙熙攘攘。）

（幕启：熊宝与戴眼镜老头闲谈。）

老　头：（安慰地）大少，请放宽心，你在芦家庄化险为夷，这就说吉人自有天相。

熊　宝： 我虽说从芦家庄跑了回来，可总觉着有大难临头，我每每睡到半夜，一觉醒来总是心惊肉跳。

老　头： 这与你在芦家庄受惊有关，6两芦根煮4个鼋鱼蛋，是一剂“安心定神汤”，大少你请服用，保管有效。

（伪军捧笔墨纸砚上，熊宝侍候戴眼镜老头题诗。）

熊　宝：（毕恭毕敬）请老夫子动笔。

老　头：不敢，不敢。（提笔写诗）

（念）八月十五桂花香，

皇军货船要通航。

官升河防大队长，

熊家福威震四方。

（笑）见笑，见笑。

（熊万才自外匆匆回来。）

熊　宝：爹，一切都齐备了，就等采莲台的渔花子送鼋鱼来了。

熊万才：没有鼋鱼怎么请龟本呢，龟本就好吃这一口。送各县长官的礼品都齐备了吗？哎，你小子自幼熊包办不了事。没有五县合围把游击队赶进苇塘，包运船怎么开航？我来准备，你请客去，他们都在龟本司令部，说好了一散会都来。

熊　宝：好，我去。（下）

熊万才：老夫子，你看我这次押包运船是凶是吉？哪天开船才好？

老　头：今儿早起我焚香三遍，占了一卦，熊大队长升任河防大队长吉星高照，百事顺畅，这次起船，一帆顺风。（掐指一算）……八月二十五就是黄道吉日，大吉大利。

熊万才：只要五县合围拉大网把游击队赶进苇塘，我就开船，你不知道，这批军火从天津运来蹲在这儿，上边一天三次来电话催，龟本急得像热锅上的蚂蚁。

老　头：熊大队长升官发财好时机。

熊万才：（转身朝内）熊宝媳妇吩咐点灯，准备麻将牌。（对老头）老夫子，上房歇着。

（二人进室，下。）

（任大桅、水生及队员甲、乙扮四渔民抬两鱼篓上。）

任大桅：（唱）胸有朝阳手有枪，

奉命锄奸走一场。

刀山火海也要闯，

要为人民杀豺狼。

（四人抬至门口，伪军阻拦。）

伪　军：干什么的？

任大桅：采莲台送鼋鱼的。（从鱼篓里提起一只鼋鱼）

伪　军：（诈）什么送鼋鱼的，老子看你是游击队！

（水生蓦地一惊，习惯地摸枪，停顿。）

任大桅：（大笑）这是什么地方，天到黄昏游击队敢往这儿来！

伪　军：谅他也不敢。

任大桅：你们让我送来的，不要我们就回去。

（水生欲走。）

（伪军发现任大桅腰间鼓着，惊。）

伪　军：（抽出手枪）不准动！（遂进行搜查）

（原来任大桅腰间掖着一杆秤，任出示杆秤、秤砣。伪军低头看鼋鱼，任趁其不备以秤砣猛击其头，伪军倒下，任从鱼篓底下抽出盒子枪。）

（任大桅和水生行动干练神速，水生拖伪军下，少顷换伪军服装上，顶大门。）

（熊万才在幕后问："外面干什么呢？"）

任大桅：（向水生和队员做手势准备）采莲台送鼋鱼的。

（熊万才上。）

熊万才：你们他妈还打算来呀，天到啥时候啦。（往鱼篓走去）

任大桅：水路不好走，怕碰上游击队，我们绕大堤过来的。

熊万才：鼋鱼怎么样？（低头欲看）

任大桅：你看看啦！

（水生出其不意，猛地搂住熊万才，任大桅趁机下了熊万才的枪。任大桅、水生将熊万才围上，两队员提枪迅速向后院跑去……）

任大桅：熊万才，恭喜你升官了！

熊万才：任队长来了，有话好说……

（众家人大乱，被赶到前院。）

水　生：（小声训斥）不怕死的你就嚷嚷！集合，站好喽，立正，向右转……

（将一伙失魂落魄的家院男女关进西厢房，反锁上门，两队员换上伪军服装，然后水生带一人出门带上大门，把守于门外。）

熊万才：（惊魂稍定）这可不是芦苇塘，枪一响，对你也不方便吧！

任大桅：怕咬手就不下河抓鼋鱼！

（门口水生高喊："龟本队长到——"）

（熊万才妄图反抗、喊叫，任大桅用熊万才的帽子堵住熊万才的嘴，用力把他拖下去。一队员贴布告于正厅上。）

（任大桅复上，示意已锄奸，开大门，急隐于门后。水生与二队员贴身站于门旁，一手紧握手枪把。）

（龟本、熊宝、五县日伪军头目及日伪军随从鱼贯而入，熊宝卑躬屈膝，让龟本进门。）

水　生：（机警地高喊）敬礼！

（龟本等入客厅后，任大桅、水生等迅速离去。熊宝满院喊爹，西厢房喊叫开门，门开后众乱跑。后屋有女人哭声："俺爹呀……"）

（众发现布告，惊呆。）

（龟本出来，瞠目结舌。）

戴眼镜的老头念布告：

锄了汉奸熊万才，
明日就找龟本来。
货船若走白洋淀，

水葬不用买棺材。

——游击队八月中秋

（幕后枪响数声，众惊慌。一伪军急上。）

伪　军： 报告太君，有三个兄弟伙着一个渔民，偷一条小船跑了。天黑看不见，小船一闪就没影了。

熊　宝：（哭）龟本队长你给我做主哇……

龟　本：（晃动脑袋）游击队的大大的坏了坏了的。

（唱）五县合围拉大网，

沿河村庄全烧光。

游击队通通赶进芦苇荡，

军火船豁出老本要开航。

（白）熊宝，河防大队长你的来当。

熊　宝： 是，太君。

龟　本： 司令部命令明天高阳、清苑、任丘、雄县、新安，五县的合围，大网的拉！

（切光。）

第七场　撤进苇塘

（景同第四场。）

（群众坚壁清野，准备撤进苇塘，扛粮食，抱被褥，拎包裹，紧张而不紊乱，有组织地上船。）

（游击队员扶老携幼，忙碌在群众之中。）

（水生扛两袋粮食放上船。）

（秋菱扛两袋粮食放上船，水生忙辅助。）

水　生： 秋菱，你怎么扛这么多！

秋　菱： 除了白洋淀的水，能挪动的，咱们都坚壁清野了。鬼子来了让他喝凉水吧！

水　生： 那还用说，包他喝个够。（下）

（任大桅掂葫芦雷上。）

任大桅： 秋菱，告诉乡亲们，东西河口下了100多水雷，打了木桩，叫大伙不要接近。等乡亲们撤进苇塘后，在敌船能够靠岸的地方再下上这个葫芦雷。

秋　菱： 是。（掂葫芦雷欲下）

任大桅： 等一等。妇救会的工作都交代清了吗？区委决定，准备把你调出本村工作。你有什么意见？

秋　菱： 昨儿都交代清了。打鬼子，锄汉奸，干什么都行。

任大桅： 好样的。（沿堤察看布水雷的情况）

秋　菱：（唱）渔家女儿扛起枪，

新仇旧恨满胸膛。

杀敌锄奸上战场，

刀对刀来枪对枪。

敌人“扫荡”我反“扫荡”，

决不让军火船只来通航。

任凭它妖风掀起千尺浪，

我顶风踏浪斗志昂。

雨暴风狂不迷眼，

渔家心中有朝阳。

战斗到五洲四海齐解放，

全人类普照太阳光。

（任大桅引林青、卢大娘上。）

任大桅： 秋菱，你看谁来啦！

秋　菱： 林书记，卢大娘。

（众上，与林青和卢大娘打招呼。）

林　青： 芦家庄的乡亲们都来了，和大伙一块撤进陈家地苇塘。

任大桅： 老林，你把区委反“扫荡”的会议精神给群众讲讲。

林　青： 乡亲们，咱们的大部队快过来了。

（众人活跃："在哪儿呀？""大部队什么时候过来？"）

任大槐： 很快就要和大家见面了。

林　青： 同志们，乡亲们，鬼子为了运军火扫清河道，割苇子、修岗楼都失败了，这阵子又来了个"五县合围""拉网战术"，妄想消灭咱水上游击队，大伙说这能办得到吗？

众　人： 办不到！

林　青： 敌人把咱们撵进苇塘，咱们正好把他拖住，咱们的大部队正好在苇地上歼灭敌人！

任大槐： 鬼子是秋后的蚂蚱，蹦跶不了几天了！

（众呼口号："抗日必胜！日本侵略者必败！打倒日本帝国主义！"）

任大槐： 乡亲们上船，撤！

（群众纷纷上船。）

卢大娘： 老林，区委撤走，心里总舍不得。

林　青： 这是为了对付敌人的"五县合围"。我会随时派人跟你们联系的。

任大槐： 秋菱，组织上把你调到区委，在林书记身边工作。

秋　菱： 大槐哥，我忘不了咱渔家的仇，民族的恨，我要跟着党干一辈子革命！

林　青： 好，我们该走啦。大槐同志，有困难多请教毛主席的《论持久战》吧！

（林青与秋菱摇船下。）

水　生： 乡亲们上船，上陈家地苇塘。走啦！

（群众纷纷撤离。）

（少顷，水雷爆炸声，一队员跑上。）

队　员： 队长，鬼子已到了西河口，打头的是城里的伪军。

任大槐： 乡亲们快撤！

（群众撤尽，场上剩任大桅、水生等三五个队员。）

任大桅：（对水生）埋下葫芦雷。咱也撤！

（众下。）

（静场。）

（枪炮声，日伪军忐忑上场。一伪军触雷响，众卧倒，伪军丧命。龟本、熊宝上。）

熊　宝：报告太君，沿河一带的老百姓和游击队都跑苇塘里去了。（指大淀）你看……

龟　本：（用望远镜瞭望）那里的什么地方？

熊　宝：就是我跟太君说过的陈家地苇塘，无边无沿，到处是壕沟，船一进去就掉进迷魂阵。

龟　本：（冷笑）哼哼……汽船的过去，苇塘的统统的包围。房子的点火，那边的（指苇塘）开炮。（对熊宝）你的跟我回渡口。

（龟本、熊宝下。）

（鬼子开炮、点火，火光冲天，枪炮声大作。）

（切光。）

第八场　敌船偷航

（景同第二场。）

（凄风苦雨，桅灯绿如鬼火，荒凉渡口，鬼子戒备森严。）

（幕启：龟本率熊宝及日、伪军上。）

龟　本：熊大队长，渡口的到了。

熊　宝：是！龟本队长，沿河一带都已扫清。采莲台、芦家庄几个村子，房子点了火，老百姓跑光了，游击队待没法待，吃没的吃，通通跑进苇塘里去了。

龟　本：哈哈……（唱）

西风夜雨洒江天，
偃旗息鼓偷开船。
芦荡困死游击队，
水上行船保平安。
（白）上船！

熊　宝：（小声地）解缆开船！

龟　本： 慢着，陈家地苇塘包围得怎样？

熊　宝： 白天有汽船巡逻，晚上有机枪扫射，探照灯照，就是一根雁毛也飞不出来。

龟　本： 好，上船！

熊　宝： 是！

（汽船发动的声音……）

（切光。）

第九场　突出重围

（秋风荡夜雾，露水湿衣衫。游击队和乡亲们躲进苇塘已有好几天了。苇塘四周不时有巡逻船搜查，探照灯照射，间或有机枪扫射声……）

（任大桅披夹袄上。）

任大桅：（唱）船声吼炮声隆震荡大淀，
远望见采莲台火光冲天。
任凭他“五县合围”、拉网战术、
敌船百艘、万丈凶焰，
怎敌我军和民正义在胸、得道多助、
以弱胜强、斗志更坚！
青纱帐芦苇塘无边无沿，
机枪扫，大炮轰，我自岿然。

打游击党给我千斤重担，
斗争中考验我共产党员。
为人民求解放忠心赤胆，
除万难破万险死也心甘。
万顷碧波当铺板，
枕着芦花盖着天。
四海云水眼中卷，
五洲风雷心里翻。
赤胆忠心为人民，
朝阳在胸枪在肩。
坚持持久战，
水上把敌歼。
高举宝书红光闪，
穿云破雾永向前。
毛主席，指航线，
跨灭火海平刀山！

（秋风萧瑟，北雁南飞，《游击队之歌》阵阵传来，豪壮嘹亮。）

（众加进合唱，队员纷纷上，舞蹈。）

（接唱）鬼子重重封锁严，
军民团结志更坚。
敌人妄想反切断，
我切断水路把敌歼！
急盼上级来指示，
明朝淀上打敌船。
人民战争威力大，
火烧野牛死阵前。
万杆红旗似火焰，

百里渔村换新颜。
待来日，春风吹度白洋淀，
迎来朝阳照人间。

（塑像，任大桅举《论持久战》，我游击队员的英雄群像，红光照射，如旭日之升起，照亮了茫茫大淀。）

（炮声隆隆，火光闪闪……）

（卢大娘提竹篮送干粮上。）

卢大娘：同志们，吃干粮吧，说不定什么时候上级一个命令，大伙就突出包围打包运船哩！

众队员：省着点，给乡亲们吃吧。

任大桅：同志们，我们一定要打个大胜仗，用胜利来报答乡亲们。（脱下夹袄给卢大娘披上）

（水生媳妇和乡亲们纷纷上。）

水生媳妇：白天，天上有飞机，水上有汽船。晚上，又是机枪扫射又是探照灯，鬼子是想把咱们困死在芦苇塘里呀！

任大桅：你说，能困死咱们吗？

水生媳妇：困死？就连鬼子伪军他也不信。

任大桅：那敌人为什么又是飞机、汽船，又是打枪放炮下那么大的本？

水生媳妇：是啊，教我……（机灵地）一准是封锁住游击队，鬼子的军火船要开船！

众　人：队长，决不能让军火船开出去！

（激烈地，一阵机枪扫射……）

水　生：队长，好像有人摸进苇塘……（跑下）

任大桅：同志们，注意警戒，把乡亲们撤到安全的地方。

（队员做战斗准备，乡亲们纷纷撤下。水生复上，背来秋菱。）

众队员：秋菱，秋菱挂彩了。

任大桅：快给她包扎伤口。

（卢大娘上前扶住，水生媳妇包扎伤口。）

卢大娘： 秋菱，秋菱，你醒醒……

（停顿。）

（秋菱缓过来，欠身自怀里掏出用荷叶包严的鸡毛信。）

秋　菱： 大槐哥，鬼子在南边防守得不严，就是探照灯可恶。情况都在信里啦。

众　人： 鸡毛信。

任大槐：（展信急阅，对众人）同志们，明日一早鬼子的军火船就要从渡口开船，上级命令我们必须在黎明前突出重围，到汉河口苇丛中集结，区委林书记带一部分民兵游击组和县大队也来配合我们。我们这次伏击敌人军火船，直接配合主力部队在平原的反“扫荡”，同志们，这一仗有信心没有？

众队员： 有！

众乡亲： 我们也参加打军火船。

任大槐： 好，妇幼老弱都转移到荷花淀一带安全地方去，其余的摇船的摇船，能使叉的使叉，刀叉棍棒，男女老少一齐上，准备抢枪抓俘虏！三星偏离，天亮不远了，同志们开始行动！

秋　菱： 大槐哥，我也去。

任大槐： 你的伤……

秋　菱： 不碍事，我刚才心里着急，连累带伤，扎猛子过来，有点发昏，这阵就缓过来了。

（西风秋雨。）

众　人： 下雨了。

任大槐： 好雨，好雨，正好冒雨突围。同志们听我指挥：水生你带一小组绕到北边，点着篝火，你开枪出击，迷惑敌人，等大伙撤出去了，你们再撤。

水　生：是！（下）

（几个队员随下。）

任大桅：共产党员站到前列来，由共产党员组成先头突击组，首先突破封锁，然后掩护大家突围，这个小组由我带领。

（北边枪响，火起。）

任大桅：同志们，注意火药防潮。头顶荷叶，冒雨突围！

（众顶荷叶雨中泅水。舞蹈。）

（敌人探照灯照射，机关枪扫射。众鱼贯而出。）

（暗转。）

（水天一碧，彩虹横空。）

（游击队员整队摇桨走圆场，摆“人”字、“一”字，舞蹈，紧锣密鼓。）

（切光，音乐不断。）

第十场　全歼敌船

（景同第一场。）

（天将拂晓，游击队与林青及县大队民兵游击组会师。）

林　青：（与任大桅握手）好同志，来得正好！敌人以为把游击队围在苇塘，他就可以在白洋淀畅通无阻！

任大桅：我游击队机动灵活，出其不意，打它一个水上伏击。同志们，进入阵地！

（水生上。）

水　生：队长，乡亲们妇幼老弱都安全转移了，我们小组也顺利撤出。

任大桅：好。

（汽船声渐近……）

任大桅：林书记，还有什么指示？

林　青：你指挥吧。让敌人船越靠近越好，发挥咱大抬杆的威力。
任大桅：准备战斗！

（汽船声响，汽船在舞台上露出一角。）

（炮响开打。）

（大部队上。秋菱与熊宝开打，将熊击毙。）

（任大桅与龟本开打，弹尽，以渔叉将龟本叉倒。林青、秋菱与任大桅三支渔叉将龟本挑上半空，摔进淀里。）

尾　声

（锣鼓、鞭炮声中，任大桅、林青、水生、秋菱、卢大娘等欢笑上场，扯起横幅，庆祝战斗胜利，边舞边合唱。）

壕沟纵横，
芦墙蜿蜒，
美丽的白洋淀，
我们战斗的营盘。

菱花似火，
苇絮生烟，
美丽的白洋淀，
我们水乡的尊严。

战斗营盘，
水乡尊严，
美丽的白洋淀，
永远雄立天地间。

（剧终。）

（该剧本集体创作，尧山壁参与执笔，撰写唱词。）

海河组歌

（诗歌联唱）

一、伟大号召
二、踏征途
三、海河谣
四、沸腾的工地
五、源泉
六、战海啸
七、红日照海河
八、颂歌

（朗诵）

为纪念伟大领袖毛主席光辉题词“一定要根治海河”发表10周年，演出《海河组歌》。

海河啊海河，
万古千秋水长流。
双手捧起海河水，
幸福的暖流满心头。
古老的海河啊，
沥水汹汹洪水流。
流不尽千年的苦泪，
流不尽万代的忧愁。

苦难的海河一去不返，
历史的车轮滚滚向前。
一九六三年十一月十七日，
毛主席发出了
“一定要根治海河”
的伟大号召。
千里平原春雷滚滚，
太行山下红旗浩荡。
毛主席光辉题词，
就像一轮红日，
把古老的海河照亮。

一　伟大号召

（唱）
一轮红日出东海，
毛主席神笔划时代。
一定要根治海河，
千年旧貌今朝改。
一定要根治海河，
江山万里重安排。
长城舞，黄河唱，
巍巍太行笑颜开。
挥雄师，战河海，
举红旗，斗水害。
亿万人民齐踊跃，
东风万里吹大海。
一定要根治海河，

毛主席神笔划时代。

（朗诵）
一定要根治海河，
光辉题词照心窝。
治河大军踏征途。
满天红旗一路歌。

二　踏征途

（唱）
寒风吹，雪花飞，
大路上人儿一队队。
手握镐，肩扛锹，
歌声笑语一车推。
治河大军踏征途，
心儿向着海河飞。

晨风送，军号响，
踏征途，赶路忙。
铁流滚滚一路红，
战旗引路歌声亮。
千里行军人不累，
过了一村又一庄。

秧歌起，锣鼓响，
村里村外喜洋洋。

迎亲人啊盼亲人，
治河大军过俺庄。
就像当年老八路，
千里出征上战场。

张二嫂，李大娘，
里里外外忙又忙。
火红的柿子香甜的枣，
满篮篮花生滚热的汤。

贴心话儿暖心窝，
张张笑脸映红光。
红旗飘，军号响，
英雄连队出了庄。

（朗诵）
千年海河苦泪流，
流不尽灾难和忧愁。
悲歌一曲海河谣，
何日才能唱到头？

三　海河谣

（唱）
海河水，黄又黄，
苦水流在咱心上。
心里想起往日苦，

苦水更比河水长。
年年洪水来，
怕水如怕狼。
前晌卖掉儿和女，
后晌饿死爹和娘。
水茫茫，夜茫茫，
水深火热去逃荒，
何处是故乡？

海河水，黄又黄，
浪头打在咱心上。
心头激起往日恨，
仇恨更比河水长。
贪官和土匪，
更比那洪水狂。
官府治人不治水。
拉夫抓丁卖大洋。
夜沉沉，雾茫茫，
挨饿受冻在船舱，
何日见太阳？

血泪淌，河水涨，
激起怒涛千万丈。
冲塌旧世界，
迎来新时光。
滔滔春潮唱新歌，
千里海河迎朝阳。

（朗诵）
毛主席号召似春雷，
海河两岸尽朝晖，
千军万马战海河，
你追我赶车如飞。

四　沸腾的工地

（唱）
马达隆隆，
红旗飘飘，
千里海河人如潮，
战斗歌声震云霄。
龙腾虎跃，
地动山摇，
海河工地好热闹，
人民战争打得好。
小土车，飞呀飞，
轱辘马，跑呀跑。
你看那小老虎，
下呀么下山了。

火红的胸膛铁打的肩，
小老虎飞车快如箭。
昨天吃掉一条河，
今天吞下半座山。
擎着一杆火红的旗，

脚踩金堤头顶天。
出工如同虎出林，
下坡如同虎跳涧。
小车好像通上了电，
嗖的一声飞上了天。

树梢没有动，
哪来一阵风？
回头朝后看，
嚯！来了老愚公。
你们外号小老虎，
人家叫俺老愚公。
根治海河入了迷，
转战南北整十冬。
老愚公啊老愚公，
肩膀硬，担子重。
老愚公啊老愚公，
脚步急，赛流星。
铁脚板踏遍黑龙港，
胸中一轮红日升。
问名字——
俺是钢打铁铸的
老贫下中农。

车轮滚滚歌声飞，
铁姑娘上阵显神威。
愚公治山俺治水，
千里大坝红心垒。

放下绣针舞钢锨，
飞车装走穷山堆。
红心扎在海河边，
苦战十年志不摧。

歌声扬，车轮飞，
你追我赶，我赶你追。
笑得红旗云里抖，
震得山谷颤巍巍。

歌声扬，车轮飞，
你追我赶，我赶你追。
幸福汗水筑金堤，
劳动号声似春雷。
猛抬头，
千里大堤放光辉。

（朗诵）
豪情满怀心潮翻，
银河倒挂落人间。
无穷力量冲天胆，
毛主席著作是源泉。

五　源泉

（唱）
月亮悄悄爬上蓝天，

晚风轻轻拂过河面。
灯满河啊星满天，
分不清天上人间。

我登上海河千里长堤，
望河水金波闪闪。
满天星光，
你可是民工们
不眠的笑眼。
万盏灯火，
你可是战士们
青春的火焰。
北斗七星金光闪，
“一定要根治海河”
七个大字天上悬，
指引我们向前。
仰望北斗，
激起我心潮滚翻，
战士心啊革命情，
工地和战场紧相连。
战火纷飞，
我会想过今天
建设的场面。
马达隆隆，
又唤起我昨日
战斗的勇敢。
毛主席著作贴胸前，
一轮红日升心间。

伟大领袖的教导，
是我们力量的源泉。

月亮悄悄爬上蓝天，
晚风轻轻拂过河面。
滚滚河水激荡着战士的心，
战士的心啊，
想得更甜更甜。

（朗诵）
狂风吹海立，
大海掀波涛。
放声歌唱放声笑，
英雄唱退渤海潮。

六　战海啸

（唱）
风呼号，海咆哮，
大海推来千丈潮。
天欲倾，海欲倒，
拦海大坝浪中摇。
海潮来了！
海潮来了！
提钢锨，扛沙包，
顶恶浪，迎风暴。
上坝如同上战场，

奔向战斗最前哨。
任凭恶浪千丈高，
战胜海啸志不摇。

肩并肩，心连心，
手挽手，脚跟脚。
一道人墙挡海潮，
钢铁长城牢又牢。
任凭恶浪千丈高，
总在我们脚下跳。
同志们哪，
团结紧哪，
顶风暴啊，
战海啸啊。
雷轰眉不皱，
浪打身不摇。
放眼看世界，
挺胸抗海潮。
任凭恶浪千丈高，
总在我们脚下跳。
看海潮，
来时云山又雾罩，
去时兵败如山倒。
来时一身虎狼威，
去时夹着尾巴逃。

风浪平，蓝天高，
海河战士志气高。

一道彩虹画长空，
英雄人物看今朝。

（朗诵）
海天长虹飞捷报，
万里江山更多娇，
水欢笑啊人欢笑，
红日当空照。

七　红日照海河

（唱）
金色的太阳蓝蓝的天，
海河两岸红艳艳。
长堤千里连东海，
银桥飞架彩云间。
河渠成网杨柳绿，
山清水秀百花鲜。

金色的太阳蓝蓝的天，
海河两岸红艳艳。
条条大道通北京，
平原万顷大寨田。
毛主席光辉照海河，
海河流域变江南。

千里平原庆丰收，

黑龙港，喜讯传。
庆丰收，喜讯传，
鞭炮响，锣鼓喧。
首战海河十年整，
喜看河北丰收年。

金黄黄的麦粒堆成山，
银闪闪的棉桃铺满天。
送粮的船儿风满帆，
一溜烟儿的汽车望不到边。
谁说黑龙港不能得高产，
如今咱家乡变成米粮川。
千年老碱滩引来清泉水，
春风吹绿渤海湾。

金色的山银色的山，
金山银山幸福的山。
歌儿向着北京唱，
丰收的捷报飞满天。
告诉领袖毛主席，
海河两岸换新天。

（朗诵）
千条江啊万条河，
比不上我们歌儿多。
千重浪啊万重波，
亿万颗红心谱颂歌。

八　颂歌

（唱）

敬爱的领袖毛主席，
您的光辉题词，
把千里海河照亮。
您的光辉题词，
是我们力量的源泉，
是亿万人民的希望。
您的光辉题词，
为我们指引了胜利的航向。
英雄的人民，
斗志昂扬，
乘胜前进，
奔向前方。
沿着您指引的道路，
团结战斗，
再接再厉，
奔向美好的前方。

诗词

赠刘章

一

燕山半壁属刘郎，觅句寻诗赛牧羊。
笔下田园胜彩画，词中松柏傲冰霜。
低吟浅唱谐天籁，朗读高歌绕屋梁。
一片痴情留塞外，结庐人境石家庄。

二

自把国风吹版图，灯前运笔晓挥锄。
北山遍洒少陵泪，南国漫倾太白壶。
烈焰胸襟浓似炽，清幽笔墨淡如无。
挽澜起溺大潮里，名利轻抛病蜗庐。

虎年无雪

送过大寒岁尽除，残冬五九雪还无。
迷离玉兔如期至，但觉春心已复苏。

清凉山红叶

十月太行景色佳，清凉岭上火辣辣。
无边胜境成春色，有意绿丛变赤花。
满目虬松插绝壁，连山火炬舞朝霞。
谁言霜降煞风景，原是高明一画家。

山 海 关

华夏版图如日轮，长城万里一条痕。
每逢南北失衡际，冲破雄关为闸门。

长 城

万里长城似锦绦，绵绵堞口若针脚。
天衣无缝九州庆，从此再无南北朝。

廊　坊

草坪林带小洋楼，天碧风清湖水幽。
不是耳边安次话，只疑此地是欧洲。

高村谷风诗社

当年社教走高村，乏食缺衣多病人。
今日重来惊巨变，谷风社里尽诗神。

金华三首

一

千枝琥珀色殊佳，万朵胭脂染赤霞。
回望双溪沿岸景，春光占尽是茶花。

二

金华城内好风光，树树茶花对画窗。
袅袅东风吹过野，花芬人语共馨香。

三

三月茶花新著雨，如颦似笑欲开时。
艾青播下诗乡景，如画婺城遍地诗。

洪湖荷花广场

琪树银花玛瑙盆，连江临水蓄荷魂。
午晨晚夜全天景，春夏秋冬四季新。
彩绘画廊诗书画，迷离园榭树花人。
长年沐浴洪湖水，洗濯全城清白身。

常德诗墙

诗坛万里似游龙，锦鲤一身带水声。
风雅亦能防涝害，沅江从此作哑鸣。

题李九元先生《蓓蕾傲雪》

青枝袅袅暗生香，高照银烛试晚妆。
正把隆冬三九攆，堆琼积玉作春光。

太 平 河

一

太平碧水泛涟漪，古老滹沱试彩衣。
画艇如漂洞庭里，谁言我市不宜居。

二

碧波荡漾雨如晴，两岸杨柳如画屏。
落日当知时光美，投来满眼玻璃明。

参观圣马葡萄庄园

一

圣马驱驰在冀南，一枝独秀葡萄园。
朱缨穗团团火焰，红映牛城西北天。

二

斑斓秋色耀长廊，翠幄繁荫琥珀光。
结伴葡萄藤下过，人人蹭得一身香。

三

圣马琼浆法国方，玲珑玉盏用眸尝。
舌尖未得真滋味，鼻孔先闻异样香。
滴滴日涵早霞紫，疏疏月累晚风凉。
樽中若使常浮蚁，便把故乡当醉乡。

临西县电业大楼

一

卫河原野起新城，闪闪蓝光灯火明。
伏虎降龙真力士，唤风唤雨任余行。

二

窗明几净了无尘，斗室风生万里春。
一点鼠标搏新雨，雷霆遥控不闻音。

临西县境内井井通电有感

一卡拿在手，撬开龙王口。
地头抽支烟，麦苗也醉酒。

游天河山咏牛郎织女

一

茫茫银汉起长虹，巧渡牵牛织女星。
藤下葡萄睁大眼，静听情侣俏言情。

二

隔水相思忘暑寒，凄风苦雨最堪怜。
年年七夕双星会，更胜相思初恋甜。

三

男扶犁杖女穿梭，一水相隔泪滂沱。
银鹊巧铺情侣路，人间从此少咨嗟。

唐山南湖

南湖春水绿如蓝，风展涟漪做唱盘。
一桨划出惊世语，从前水底是煤田。

哭　墙

路南重灾区耸立一方石壁，刻有地震遇难者 24 万人的名字，人称哭墙。

生不同时死同期，罹难今又立灾区。
站成一个回音壁，答谢八方共救急。

曹妃甸

唐山湾畔起新城，河北重心向此倾。
钢铁强省插劲翅，北方大港坐长鲸。
铺开灯浪连银汉，筑起高墙列峻峰。
再世曹妃当叹羡，蜃楼海市变真形。

注：孙中山在《治国方略》中提到在唐山湾建北方大港。

龙号机车

莫道风蚀与锈痕，伤痕累累是龙鳞。
曾经点火长辛店，又遇惊魂皇姑屯。
越岭翻山靠天佑，跨河过海仗唐臣。
九州高铁仰华夏，京沪和谐作近邻。

铁门关

驻足四望势嶙峋，山退朔风谷聚云。
溪水飞流传响箭，森林排阵裹征裙。
旌旗烂漫目光亮，鼓角激昂心率频。
寨是金汤关似铁，今人犹忆戚家军。

贺隆尧诗词学会成立五周年

金声玉振水龙吟，尧麓诗坛气象新。
五岁参天桃李树，根深叶茂四方伸。

给《尧乡诗词》

合浦珍珠有蚌函，尧乡刊小海波宽。
古调弹来当代曲，引导潮流一面帆。

题南戴河牡丹园

抬头一见动心旌，满苑花开别样情。
烂漫春光疏雨里，娉婷倩影惠风中。
馨香阵阵堪绝世，艳态依依更耀名。
我与怜惜长厮守，移居此地做园丁。

“秦港杯”国庆六十年诗书画大赛

地覆天翻六十年，久经风雨洗征帆。
红酣紫放烟花港，雾散云开尧舜天。
奥运五环震天地，神舟七号动瀛寰。
欣逢学子诗书画，秦岛风华第一观。

谷风诗社二十周年

农民诗社二十秋，一帜高扬树霸州。
喜看谷风化谷雨，迎来芒种大丰收。

读高锁柱《往事眸》

松姿虎啸自轩轩，浪打风吹若等闲。
屡败屡战气不馁，披荆斩棘意弥坚。
劫波已铸三尺剑，盛世又挥琴五弦。
走尽半生坎坷路，志存高远艳阳天。

祝春美《没有留下姓名的母亲》出版

一

春美堪称一丈夫，人实文笃万人殊。
翻开书本从头看，细雨霏霏润似酥。

二

二十年前遇此男，入吾门下问文酣。
唯将一语君先记，常把冰心明玉兰。

百尺竿诗会

诗友会李村，百尺竿上人。
我心如明月，岂能怕浮云。

登　月

人类万年拜月亮，嫦娥美貌梦今成。
痴心成剑飞天看，遍地尘沙一场空。

隆尧商会成立

一帆轩轩立省城，省城乡党喜结盟。
团圆秋月明如镜，泜水尧乡也动容。

廊坊诗社十周年

大象无形信有声，燕南诗友九州惊。
十年劲挺参天树，驰骋诗坛任纵横。

永清地下长城

地下长城千里长，永清连到冉家庄。
潜龙起蛰时方泰，不乏人间杨六郎。

贺王侃、史雅坤新婚之喜

一

高朋四座绮筵舒，喜鹊双栖玳瑁居。
十里好风吹吉旦，初冬瑞霭护香车。
深情挚爱三生约，赠句留题一尺书。
犹喜膝前多孝顺，佳儿佳女共远途。

二

王史联姻花并蒂，百年好合燕双飞。
佳儿佳女成佳偶，共向华堂合璧归。

贺《柏坡风》创刊

昂然一帜立柏坡，唱响滹沱动地歌。
燕赵风骨传正义，一山兴起万山和。

风之歌

兼贺《柏坡风》创刊五周年

老来始晓风金贵，只为眼前多见霾。
雾里山川全隐影，望中混沌了无骸。
祥飙原自高坡落，碧水应随红日来。
扫尽浮尘澄玉宇，春光万里百花开。

贺《承德诗词》创刊

又见诗坛一柱擎，风弹槌磬金石声。
燕山韵事今胜古，尽是小川一脉承。

忆江南·祝蒋卫宁《长忆吴江》出版

长相忆，智火点心灯。思绪绵绵吴江水，声情并茂气如虹，新诗沐春风。

谷雨寄学新会长

观天看地查墒情，种瓜点豆自从容。
难怪年年收成好，洞穿人世一孔明。

谢诸友红宾楼为我做八十宴

欲将流年数从头，浪荡江湖瞬到秋。
嘤其鸣也会诸友，八十岁登红宾楼。

祝尧山历史文化研究会成立

一帆飘扬举何迟，五千年史待新词。
封尧禅舜天象导，肇宋开唐地利滋。
天下共说柏人李，人间都道泜河奇。
画龙自有点睛手，却看云蒸霞蔚时。

白求恩路

此山古姓白，只等一人来。
求是羊肠道，连通四海开。

白校学子遇难地

在地为红叶，上天作早霞。
先驱真爱美，魂恋旧时崖。

白银坨红叶

白银坨地正秋浓，红叶满山血染成。
秋色当如春色好，当年烈士正年轻。

贺邯郸市诗词楹联协会成立二十年

廿年诗韵写山河，春雨邯郸佳作多。
古赵衣冠原慷慨，建安音律自嵯峨。
携来太行千峰雨，洒向清漳万里波。
文运由来关国运，挥毫未必让挥戈。

邯郸市诗词楹联协会第三届代表大会贺诗

激扬文字追盛世，广聚人才起宏波。
古赵从台添逸兴，飞毫舞墨谱新歌。
鼓山雨后苍且翠，滏水春来醉而酡。
欣逢今日千军壮，兴旺邯郸耀北国。

北马冢村主任

西服革履是农民，满口乡音观念新。
巧点鼠标寻创意，移山布绿大将军。

温　塘

家家泉水流清韵，户户桃花溢芳香。
人面相逢似旧识，都怀一副热心肠。

农 妇

放下锄头拿起剪，剪来红霞落北山。
温塘农妇好惬意，爱种桃花不舍田。

大 棚 桃

腊月寒侵西北风，玻璃棚内春意浓。
夕阳遍照桃花影，飘落雪花片片红。

第 一 花

一行烟柳抖青纱，满眼芳菲似早霞。
三月温塘春风劲，吹开河北第一花。

读《我的父亲母亲》

何来风水入寒门，蓬雀振翼为鹏鲲。
自幼学礼槐荫下，从来家贫志不贫。
只把坎坷当阶梯，且将逆境辟胸襟。
功成博取浓墨看，广厦高天万里云。

光禄山中秋诗会赠张文山

创业征途坎坷多，屡输屡战志不磨。
披肝沥胆忍且让，光禄山上一尊佛。

秦王湖七十生日

人生七十古来稀，七十古稀今不稀。
秦王湖上舟竞渡，要把七十当十七。

听屈家营古乐

乐手满棚，百技争芳。鱼贯登场，纷纷扬扬。
两旗引路，凤红龙黄。紫衣银须，相貌堂堂。
管笛笙铙，镲钹铃铛。云锣起时，仙降舞凰。
风过林梢，雨打荷塘。其声悠扬，如见霓裳。
其韵玘玘，如唱关雎。目为之明，耳为之涤。
手为之舞，心为之迷。旋律跳荡，如翅如霓。
音符漫延，如涟如漪。言犹未尽，戛然止息。
闻者痴迷，呆若木鸡。归来梦里，耳边犹啼。

清凉山吟

云淡天光朗，策马赏秋光。
步入井陉口，阵阵清风凉。
忽临桃源里，宛似髫年乡。
彩蝶绕身舞，芳菲扑面香。
身如路边草，随地任舒张。
又如丹崖树，临风舞霓裳。
再如九霄云，闲庭任徜徉。
心如枝鸟畅，引颈自在唱。

又如漫坡花，笑容竞绽放。
再如山溪水，就势现万象。
笑看鹰如箭，拍翅搏云浪。
洋洋得意时，忽有断壁挡。
原来天上鸢，底下有人掌。
欲别井陉道，翘首几回望。

唐山震区所见

1976年7月28日，唐山发生大地震，第二天下午，余乘三叉戟飞机前赴唐山救灾，住帐篷，喝雨水，救死扶伤。

天摇地动十二秒，百年唐山顷刻倒。
莫非日寇毁灭潘家岭，还是美军飞弹炸广岛？
楼群颓落成山丘，梁椽凌乱如柴草。
倏忽烟尘滚滚遮九重，二十四万冤魂哭又闹。
裂缝纵横如屠刀，疼得大地抽又跳。
天老爷不把生民饶，倾盆大雨似鬼叫。
堆堆瓦砾泡血水，雷声压得人声小。
铁道拧成大麻花，援军有车没有道。
北京发来慰问电，八方天兵剑出鞘。
废墟下面人呼救，手刨钢筋斗桀骜。
机场搭起救生站，往来飞机如群鸟。
条条航线输液管，四面八方送养料。
劫后唐山无泪水，干枯眼睛如火冒。

鬼门关里走一遭，天大困难都看小。
心里不装恼和愁，脸上不挂累和笑。
砖压油毡就是家，自编门牌互关照。
拍拍身上泥和土，赶到机关去报到。
君不见震后仅仅第十天，开滦天轮又转了。
君不见震后仅仅三星期，唐钢钢水出槽传捷报。
任凭震魔狂肆虐，华夏儿女经大考。
毛主席说咱特别能战斗，工人阶级美名震不掉。
仰望巍巍凤凰山，凤凰涅槃九天傲。